Janne Mommsen, direkt an der Ostsee geboren, hat in seinem früheren Leben als Krankenpfleger, Werftarbeiter und Traumschiffpianist gearbeitet. Inzwischen schreibt er überwiegend Romane, Drehbücher und Theaterstücke. Mommsen hat in Nordfriesland gewohnt und kehrt immer wieder dorthin zurück, um sich der Urkraft der Gezeiten auszusetzen. Passenderweise lebt die Familie seiner Frau seit Jahrhunderten auf der Insel Föhr.

JANNE MOMMSEN

Seeluft macht glücklich

ROMAN

Rowohlt Taschenbuch Verlag

2. Auflage Juni 2018

Veröffentlicht im Rowohlt Taschenbuch Verlag,
Reinbek bei Hamburg, April 2018
Copyright © 2017 by Rowohlt Verlag GmbH,
Reinbek bei Hamburg
Umschlaggestaltung Hauptmann & Kompanie
Werbeagentur, Zürich
Umschlagillustration Kai Pannen
Satz aus der Palatino, InDesign,
bei Pinkuin Satz und Datentechnik, Berlin
Druck und Bindung CPI books GmbH, Leck, Germany
ISBN 978 3 499 29019 0

Seeluft macht glücklich

1.

Die Sonne schien nur dafür erfunden, einmal am Tag um die Reetdachvilla herumzuwandern und diese von allen Seiten aus zu bescheinen. Das Anwesen streckte sich auf einem der wenigen Hügel der Insel dem Himmel entgegen. Das Reet auf dem Dach leuchtete mattgolden, die karminrot geklinkerten Wände strahlten zufrieden vor sich hin. Um das Haus herum lag eine riesige Rasenfläche. Hinter einer Mauer aus Natursteinen breitete sich das Wattenmeer aus, das irgendwo am Horizont in den Himmel überging. Gegenüber waren die Dünen der Insel Amrum mit dem rot-weiß gestreiften Leuchtturm in Nebel zu sehen. Das war friesisches High-End, mehr ging nicht.

Thore blickte prüfend auf die Nordsee, die wie ein flacher Spiegel dalag. Kein Regen in Sicht, die Temperaturen waren hochsommerlich. Er ging in die Küche, um die Torten und den Champagner zu holen. Am Vormittag hatte er bereits die Sessel und die Couch nach draußen geschleppt. Die hellen Ledermöbel wirkten auf dem gepflegten Rasen noch luxuriöser als drinnen.

Vor einer Woche hatten sie hier den dreiundsechzigsten Geburtstag seiner Mutter gefeiert. «Mor», wie alle sie auf Dänisch nannten, war in Kopenhagen direkt neben Schloss Amalienborg aufgewachsen, und sie hatte sich, als sie hier durch den Garten schritt, wie ein Mitglied des dänischen Königshauses gefühlt. Dass sie in Wirklichkeit Fischverkäuferin im familieneigenen Laden auf Sylt war und Thores Vater Fischer, spielte keine Rolle mehr.

Thore verwaltete Ferienhäuser auf der Insel Föhr. Dr. Kohfahl, einer seiner langjährigen Kunden und Manager eines Energiekonzerns, hatte ihm netterweise seine Villa für Mors Geburtstagsfest zur Verfügung gestellt. Nun sollte Thore im Gegenzug für ihn eine kleine, spontane Familienfeier ausrichten, was er gerne tat. Thore hatte bei der Wyker Konditorei Steigleder ein Kuchenbuffet vom Feinsten geordert, inklusive Champagner und Aquavit. Er befühlte die Flaschen. Die Temperatur war genau, wie sie sein sollte.

Vor dem Haus bremsten die ersten Wagen auf dem Kies. Würde gleich eine Gruppe von Herren im Smoking und Damen im Cocktailkleid kommen? Trat er selbst mit Jeans, schwarzem Jackett und hellblauem Hemd ohne Krawatte zu lässig auf?

Gerade wollte er zur Haustür gehen, um die Gäste zu begrüßen, da hörte er Stimmen. Anscheinend kannten sich die Leute hier aus und gingen direkt in den Garten. Als Thore sie um die Ecke biegen sah, staunte er nicht schlecht: Statt Kohfahls Familie stapften seine besten Freunde auf ihn zu! Der blonde Sportfanatiker Lars mit den breiten Schultern ging voran, der bullige Harky trug wie immer ein altmodisches Poloshirt und dazu eine

Stoffhose, die blonde Wiebke, die mit ihren eins neunzig noch etwas größer war als er, hatte sich die Haare heute zu Zöpfen geflochten. Ihnen folgten Carola und der dünne Henning. Seine Freunde schienen ebenfalls erstaunt zu sein, ihn hier zu treffen.

«Du hier?», fragte Lars.

Woher kannten die bitte schön Herrn Kohfahl? Und wieso hatte keiner aus seiner Clique etwas zu ihm gesagt? Normalerweise hatten sie doch keine Geheimnisse voreinander. Hatte er irgendetwas nicht mitbekommen?

Er versuchte, die peinliche Situation mit einem Witz zu überspielen. «Sorry, Leute, geschlossene Gesellschaft. Das ist ein Privatgrundstück!»

Die Freunde guckten ihn betreten an, keiner brachte ein Wort raus. Was ging hier vor sich? Bevor er das Rätsel lösen konnte, trat Dr. Kohfahl auf den Rasen. Der schlanke Mann mit dem energischen Kinn zog einen kleinen Rollkoffer aus schwarzem Leder hinter sich her. Er war Ende vierzig, trug Jeans und ein weißes Hemd. In seinem graumelierten Haar steckte eine Pilotenbrille mit grün getönten Gläsern. Meist flog er mit dem eigenen Flugzeug von Essen nach Föhr.

«Tag, Herr Traulsen», begrüßte er Thore und blickte in die Runde. Dann gab er allen die Hand und stellte sich vor. Das erschien Thore noch geheimnisvoller: Seine Freunde kannten Kohfahl nicht und waren trotzdem bei ihm eingeladen?

Anscheinend war heute der Tag der großen Überraschungen. Denn nun schlenderten auch noch seine Exfreundin Keike und ihr neuer Freund Alexander händchenhaltend um die Ecke. Keike löste sich von Alexander und lief mit federnden Schritten auf Thore zu. Sie sah heute mal wieder toll aus, das musste er zugeben. Das schlichte türkisfarbene Strandkleid passte perfekt zu ihren blonden Haaren und den blauen Augen. Vor einem halben Jahr hatte er sich von ihr getrennt, und das war auch gut so. Zum Glück war zwischen ihnen alles geklärt, sodass sie sich unbefangen begegnen konnten. Alexander, ihren Neuen, hatte er schon einmal von weitem gesehen; ein nichtssagender, blasshäutiger Seitenscheitelträger.

«Moin, Thore», hauchte Keike, umarmte ihn kurz und drehte sich dann zu ihrem Freund um: «Das ist Thore – Alexander.»

Ihr Neuer gab ihm höflich-distanziert die Hand. Thore hatte gehört, dass er in Kiel Medizin studierte und etwas jünger war als Keike, Ende zwanzig. Gut, dass das alles kein Problem mehr für ihn war. Wie gesagt, *er* hatte sich getrennt und nicht umgekehrt. Keike und er waren drei Jahre zusammen gewesen, und das letzte Jahr hatte nicht gerade zu den schönsten seines Lebens gehört. Aber deswegen verlangte er ja nicht, dass sie nach der Trennung ins Kloster ging. Und dafür, dass er selbst noch niemand Neuen hatte, konnte sie wirklich nichts. Es war alles gut. Trotzdem wunderte er sich über Keikes Geschmack: Seit wann stand sie auf farblose Typen wie den?

Kohfahl trat zu ihnen. «Mein Neffe will heute hier feiern.» Er zeigte auf Alexander. Keikes neuer Lover war also mit Kohfahl verwandt, so ein Zufall! Thore nickte und ging zu seinen Freunden, die immer noch fremdelten. Dass niemand das Fest heute erwähnt hatte, war schon komisch. Ehrlich gesagt, war er deswegen ein bisschen sauer.

«Wir wussten nicht, dass du auch hier bist», entschuldigte sich Lars. Was es nicht besser machte.

«Alles okay, wieso solltet ihr nicht mit Keike feiern?», entgegnete Thore. Seine Freunde konnten ja nichts dafür, dass sie kein Paar mehr waren. «Gibt's denn was Besonderes zu begießen?» Keike hatte im Dezember Geburtstag, das konnte es also nicht sein.

«Keine Ahnung. Keike meinte nur, wir sollten vorbeikommen, es sei eine Spontanparty angesagt», sagte Lars.

Jetzt bogen auch noch Keikes Eltern um die Ecke, Hans und Leevke aus Borgsum. Seine ehemaligen Schwiegereltern waren mächtig aufgetakelt: Klempnermeister Hans im Smoking, Leevke in voller Friesentracht mit schwarzem Kleid und weißer Schürze, inklusive silberner Brustkette. Das trug man auf Föhr nur an hohen Feiertagen.

«Moin, Thore, wie geiht di dat?», fragte seine Ex-Schwiegermutter, die äußerst erstaunt schien, ihn hier zu sehen.

«God, un di?»

«Ok god.»

Hans klopfte ihm stumm auf die Schulter, dann gingen sie zu Kohfahl hinüber, der gerade Champagner in die Gläser füllte.

«Ist wahrscheinlich nix Besonderes», sagte Lars.

«Und was machen dann Keikes Eltern hier?», fragte Thore.

«Keine Ahnung.»

Auf einmal kletterten Keike und Alexander auf den

Terrassentisch. Sie nahm seine Hand und rief: «Alle mal Ruhe, bitte!»

Das klang nach einer offiziellen Ansage. Was sollte das werden? Alle wurden still.

«Also ...», begann Keike, dann kullerten ihr die Tränen über die Wangen. Sie versuchte dagegen anzulächeln. Sogar weinend sah sie toll aus. «Ich wollte nur sagen, Alexander und ich haben uns heute verlobt.»

Sie deutete auf einen funkelnden Goldring an ihrem Finger. Alexander küsste sie, und alle jubelten und klatschten. Thore verstand die Welt nicht mehr. Mal abgesehen davon, dass Verlobungen im Allgemeinen selten geworden waren: Ausgerechnet Keike, die sich sonst so gerne über die Reichen dieser Welt mokierte, verlobte sich mit diesem Typen aus gutem Hause?

Kohfahl verteilte nun die Champagnergläser, dann wünschten alle dem Paar auf Friesisch Gesundheit: «Sünjhaid!»

Dass Thore stumm blieb, bekam im allgemeinen Getümmel niemand mit. Als der offizielle Teil seiner Arbeit erledigt war, stellte er sich etwas abseits an die Steinmauer. Das Wattenmeer hatte sich für den Nachmittag noch einmal besonders schön gemacht. Die tiefblaue See kräuselte sich in einer leichten Brise, die Dünen von Amrum ließen sich von der milden Sonne bescheinen und strahlten so hell herüber, als würde sie zusätzlich noch von innen beleuchtet. Sie hatten auflaufendes Wasser, das dunkelblaue Meer sah satt und zufrieden aus.

Klar, das Leben ging für Keike genauso weiter wie für ihn, das war ganz normal. Sie beide hatten ihre Chance gehabt und festgestellt, dass sie nicht füreinander geschaffen waren. Das war nicht dramatisch. Und wieso lag ihm Keikes Verlobung dann so schwer im Magen? *Weil du sie jetzt nicht mehr haben kannst, Thore? Nun fang dich mal wieder, das ist lächerlich!*

2.

Am nächsten Tag fegte ein launischer Wind über die Insel. Thore hatte das Gefühl, dass alle neuen Feriengäste gleichzeitig ankamen. Er hatte ununterbrochen zu tun. Zum Service seiner Firma gehörte der Transfer von der Fähre zu den Ferienhäusern, die teilweise weit verstreut in den Inseldörfern lagen. Darüber hinaus war er für die Abnahme des Putzdienstes zuständig und musste checken, ob Bettwäsche oder Geschirr fehlten. Sein Auftraggeber Holgi Petersen verließ sich voll auf ihn, Thore kümmerte sich um alles.

Gegen Mittag donnerte Thore mit seinem VW-Bus in den Hafen, um die Helmkes abzuholen, ein älteres Ehepaar, das dreimal im Jahr auf die Insel kam. Inzwischen duzte er sie sogar. Der Wind wehte ausnahmsweise stark von Osten, deswegen war die Flut nicht zurückgekommen und die Fahrrinne extrem flach. Die Fähre hatte Verspätung, weil der Kapitän zentimetergenau navigieren musste, um nicht aufzulaufen. Vielleicht konnte das Schiff auch erst eine Tide später kommen.

Ihm war es recht, so konnte er einen Moment durchatmen. Obwohl die Sonne nicht durchgängig schien, lagen die Urlauber auch heute am nahe gelegenen Strand.

Braun wurde man an der Nordsee auch, wenn der Himmel bedeckt war, und das Wasser war genauso warm wie sonst – allerdings erst, wenn es wieder da war.

Sobald Thore etwas zur Ruhe gekommen war, kam ihm die Verlobungsfeier wieder hoch. Keike hatte gestern genauso gut ausgesehen wie an dem Abend, als sie sich kennengelernt hatten. Es war im guten alten Erdbeerparadies gewesen, einer legendären Disco, die es leider nicht mehr gab. Anfangs waren Keike und er ein Dreamteam gewesen, besser konnten zwei Menschen nicht zusammenpassen. Frühstück im Bett, gemeinsam in der Nordsee schwimmen, Liebe am Strand, Hand in Hand durchs Wattenmeer. Doch schon bald hatte Keike ihm Vorwürfe gemacht, er würde sich zu wenig um sie kümmern und sich mit Jobs zuschütten. Tatsächlich arbeitete er in der Hauptsaison viel. Das war normal auf Föhr, drei Viertel seines Jahreseinkommens verdiente er im Sommer, da schufteten alle Insulaner Tag und Nacht. Nicht selten war er nach der Arbeit noch ins Erdbeerparadies gehetzt, um mit Keike zu tanzen, obwohl er am nächsten Morgen wieder früh rausmusste. Sie warf ihm vor, dass er die Arbeit als Ausrede benutze, um sie auf Abstand zu halten. Das sah er anders.

Keike hatte es da in ihrer Wyker Goldschmiede einfacher gehabt. Bei ihr gab es feste Öffnungszeiten, dadurch war alles viel leichter zu planen. Vielleicht hätte er öfter mit ihr einen Ausflug aufs Festland machen sollen. Es hätte ja nicht gleich Venedig sein müssen. Flensburg, Husum oder Kiel hätten genügt. Keike hatte ihm unterstellt, dass er vor Nähe floh und sich nicht auf einen anderen Menschen einlassen konnte. War er wirklich so ein Egozentriker?

Thore sah zu, wie sich ein paar Kinder vor ihm im Schlick wälzten, bis ihre Gesichter nicht mehr zu erkennen waren. Das hatte er früher auch oft gemacht. Am liebsten hätte er jetzt mitgespielt, dann würde es ihm vielleicht bessergehen.

Plötzlich zuckte er zusammen. Hinter den Kindern tauchte Keike auf, Hand in Hand mit ihrem Verlobten. Ausgerechnet! Die konnte er gerade gar nicht gebrauchen. Wieso hockte sie nicht in ihrer Goldschmiedewerkstatt in der Wyker Altstadt und ihr Verlobter beim Studium in Kiel?

Thore tat so, als hätte er sie nicht gesehen, und blickte angestrengt in die andere Richtung. Was Keike sofort bemerkte, sie hatte ihn längst entdeckt. Zwei Minuten später stand sie mit Alexander vor ihm.

«Moin, Thore.»

«Moin.»

«Danke noch mal für die tolle Feier.»

Er lächelte unverbindlich. «Gerne.»

«Und?», fragte sie. «Im Stress?» Dumme Frage an jemanden, der entspannt an der Kaimauer lehnte.

«Wie immer.»

«Na denn ... Schönen Tag noch.»

«Selber auch.»

Alexander hatte bei diesem bemerkenswerten Gespräch die ganze Zeit geschwiegen. Was hätte er auch groß sagen sollen?

Als wenn das nicht schlimm genug gewesen wäre, traf er Keike noch zwei weitere Male an diesem Tag! Einmal an der Borgsumer Mühle und einmal im Supermarkt. Föhr war nicht Australien, es war unmöglich, sich auf der kleinen Insel aus dem Weg zu gehen. Und das würde sich auch nicht ändern. Wenn er Pech hatte, traf er sie mehrmals die Woche.

Nach dem langen Arbeitstag fuhr Thore mit seinem Bus an den Nieblumer Strand und setzte sich dort in die Dünen. Es wurde um diese Jahreszeit, Mitte Juni, spät dunkel. Der Abglanz der Mitternachtssonne, die im Sommer nie unterging, strahlte bis nach Föhr. Nach Sonnenuntergang wurde der Himmel dunkelblau, Wellen nippten an der Strandkante, und die ersten Sterne funkelten von oben herab. Sehr romantisch – eigentlich. Nur rannten seine Gedanken im Kreis und kamen immer wieder bei Keike an. Wie kam er da jemals wieder raus?

Er brauchte dringend jemanden zum Reden. Also nahm er sein Handy und schrieb Lars eine SMS.

Morgen um drei an unserem Lieblingsplatz?

Kurze Zeit später kam die Antwort:

Geit klar.

Erschöpft lehnte Thore sich zurück und blickte in den samtblauen Himmel. Er hoffte, dass morgen alles besser wurde.

3.

Mitten im flachen Nichts kreuzten sich zwei Feldwege, die in beide Richtungen kilometerlang geradeaus gingen. Thore parkte seinen VW-Bus und setzte sich auf eine Bank, die irgendjemand mal dort hingestellt hatte. Wann und warum, wusste niemand, sie war einfach da. So weit er blickte, waren weder Baum noch Strauch zu sehen, nur Leere, bis zum Horizont. Eine unübersehbare Herde weißer Haufenwolken raste von Osten über ihn hinweg Richtung offenes Meer.

Von ferne sah er einen Punkt näher kommen, der erstaunlich schnell größer wurde. Es war Lars auf seinem feuerroten Rennrad. Sein Freund fuhr jeden Tag einmal rund um Föhr, meist morgens, bevor er als Lehrer seinen Unterricht an der Eilun-Feer-Skol antrat. Thore fand die Vorstellung, so früh aufzustehen, gruselig. Um diese Uhrzeit konnte er noch gar nicht sprechen, geschweige denn an Sport denken.

Lars steckte mitten in den Zeugniskonferenzen vor den großen Ferien und hatte wenig Zeit. Schön, dass er trotzdem gekommen war. Jetzt stand er in seinem gelben Tour-de-France-Trikot vor ihm, seine Radfahrerschuhe klackten, als er abstieg.

«Moin.»

«Moin.»

Er ließ sich keuchend neben Thore auf die Bank fallen. Thore reichte ihm ein Flens, was für Lars um diese Zeit normalerweise ein Tabubruch war. Aber schnacken mit einem Kumpel ging nicht ohne.

Keike hatte immer gemeint, dass Männer im Gegensatz zu Frauen nicht über Persönliches reden konnten. Das stimmte nicht, es lief nur etwas anders ab. Beide drückten im selben Moment den Bügelverschluss auf, und es gab den vertrauten «Plopp». Dann stießen sie an und brummten auf Friesisch: «Sünjhaid.» Nach dem ersten langen Schluck hielten sie die Flaschen im Schoß und guckten stumm in die Weite. Irgendwann nahm Thore einen weiteren Schluck und murmelte das Schlüsselwort:

«Frauen ...»

Der Wind fegte über die Gräser hinweg und raschelte in den Büschen.

«Echt!», bestätigte Lars und spielte am Bügelverschluss herum. Dann schwiegen sie wieder und ließen zig Wolken über sich hinwegziehen.

«Immer dasselbe», brummte Thore.

Wieder Schweigen. «Aber ohne is auch schlecht.»

Das musste bei beiden erst mal sacken. Sie starrten angestrengt zum Horizont, als würde dort die Lösung angezeigt.

«Weiß nich», gab Thore zu bedenken.

Lars verzog das Gesicht. «Nur so allgemein.»

«Jo.»

Lars nahm einen großen Schluck. «Keike hat uns zu

der Party in der Villa eingeladen. Keiner hat geahnt, dass sie sich verloben wollte.»

«Ist schon okay. Ich versteh Keike trotzdem nich.»

Lars nickte. «Frauen halt, da steckst nich drin.»

«Nee», widersprach Thore. «In diesem Fall bin *ich* der Trottel. Im Ernst, Lars, ich treffe die Traumfrau überhaupt, und was mach ich? Ich schick sie in die Wüste.»

Lars nickte. «Zu spät.»

«Warum hab ich das nicht vorher geschnallt?»

«Du warst schwer genervt von ihr.»

«Lag vielleicht nur an mir.»

«Meinste?»

«Hmm.»

Ein Windstoß fuhr ihnen durch die Haare.

«Und jetzt?»

Thore hatte das Gefühl, dass Blei auf seiner Brust lag. Seine Ruhe war nur äußerlich. «Auf Föhr laufen wir uns jeden Tag übern Weg.»

Lars verzog das Gesicht. «Zumal ihr Typ gerade zu ihr nach Wyk gezogen ist.»

«Echt?»

«Fängt als Assi im Inselkrankenhaus an.»

Thore stöhnte auf. «Na super, wenn ich mir die Haxen breche, operiert der mich womöglich noch.»

Lars grinste. «Vielleicht bastelt er dir dann Hörner auf die Stirn.»

«Sehr witzig.»

«So was ist bestimmt schon vorgekommen.»

Thore wusste wirklich nicht mehr weiter. «Und was mach ich jetzt?»

«Irgendwann gewöhnst du dich dran.»

«Oder nich.»

«Doch, das wird.»

«Und wenn nich?»

«Irgendwann bist du damit durch.»

«Und bis dahin?»

«Durchhalten.»

Thore blickte zum Horizont. «Oder abhaun.»

In die Wolken konnte sich Thore alle erdenklichen Fluchtorte hineinträumen. Dort schlummerten jede Menge unbekannter Plätze, an denen noch niemand gewesen war.

Lars sah ihn überrascht an. «Häh? Und wohin?»

«Zeigt sich dann.»

«In der Hauptsaison? Holgi würde dich grillen.»

Sein Arbeitgeber würde tatsächlich alles andere als begeistert sein.

«Ändert nix.»

Die Gräser wurden vom Ostwind nach Westen gedrückt. Die Luft war kühl, was sehr erfrischend war.

Lars sah auf seine Uhr. «Ich muss.»

«Hmm.»

«Kopf hoch, Alter.»

«Jo.»

Es folgte ihre übliche Abschiedschoreografie: Sie standen auf, umarmten sich kurz und gaben sich dabei einen kräftigen Klaps auf die Schulter.

«Halt die Ohren steif», sagte Lars.

«Selber auch.»

Dann radelte Lars wieder davon, und Thore blieb alleine zurück. Vielleicht hatte Lars ja recht, und die Zeit würde alles regeln. Nur fühlte es sich überhaupt nicht so an.

4.

Das Sonnenlicht war den ganzen Tag lang über Jasmins weiß lackierte Schreibtischplatte gewandert. Jetzt war es fast sechs Uhr abends, und ihr Büro versank im Schatten. In den kleinen Raum passten gerade mal der Schreibtisch und eine Garderobe an der Wand. Er lag direkt hinter dem Verbandslager des Katholischen Krankenhauses, ein Provisorium, das während des letzten Umbaus entstanden und hinterher zur Daueneinrichtung geworden war. Deshalb begegnete sie während der Arbeit so gut wie keinen Kollegen.

Sie lehnte sich leicht zur Seite und konnte durch das Fenster einen Zipfel des Rheins sehen. Die Sonne schien noch aufs Wasser, ein Binnenschiff mit niederländischer Fahne am Heck kämpfte sich gegen den Strom nach Süden. Jasmins Gesicht spiegelte sich in der Scheibe. Sie sah eine Mittdreißigerin mit halblangen braunen Haaren und Ringen unter den grünen Augen. Sie trug ihr tägliches Standard-Outfit für den Job: schwarzer Hosenanzug und dunkelblaue Bluse, plus der neuen Kette mit den großen Klunkern, die sie vor einer Woche im Internet bestellt hatte. Privat war sie eher der Jeans-Typ, zu Hause scheute sie nicht die Jogginghose.

Gähnend ging sie noch einmal die Bestellungen für die nächsten Wochen durch, lange Listen, die sie genau überprüfen musste. Sie durfte keinen Fehler machen, denn davon hingen Menschenleben ab. Plötzlich fingen ihre Hände an zu zittern, und ihr Nacken verkrampfte sich. Es fühlte sich an wie eine aufziehende Grippe. Konnte das sein, mitten im Sommer? Sie tippte auf Google «Schüttelfrost» ein, und das gute alte Internet wusste Bescheid: *Betroffen sind vor allem die großen Muskeln der Oberschenkel und des Rückens, aber auch die Kaumuskulatur.*

Genau so fühlte es sich an!

Bei Malaria oder Influenza, aber auch bei einem Sonnenstich kann es zu Schüttelfrösten kommen. Weitere typische Erkrankungen sind Lungenentzündung, Scharlach, Wundrose, Wundstarrkrampf, Nierenbeckenentzündungen sowie Pilz- oder Blutvergiftungen.

Um Himmels willen!

Sie richtete sich auf ihrem Stuhl auf. Seit sechs Uhr morgens saß sie am Schreibtisch, in der Nacht zuvor war sie nach einem 14-Stunden-Tag nur kurz zum Schlafen nach Hause gegangen und direkt heute Morgen wiedergekommen. Nur so konnte sie alles abarbeiten, was anlag.

Pling!

Eine Mail.

Sie streckte sich. Die konnte bis morgen warten, jetzt war Feierabend. Natürlich schaute sie trotzdem rein. Die Nachricht kam von Mirko, dem Physik-Freak in der Forschungsabteilung bei Philips, im fernen Hamburg.

Bin im siebten PC-Himmel. Habe einen neuen Algorithmus gefunden, mit dem ihr eure Rechner für die Herz-OPs noch besser programmieren könnt! Die Auflösung wird sechsmal so scharf wie bisher. Interesse? LG Mirko

Ihr Atem stockte. Das war eine Sensation! Die Kardiologen des Katholischen Krankenhauses gingen mit einem Draht durch die Leiste bis zum Herz ihrer Patienten, um dort Herzklappen zu installieren, Stents zu setzen und wer-weiß-was-noch-alles. Die Ansicht der Adern wurde während der OP auf einem Bildschirm so stark vergrößert, dass sie wie Kanalrohre aussahen. Durch Mirkos Entdeckung konnten die Ärzte Schwachstellen nun noch genauer identifizieren und beheben.

Jasmin hielt seit langer Zeit persönlichen Kontakt zum Forschungszentrum in Hamburg, um immer auf dem neuesten Stand zu sein. Im Lauf der Jahre hatte sie sich Berge an medizinischem Fachwissen angelesen. Das ging zwar weit über ihre Aufgabe in der Verwaltung hinaus, aber so brachte ihr die Arbeit einfach mehr Spaß.

Du Genie!, schrieb sie zurück. *Unsere Patienten werden vor Freude auf den Fluren tanzen. Ich will den Link vor allen anderen bekommen!*

Das Ganze war selbstverständlich inoffiziell, später würde das Krankenhaus das Programm kaufen. Aber so konnten es sich die Kardiologen schon mal ansehen.

Mirko schickte ihr die Daten mit einem Smiley und schrieb, dass er jetzt Feierabend machen werde. Jasmin wünschte ihm einen schönen Abend und fuhr ihren PC auf Standby.

Sie nahm ihre Tasche und schleppte sich gähnend in Richtung Ausgang. Jeder Schritt fühlte sich schwer an. Das Neonlicht in den kahlen Gängen war verlässlicher als die Sonne, es schien Tag und Nacht, im Sommer wie im Winter. Normalerweise nahm sie immer einen kleinen Umweg, damit sie ja keinen Patienten begegnete. Sie ertrug es einfach nicht, täglich mit ihrem Leid konfrontiert zu werden. Heute war ihr das egal. Der kürzeste Weg hinaus ging über die Herzstation, auch wenn das nicht gerne gesehen wurde. Vier Stunden Schlaf waren zu wenig gewesen, sie wollte nur noch ins Bett.

Im Hauptgang standen mehrere Ständer mit Infusionsbeuteln. Ein älterer Mann mit einem blauen Fleck auf der Stirn lag in seinem Bett und wartete auf den Transport in den OP oder zu einer Untersuchung. An jeder Wand hing ein Kruzifix, wie es in einem Katholischen Krankenhaus eben üblich war.

Gerade kam der oberste Chef aus einem Zimmer. In seinem Kielwasser schwammen zwei Assistenzärzte, die einiges jünger waren als Jasmin. Professor Breitscheid war um die sechzig, schlank und fast zwei Meter groß. Trotz seines Alters überstrahlte er die Jüngeren mit seiner Energie. Irgendwann war mal das Gerücht aufgekommen, dass seine schwarzen Haare gefärbt waren. Die Hälfte der Belegschaft hielt dagegen. Jasmin hatte ihm heimlich ein Haar vom Kittelkragen gestohlen und im Labor untersucht. Dort wurde hochwissenschaftlich bewiesen: Er tat es nicht, beneidenswert!

«Abend, Höffgen», grüßte er freundlich.

«Abend, Professor.» Erneut überkam sie ein Gähnen.

Sie hatten vom ersten Tag an diese Form der Anrede benutzt: Er sprach sie mit Nachnamen ohne «Frau» an, sie ihn nur mit dem Titel. Das war kurz vorm Duzen, ähnlich wie bei Miss Moneypenny und James Bond.

Er fasste sie sanft am Arm. «Sie sollten mal Pause machen, Höffgen. Sie waren letzte Nacht bis Mitternacht hier, und jetzt sind Sie noch immer da.»

Sie versuchte ein Lächeln. «Sie ja auch, sonst wüssten Sie das nicht.»

Er zog eine Augenbraue hoch. «Wenn Sie sich unwohl fühlen, kommen Sie direkt zur mir auf die Station, verstanden?»

«Kann man da denn in Ruhe ausschlafen?»

«Wenn es sein muss, gebe ich Ihnen eine Narkose. Damit kommen Sie auf jeden Fall zur Ruhe.»

Sie wollte weitergehen, aber die Neuigkeit musste noch raus. «Übrigens, der Kollege, der an dem Katheter-Programm sitzt, ist vor einer halben Stunde fertig geworden.»

Der Professor sah sie verblüfft an. «Und Sie haben das gleich erfahren?»

«Noch vor seinem Chef.» Sie unterdrückte ein weiteres Gähnen. «Ich habe es auf Ihren Rechner weitergeleitet.»

Professor Breitscheid schüttelte bewundernd den Kopf. «Mann, Höffgen, wen Sie alles kennen! Haben Sie auch die Privatnummer vom lieben Gott?»

«Festnetz oder mobil?»

Er lachte. «Wenn es Sie nicht gäbe, müsste man Sie erfinden. Aber machen Sie wirklich mal Pause. Wir wollen noch länger was von Ihnen haben. Schönen Abend noch, Höffgen.»

«Für Sie auch, Professor.»

Sie hatte es weit gebracht für eine ehemalige Verwaltungsangestellte der AOK Gummersbach. Der Professor höchstpersönlich hatte dafür gesorgt, dass sie etwas mehr Gehalt bekam als in diesem Job üblich. Für die nächste Stufe hätte sie studieren müssen.

Auf dem Weg zum Ausgang merkte sie plötzlich, wie ihre Knie butterweich wurden. Sie konnte sich kaum noch aufrecht halten und klammerte sich krampfhaft an die Wand. Wenn sie sich jetzt zu Boden gleiten ließe, würde sie nicht wieder hochkommen, das spürte sie deutlich. «Bloß nicht», murmelte sie verzweifelt.

So kam sie nicht nach Hause, also ab in die Notaufnahme? Nein, sie wollte kein großes Brimborium daraus machen. Wenn sie sich kurz irgendwo ablegte, kam das wieder in Ordnung.

Gleich um die Ecke war der Eingang zum C-Trakt. An der Milchglastür hing ein Schild: «Wegen Bauarbeiten geschlossen.» Sie zückte ihren Universalschlüssel und öffnete die Tür. Es roch nach frischer Farbe und neuen Möbeln. Sie wankte ins erstbeste Zimmer. Hier stand ein Bett, das aus Hygienegründen vollständig in eine Plastikplane gewickelt war. Sie ließ sich einfach auf die Matratze fallen. Doch dadurch wurde es nicht besser, im Gegenteil, alles drehte sich noch wilder in ihrem Kopf. Hoffentlich war es nicht doch etwas Schlimmes! Falls sie ohnmächtig wurde, würde sie hier niemand finden.

Das war ihr letzter Gedanke, bevor sie in einen tiefen Schlaf fiel. Im Traum lag sie in einer winzigen Nussschale von Boot. Über ihr türmten sich riesige, schwarze Wolken, es braute sich ein Unwetter zusammen. Das Wasser war aufgewühlt, weiße Schaumkronen tanzten auf den hohen Wellen. Sie schaffte es gerade so an Land. Am Strand vor dem Kinderkurheim stand ihr bester Freund Ralf, der im Katholischen Krankenhaus arbeitete. Seine Kleider blähten sich im Wind auf. Die Sonne schien wieder. Sie genoss das klare Licht des Nordens und legte sich neben den schönen Sönke, der immer für sie da war. Sie nahm seine Hand, sie fühlte sich warm an. Was für ein Glück, dass sie zusammen waren!

«Bafff!», knallte es in ihren Ohren.

Das kam nicht vom Meer, sondern hörte sich an wie eine Tür. Wo gab es am Strand eine Tür? Verwirrt öffnete sie die Augen. Professor Breitscheid stand mit einem der Hausmeister vor ihrem Bett und fühlte ihren Puls.

«Wie gut, dass Herr Windhövel Sie zufällig gefunden hat», sagte er. «Was machen Sie hier, Höffgen?» Er sah besorgt aus.

«Ich wollte die Matratze testen», rechtfertigte sie sich mit belegter Stimme. Was eine komplett unsinnige Ausrede war, die es nur noch peinlicher machte. Zum Glück ging der Professor nicht darauf ein, sondern fühlte weiter ihren Puls und beobachtete den Sekundenzeiger seiner Uhr.

«Gerade noch okay», stellte er fest. «Wissen Sie eigentlich, wie spät es ist?»

«Nein.»

«Vier Uhr.»

«In der Nacht?»

«Was sonst?»

Sie war vollkommen durcheinander. Durchs Fenster

sah sie, dass es draußen schon wieder dämmerte. Dann hatte sie also zehn Stunden hier geschlafen – wie konnte das passieren?

Eine junge Krankenschwester, die Jasmin noch nie gesehen hatte, rollte ein EKG-Gerät herein. Der Professor schloss ihr die Dioden an Bein, Dekolleté und Bauch an.

«Vielleicht ist sie ja obdachlos», meinte der Hausmeister.

«Wieso das denn?», schnaubte Breitscheid.

«Ich hab das mal auf RTL gesehen, da waren Leute, die haben tagsüber ganz normal gearbeitet und nachts ...»

«Schluss jetzt», unterbrach ihn Breitscheid. «Lassen Sie mich meine Untersuchung fortsetzen.»

Windhövel zog beleidigt ab.

Hatte der das ernst gemeint? Das würde sich sicher bald im Krankenhaus rumsprechen: Die Höffgen schläft im Patientenbett, weil sie kein Zuhause hat. Ein Albtraum. Wieso hatte sie sich nicht zusammengerissen und war einfach nach Haus gegangen?

«Was ist mit der OP?», erinnerte die Krankenschwester den Professor.

«OP?», fragte Jasmin entsetzt. War sie etwa schwerkrank?

«Ich komme gleich», knurrte Breitscheid.

Sie atmete auf, offenbar war nicht sie gemeint. «Gehen Sie nur», murmelte sie. «Ich bin gesund.»

Professor Breitscheid blickte konzentriert auf das EKG. «Sieht alles gerade noch in Ordnung aus, bis auf ein paar Stolperer, sehen Sie selbst ...»

Jasmin guckte lieber gar nicht hin. Sie war müde, nicht krank! «Will sagen?»

«Sie haben leichte Herzrhythmusstörungen. Noch ist das gerade so im grünen Bereich, mehr darf das aber nicht werden. Ich schreibe Sie acht Wochen krank.»

Sie schoss aus dem Bett hoch und starrte ihn entsetzt an. «Was? Acht Wochen?»

«Sie brauchen dringend eine Auszeit.»

Da Jasmin immer noch an die Dioden angeschlossen war, konnte sie zusehen, wie ihr Blutdruck in die Höhe schoss. «Bitte, das dürfen Sie nicht!»

«Und ob ich das darf», bollerte Professor Breitscheid. «Vier Wochen Krankschreibung plus vier Wochen Überstunden abbummeln. Noch Fragen?»

Wochenlang zu Hause herumliegen und die Wände anstarren, war eine ernste Bedrohung für sie, das unterschätzte der Professor! Es würde sie erst richtig krank machen.

«Ich kann keine Mitarbeiter gebrauchen, die sich kaputtschuften», schimpfte er. «Sie müssen dringend ausspannen. Und damit das klar ist, Höffgen: In dieser Zeit haben Sie in der Klinik Hausverbot!»

Dann drehte er sich um und verließ mit der Krankenschwester den Raum. Jasmin blieb wie versteinert zurück. Wie sollte sie die nächsten Wochen bloß überleben?

5.

Vor der Tür des Krankenhauses gähnte Jasmin so heftig, dass ihr Kiefer knackte. Die Morgendämmerung hatte alle Farben durch ein Einheitsgrau ersetzt, Nieselregen legte sich über die Stadt. Obwohl sie so lange geschlafen hatte, war sie immer noch hundemüde. Sie überlegte, ob sie ihren dunkelroten Schirm aufspannen sollte, ging dann aber einfach los. Der Regen würde sie vielleicht wach machen.

Dass sie damals eine Wohnung gleich um die Ecke gefunden hatte, war ein Zufall gewesen, über den sie gar nicht glücklich war. Im Gegenteil, sie beneidete ihre Kollegen, die mit der U-Bahn zur Arbeit kamen, den Coffee-to-go in der einen Hand, das Smartphone oder ein Buch in der anderen. Mehr räumlichen Abstand zwischen Arbeit und Zuhause hätte sie besser gefunden. Deshalb nahm sie immer einen langen Umweg, um nach Hause zu gehen. Es war ihr tägliches Ritual, an dem sie bei jedem Wetter festhielt. So auch heute.

Sie schleppte sich an der mächtigen Rotbuche neben dem Kunibertkloster vorbei. Niemand war auf der Straße zu sehen, selbst für die ersten Jogger war es noch zu früh. Kurze Zeit später stand sie am Ufer des Rheins, der sich schnell und mächtig an ihr vorbeischob. Wie gern hätte sie sich jetzt mit einer Luftmatratze aufs Wasser gelegt und sich einfach bis zum Meer treiben lassen.

Die Domplatte, auf der sich sonst Scharen von Touristen aus aller Welt drängten, wirkte wie ein vergessenes Privatgelände. Sie betrat die Hohenzollernbrücke. Der Regen ließ nach, und ein Sonnenstrahl brachte die unzähligen Liebesschlösser am Geländer der Bahnstrecke zum Leuchten. Verliebte Paare hatten sie hier angebracht und die Schlüssel ins Wasser geworfen: ein Schloss für die Ewigkeit – wie lange diese im Einzelfall auch dauern mochte.

Normalerweise durchquerte sie jetzt den Rheinpark auf der anderen Flussseite, aber heute war sie zu kaputt. Außerdem wurde der Regen heftiger. Sie drehte um und tauchte hinterm Hauptbahnhof in ihr Viertel ein, ihr «Veedel», wie die Kölner sagten. Vor der Musikhochschule blieb sie stehen. Ein Cello spielte eine schwermütige Melodie. Sie lehnte sich einen Moment an eine Häuserwand und schaute den Regentropfen dabei zu, wie sie in den Pfützen zur Musik tanzten.

Das Mietshaus, in dem sie wohnte, war keine zehn Jahre alt und lag direkt hinter der Musikhochschule. Ihre Wohnung im vierten Stock war klein: zwei Zimmer, Küche, Bad, ein enger Flur und ein winziger Balkon nach hinten raus. Sie hatte es sich gemütlich eingerichtet. Schlaf- und Wohnzimmer waren vollgestopft mit Büchern. Sie las alles, was sie in die Finger bekam, von Krimi bis Belletristik. Allein auf dem Fußboden lagerten bestimmt an die hundert Bücher. Ihr liebster Leseplatz war das riesige Bett, das fast den ganzen Raum einnahm. Im Sommer saß sie oft auf dem kleinen Balkon in der Sonne und hörte den Musikstudenten beim Üben zu.

Im kahlen Treppenhaus roch es nach Knoblauch. Als sie den vierten Stock erreichte, erschrak sie heftig: Ihre Wohnungstür war weit geöffnet, aus ihren Räumen drangen Männerstimmen! Es war kurz vor fünf, das konnten nur Einbrecher sein! Mit zitternden Fingern zückte sie ihr Handy. Jetzt kam ein Mann aus der Wohnung, der eine dunkelblaue Latzhose und ein ärmelloses T-Shirt trug, das seine Tattoos am Oberarm zeigte. Sie schätzte ihn nicht älter als zwanzig.

«Polizei ist unterwegs!», rief sie und deutete auf ihr Handy. Dabei hatte sie die Nummer noch gar nicht gewählt.

«Wohnense hier?», fragte der Typ gelassen.

«Ja», rief sie.

«Firma Hellbroich. Sie haben 'nen Wasserrohrbruch.»

Daraufhin wagte sie es, ein paar Schritte auf ihre Wohnungstür zuzugehen. Im Flur stand ihr Vermieter, der kahlköpfige Herr Schmidtke, mit einem weiteren Mann, vermutlich einem Klempner.

«Was wollen Sie in meiner Wohnung?», sagte sie. «Ich will schlafen.»

«Tach, Frau Höffgen», antwortete Schmidtke. «Das ist ein Notfall erster Güte. Das Rohr im Bad ist so was von geplatzt.»

Es war nicht zu glauben. Konnte man so viel Pech an einem Tag haben?

«Mir egal, ich muss schlafen», wiederholte sie. Ihr war schwindelig, und sie hatte Kopfschmerzen.

«Das wird nicht gehen. Der Fußboden im Bad ist klitschenass, und wir müssen schweißen. Es gibt auch kein Wasser, das is abgestellt», meinte der Klempner.

«Ich hatte bis eben Nachtschicht!», rief sie.

«Haben Sie keine Verwandten oder Freunde, wo Sie hinkönnen?», fragte Schmidtke.

«Doch, aber die will ich um diese Zeit nicht belästigen.»

Die Wahrheit war, dass sie niemanden in Köln hatte. Am besten, sie ging zurück in den C-Trakt des Katholischen Krankenhauses und legte sich dort wieder in ein leeres Bett.

«Das hier dauert zwei Tage. Erst kommt der Bohrhammer, dann der feuchte Putz. Da werden Sie keine Freude mit haben.»

«Dann gehe ich eben ins Hotel.»

«Wenn Sie das meinen.»

«Auf Ihre Kosten, versteht sich.»

«Was?», rief Schmidtke.

Musste sie in ihrem Zustand noch streiten? Sie holte tief Luft. «Ich möchte in meiner Wohnung schlafen, für die ich bezahle», erklärte sie so ruhig wie möglich. «Und da das nicht geht, müssen Sie solange mein Hotelzimmer zahlen.»

«Übermorgen können Sie wieder bei sich übernachten.»

Sie wollte es kurz machen. «Ich gehe ins Hotel und lasse Ihnen die Rechnung zukommen.»

Herr Schmidtke überlegte einen Moment, obwohl es da wirklich nichts zu überlegen gab, dann knickte er ein. «Meinetwegen. Wenn es nicht gerade das Waldorf Astoria ist.»

«Schade, an das dachte ich als Allererstes.»

Der Vermieter verzog das Gesicht. «Mach mich nur arm, Mädchen.»

Warum nicht gleich so? Er bestellte ihr sogar ein Taxi auf seine Kosten. Sie packte ein paar Sachen in einen kleinen Koffer und ließ sich direkt ins nahe gelegene «Früh»-Hotel am Hauptbahnhof bringen, das er ihr empfohlen hatte.

Auf der Domplatte waren bereits die ersten Pendler auf dem Weg zur Arbeit zu sehen. Der Nachtportier an der Rezeption schien genauso müde zu sein wie sie, er konnte kaum sprechen. Sie gähnte mit ihm um die Wette, als sie ihre Kreditkarte auf den Tresen legte.

«Zwei Nächte, bitte», murmelte sie.

«Einchecken geht bei uns erst ab 14 Uhr», erwiderte er.

«Ich garantiere Ihnen, es wird alles bezahlt!»

«Trotzdem ...»

«Ja oder nein?» Sie hatte keine Ressourcen mehr für einen weiteren Streit.

«Nummer 35», nuschelte er und reichte ihr eine Magnetkarte. Sie wankte zum Aufzug und fuhr in den dritten Stock. In ihrer Erschöpfung verwechselte sie die Zahlen und suchte erst die 53. Dann stand sie endlich vor der richtigen Tür.

Das Zimmer war nett eingerichtet. Ein großes Bett, helle, freundliche Möbel, nichts gegen zu sagen. Trotzdem packte sie erst mal nichts aus. Der Rohrbruch in ihrer Wohnung war einer zu viel gewesen. Sie kämpfte gegen die aufsteigenden Tränen an. Wenn sie diesem Gefühl erst nachgab, würde es nicht mehr aufhören, das wusste sie.

Was sie jetzt brauchte, war kein Hotelzimmer, sondern ein Ort, der sie glücklich machte. Damit kam sie wieder zu ihrer Nussschale im Meer und zu Sönke. Diesen Traum durchlebte sie seit zwei Monaten jede Nacht. Das musste doch etwas bedeuten!

Kurzentschlossen schnappte sie ihren Koffer und verließ, sehr zum Erstaunen des Portiers, schnurstracks das Hotel. Sie eilte zum nahe gelegenen Hauptbahnhof. Glücklicherweise wusste sie, wo ihr Traum spielte. Und sie stellte fest, dass es von Köln aus eine Direktverbindung dorthin gab.

Der nächste Zug fuhr in einer halben Stunde. Sie kaufte sich am Schalter eine Fahrkarte und ging zum Gleis, wo der Zug bereits stand. Voller Vorfreude legte sie sich in ein leeres Abteil und schloss die Augen.

6.

Am späten Vormittag erwachte Jasmin aus einem tiefen Schlaf und blickte direkt ins All. War das schön! Hier wollte sie für immer bleiben. Wo war nur die Erde geblieben? Nach und nach realisierte sie, dass sie in einem Zugabteil lag und aus dem Fenster schaute. Sie richtete sich auf, und alles rückte wieder an seinen gewohnten Platz. Wie schade. Das All war der sonnige, wolkenlose Himmel über Nordfriesland. Darunter lag eine sattgrüne Ebene, flach wie eine Tischplatte. Die Büsche und Gräser neben der Bahnstrecke waren in Bewegung, es musste draußen sehr windig sein.

Kurze Zeit später durchfuhr der Zug eine schmale Lücke im Deich und hielt am Anleger. Sie war am Meer! Die Nordsee glitzerte in der Sonne, alles war groß und klar, nichts versperrte ihr den Blick. Sie schnappte sich ihren Koffer, stieg aus und ging mit den anderen Fahrgästen hinüber zur Anlegestelle, an der bereits die Fähre wartete.

An Bord lief sie gleich durch bis zum Sonnendeck und atmete tief durch. Die Luft roch nach Salzwasser, ein paar Möwen kreisten über ihr. Sie war hellwach und musste trotzdem die ganze Zeit gähnen. Irgendwann tutete das Schiffshorn einmal laut auf, und die Fähre legte ab.

Als sich die Fähre einen Meter vom Land entfernt hatte, spürte sie fast körperlich, wie viel Ballast sie auf dem Festland zurückgelassen hatte. Das Schiff nahm Kurs aufs Wattenmeer und schob sich im Schneckentempo an einer langgestreckten Hallig vorbei. Die Häuser dort standen auf kleinen Hügeln, auf einer Sandbank räkelten sich zwei Seehunde in der Sonne.

Das letzte Mal war sie vor zwanzig Jahren an der Nordsee gewesen. Als Fünfzehnjährige hatte sie eine sechswöchige Kur auf der Insel Föhr verschrieben bekommen. Ihr Asthma war im Bergischen Land einfach nicht besser geworden, und hier war man spezialisiert auf Atemwegserkrankungen. Hinzu kam, dass das salzige Meer eine starke Heilkraft besaß. Damals hatte sie auf der Fähre keine Augen für das Wattenmeer gehabt, sondern mit den anderen Gummersbacher Mädchen und einer Gruppe von gleichaltrigen Jungen geschnattert und gekichert. So lange von zu Hause weg zu sein, war eine echte Herausforderung gewesen.

Das Kinderkurheim in Wyk, in dem sie gewohnt hatte, kam ihr wieder vor Augen: die Schlafsäle, das Frühstück mit dem schrecklichen Malventee, der Strand direkt vor der Tür, die Ausflüge ins Watt. Und nicht zu vergessen die riesigen Walzähne am Wyker Friesenmuseum, durch die man wie durch ein Tor ging. Sie konnte nicht anders, als die Beißer kurz anzufassen, um dann unter einem angenehmen Schaudern aufzukreischen. In ihrer Erinnerung hatte auf Föhr immer die Sonne geschienen, und sie war den ganzen Tag draußen gewesen.

Von der Fähre aus wirkte Wyk wie ein gemütliches

Städtchen in einer Modelleisenbahnanlage. Bis auf ein paar Ausnahmen blickte sie nur auf kleine, schöne Häuser, vor denen ein herrlicher, breiter Strand lag. Die Insel Föhr sah aus wie eine Verheißung. Dort würde es ihr bessergehen!

Nach einer Dreiviertelstunde legte die Fähre an. Im Wyker Hafen herrschte gelassene Geschäftigkeit. Autos fuhren von Bord, andere warteten auf die Rückfahrt. Sie verließ das Schiff und schlenderte die paar Schritte zum Hotel Duus, das in der Nähe des Anlegers lag. Mit Mühe und Not hatte sie vom Zug aus das letzte Zimmer reservieren können, leider nur für sechs Tage.

«Moin, Moin», begrüßte sie die blonde junge Frau an der Rezeption, die im Restaurant vor der Küche lag. Allein über den norddeutschen Akzent hätte Jasmin jubeln können. Es klang so anders als in Köln, herrlich!

«Guten Tag, Jasmin Höffgen mein Name, ich hatte heute Morgen angerufen.»

«Ach ja, das Zimmer unterm Dach. Sie haben Glück, es ist unser letztes.»

«Und nach den sechs Tagen haben Sie wirklich nichts im Anschluss?»

Die Frau schüttelte bedauernd den Kopf. «Im Augenblick ist Hauptsaison, und alle wollen auf die Insel. Falls wir eine Absage bekommen, sage ich gerne Bescheid.»

Sie reichte Jasmin den Schlüssel, mit dem man auch nachts ins Haus kam, und informierte sie über die Frühstückszeiten.

Oben im Zimmer stellte Jasmin ihren Koffer ab. Der Raum mit dem gemütlichen Bett war klein, aber vollkommen ausreichend. Sie warf einen kurzen Blick ins Badezimmer, das modern und sauber war – alles okay. Draußen hörte sie ein paar Möwen rufen. Keine Minute später hatte sie das Zimmer abgeschlossen und nahm im Laufschritt die Treppe nach unten. Sie wollte sofort an die frische Luft.

Die Promenade mit ihren netten kleinen Geschäften und Cafés lag gleich um die Ecke. Unmittelbar vor den Läden befand sich der breite Strand, auf dem Hunderte bunte Strandkörbe standen. Die Sonne schien, und die Flut lief gerade auf. Das war perfektes Badewetter. Am liebsten wäre sie mit Klamotten ins Wasser gesprungen. Sie lächelte. Alles, was sie sah, schien nur zu einem einzigen Zweck geschaffen worden: dass es Menschen hier gutging. Also auch ihr!

Natürlich hatte sie gestern, als sie schlagartig ihre Wohnung verlassen musste, nicht daran gedacht, ihren Bikini einzupacken. Aber schon nach wenigen Metern entdeckte sie einen Laden, der Hemd & Höschen hieß und sehr geschmackvolle Bademode im Schaufenster zeigte. Sie ging hinein.

Die rothaarige Besitzerin kam direkt auf sie zu und sprach sie mit breitem norddeutschem Akzent an.

«Moin, was kann ich dir Gutes antun?»

«Hallo. Ich wollte mich nur mal umschauen.»

«Was du bei Svantje nicht findest, gibt es nicht auf dieser Welt», sagte die Frau. Was für ein Name! «Svantje» hatte sie in Köln noch nie gehört.

Neben Bademode gab es hier auch exquisite Lingerie,

raffinierte Tops und Unterwäsche. Jasmin strich mit den Fingern über Seidentops in sämtlichen Farben, die sich unglaublich sanft anfühlten. Sie überlegte keine Sekunde. Da sie sowieso nicht genug Unterwäsche mithatte, warum sollte sie sich nicht etwas Feines gönnen? Außerdem konnte sie die Dessous für ihren Plan auf Föhr bestens gebrauchen. Sie musste eine Punktlandung machen, und dafür sollte sie alles einsetzen. Kurzentschlossen griff sie nach einem türkisfarbenen Top und diverser Seidenunterwäsche und verschwand in der Umkleidekabine. Keine fünf Minuten später war die Sache entschieden.

«Die nehme ich», sagte sie und legte die Wäsche auf den Ladentisch.

Svantje packte alles mit Sorgfalt in kleine Kartons und die wiederum in eine feste Papiertüte. «Jetzt brauchst du nur noch einen Bodyguard», erklärte sie.

«Wieso das?»

«Um die Kerle abzuhalten, die um dich herumschwirren werden.»

Jasmin lachte. «Na, dein Wort in Gottes Ohr.»

«Kann ich sonst noch was für dich tun?»

«Ich brauche dringend einen Bikini.»

Svantje taxierte sie mit einem kurzen Blick und bot ihr fünf Modelle an, von denen Jasmin zwei anprobierte. Svantje hatte ein gutes Auge, die Größe stimmte perfekt. Beide Bikinis waren wie für sie gemacht.

«Sitzt, oder?», fragte Jasmin zur Sicherheit noch mal.

Svantje lüpfte den Vorhang der Umkleidekabine. «So ist das nun mal, wenn man Idealfigur hat», bestätigte sie, ohne die Miene zu verziehen.

Das Kompliment fand Jasmin zwar etwas übertrieben, sie freute sich dennoch darüber.

«Ich will sofort ins Wasser. Meine Klamotten ziehe ich einfach drüber – aber wohin mit dem Portemonnaie und den restlichen Sachen?»

«Am besten, du lässt alles hier und holst es nachher wieder ab», sagte Svantje.

«Echt?»

«Ab ins Wasser!»

Svantje packte ihre Jeans und ihr T-Shirt in die Tüte mit der Lingerie und hielt sie Jasmin hin, damit sie auch ihr Portemonnaie hineinlegte.

«Aber ich muss doch noch bezahlen», sagte Jasmin.

Svantje winkte lässig ab. «Später.»

Sie reichte ihr ein Badelaken zum Abtrocken, und Jasmin ging in ihrem neuen Bikini barfuß über die Promenade zum Strand. Direkt vom Geschäft ins Meer, was für ein Luxus! Sie rannte über den weichen Strandsand, ließ das Handtuch fallen und sprang ins Wasser. Die Sonne hatte das Watt bei Ebbe aufgewärmt, sodass das Flutwasser, das darüberlief, eine angenehme Temperatur hatte.

Erst einmal tauchte sie ab. Unter Wasser fühlte sie sich ganz leicht, und die salzige Nordsee massierte ihr sanft die Stirn. Dann schwamm sie eine gute halbe Stunde und legte sich anschließend ins seichte Wasser in Ufernähe. Hier hätte sie ewig bleiben können. Erst als sie das Gefühl bekam aufzuweichen, ging sie hinaus.

An Land trocknete sie sich ab und bekam erneut eine Gähnattacke. Konnte das sein? War sie immer noch nicht wach? Sie ging zurück zu Svantje, zog sich um, bezahlte und bedankte sich noch mal für alles. Dann aß sie in der Königstraße ein Krabbenbrötchen und ging anschließend zurück ins Hotel, wo sie sich direkt in ihr Bett legte. Es dauerte keine Minute, dann war sie weg. Erst am frühen Abend wachte sie wieder auf. Was nicht hieß, dass sie nicht weit vor Mitternacht schon wieder einschlief.

So ging es die ganzen nächsten Tage: schlafen, schwimmen, essen, schlafen, schwimmen, essen. Sie hatte Jahre an Schlaf nachzuholen und fühlte sich noch lange nicht fit für das, weshalb sie eigentlich nach Föhr gekommen war. Dafür brauchte sie mehr Zeit. Blöderweise musste sie das Hotel bald schon wieder verlassen. Sie hatte sich schon überall nach einem Zimmer erkundigt, sogar Svantje wollte sich umhören. Bisher vergeblich. In der Hauptsaison war wirklich alles ausgebucht.

7.

Thore fummelte an seinem dunkelblauen VW-Bus herum, den er direkt vor seinem Reetdachhaus in Oldsum geparkt hatte. Das Surfbrett hatte er am Dach befestigt. Die hinteren Sitze des Wagens hatte er ausgebaut und stattdessen die Matratze aus seinem Bett dorthin gelegt. In den nächsten Tagen würde er hier schlafen. Er trug die Sitze einzeln ins Haus und stellte sie in den Flur. Sie würden dort niemanden stören, es wäre ja niemand zu Hause.

Sein Wohnzimmer war ein ehemaliger Kuhstall, der von seinem Vermieter zu einem wunderschönen Zimmer mit Kamin umgebaut worden war. Thore fand, dass der Raum am besten durch sich selbst wirkte, deswegen war er sparsam mit der Möblierung gewesen. An der unverputzten Innenwand mit den roten Ziegeln stand ein kleiner Schreibtisch mit einem Apple-Computer, Tisch und Stühle waren schnörkellos-funktional. Auf den Fensterbänken lag Treibholz in allen möglichen Größen und Formen, das er in den letzten Jahren am Strand gesammelt hatte. Nur sein abgenutztes braunes Chesterfield-Ledersofa, das wie in alten amerikanischen Filmen vor dem Kamin stand, fiel aus dem Rahmen. Dort lag Thore gerne und las, während das Feuer im Kamin knackte. Weiter hinten gab es noch ein kleines Schlafzimmer mit einem alten Bauernschrank und eine geräumige Küche.

Mit seinem Chef Holgi Petersen hatte er eine Vereinbarung, die nun zu seiner Rettung wurde: In der Regel arbeitete Thore von Mai bis Oktober sieben Tage die Woche durch. Einmal durfte er in der Hauptsaison fünf Tage freinehmen, damit er keinen Inselkoller bekam. Dieser Kurzurlaub war genau jetzt fällig. Am Abend wollte er mit der letzten Fähre aufs Festland fahren, denn das war garantiert Keike-frei. Es zog ihn nach Dänemark. Vielleicht würde er seine Tante Helle in Kopenhagen besuchen, die würde sich bestimmt freuen. Vor allem wollte er allein sein und einfach nur irgendwo sitzen und aufs Wasser starren.

Als er gerade seinen Schlafsack aus dem Haus trug, klingelte sein Handy. Das Display zeigte die Fahrradvermietung Deichgraf in Wyk an. Die konnte er gerade gar nicht gebrauchen. Er ging trotzdem dran.

«Moin, Thore», kam es aus dem Hörer, «hier ist Simone. Ich habe einen Job für dich.»

Neben der Verwaltung von Ferienwohnungen übernahm Thore auch Taxifahrten zum Hamburger Flughafen, lieferte Medikamente auf der Insel aus und holte Fracht vom Fährhafen ab. Der Fahrrad-Rückholservice für Deichgraf war ein weiterer seiner vielen Nebenjobs.

«Ist gerade schlecht», murmelte er.

«Wir haben eine Kundin mit Platten am Oldsumer Deich. Könntest du sie kurz einsammeln? Bitte, das ist doch bei dir um die Ecke.»

Eigentlich wollte er sofort los, aber Simone war eine gute Freundin von ihm.

«Geiht klar», sagte er.

«Ich mache es wieder gut», versprach sie.

«Hmmh.»

Thore sprang in den VW-Bus, schaltete das Radio ein und gab Gas. Der Hit dieses Sommers dröhnte aus den Lautsprechern, er wurde gerade überall gespielt. Thore konnte ihn nicht mehr hören und schaltete sofort wieder aus. Als er die Scheibe runterkurbelte, hörte er nur noch den Sound der Insel. Das Schilf in den Gräben raschelte im Wind, eine sanfte Brise knatterte durch die offenen Scheiben. Das Abendlicht füllte den himmelhohen Raum in der Marsch mit tausend leuchtenden Punkten.

Er parkte neben dem rot geklinkerten Sielwerk in Oldsum, von dem aus der Abfluss aus den Gräben in die Nordsee geregelt wurde. Mit schnellen Schritten ging er auf den Deich, der sich hoch und mächtig vor ihm aufbaute. Irgendwo auf der anderen Seite kreischten ein paar Möwen. Oben angekommen, ging sein Blick wie immer als Erstes übers Wasser. Ganz in der Ferne kroch ein langer Wurm durchs Watt, es war der Autozug, der gerade über den Hindenburgdamm nach Sylt fuhr.

Vor dem Deich lag ein schmaler, wilder Strand, das sogenannte Sörenswai-Vorland. Seine Kundin saß links von ihm auf der Deichkrone, ungefähr hundert Meter entfernt. Das Fahrrad lag neben ihr. Als er näher kam, wurden ihre Umrisse schärfer. Sie war etwa in seinem Alter und trug eine weiße Bluse und kurze Jeans. Ihre braunen Haare reichten ihr knapp bis zur Schulter. Ihm fiel auf, dass sie im Gegensatz zu den anderen Touristen keine Sonnenbrille trug. Sie spielte mit einem Kartenspiel in ihrer Hand herum.

«Moin», grüßte er. «Ich bin Thore, die Deichgraf-Vermietung hat mich geschickt.»

«Hallo, ich bin Jasmin.» Ihre großen grünen Augen musterten ihn.

Sie hatte eine schöne Altstimme – ob sie Sängerin war? Er warf einen kurzen Blick auf ihr Fahrrad. «Platten?»

«Hmm.»

Anstatt sich um das Rad zu kümmern, setzte er sich erst einmal ein Stück entfernt neben sie und blickte ins Watt, das sich von seiner schönsten Seite zeigte.

«Wo wohnst du auf Föhr?», fragte er.

«Hotel Duus in Wyk.»

«Bleibst du länger?»

«Ich habe leider nur was für sechs Tage bekommen, ist schwierig in der Hauptsaison. Weißt du was?»

«Nee, aber ich kann mich ja mal umhören.»

«Das wäre super.»

Jasmin legte ein paar Spielkarten neben sich auf den Deich. Thore sah, dass es ein altes Autoquartett war.

«Spielen nur wenig Mädchen», bemerkte er.

«Das hab ich heute einem Jungen auf dem Flohmarkt im Hafen abgekauft, aus Mitleid.»

Er nahm die Karten in die Hand und staunte über Automarken, von denen er noch nie gehört hatte: «DKW» oder «Glas». Nur den Jaguar E-Type kannte er aus einem historischen James-Bond-Film.

«Uralte Karren», sagte er.

«Der Junge wollte deswegen auch satte fünf Euro haben.»

«Und? Hat er sie bekommen?»

Jasmin lachte. «Wir haben uns auf fünfundsiebzig Cent geeinigt.»

«Hast du einen Lieblingswagen?»

«Das MG-Cabrio in Flaschengrün. Traumschön und nicht überkandidelt.»

«Zeig mal.»

«Spielen wir eine Runde?» Ohne seine Antwort abzuwarten, mischte sie und teilte jeweils sechs Karten aus.

«Du fängst an», sagte er.

«365 PS.»

Da kam er nicht mit und musste ihr seine Karte überlassen. Sie spielten es auf die simple Art. Wer hat am meisten PS, Hubraum oder Höchstgeschwindigkeit? Er verlor haushoch, weil sie die schnelleren Sportwagen hatte. Er legte die Karten auf einen Stapel und reichte sie ihr.

Sie winkte ab. «Nee, behalt es ruhig, ich brauche es nicht.»

«Ich auch nicht.»

«Wer weiß, als Junge?»

«Danke.» Thore steckte das Kartenspiel in seine Jackentasche.

«Und, wie lebt es sich hier so?», fragte sie. Auf einmal sah sie etwas traurig aus.

«Wenn man mit der Insel klarkommt, gut.»

«Wo wohnst du?», fragte sie.

«In einem Stall.»

Sie sah ihn skeptisch an. «Mit Tieren?»

Er verzog keine Miene. «Ja, ich lebe mit Greta und Else zusammen, das sind zwei Schwarzbunte. Die halten den Raum im Winter warm und geben mir Milch.»

Sie lachte. Er mochte ihre Zähne, die schneeweiß und ganz regelmäßig waren. Das Abendlicht leuchtete ihr Gesicht aus. Irgendwie konnte er sie nicht klar orten. Einerseits wirkte sie offen und entspannt, andererseits verrieten ihre Augen eine leichte Wehmut. Als ob hinter ihrer Fröhlichkeit etwas Verletzliches lag.

«Denkst du manchmal daran, von hier wegzuziehen?», fragte sie.

«Wie kommst du darauf?»

«Deine Stimme klingt so melancholisch.»

«Echt?»

«Entschuldigung, ist nur so ein Gefühl. Vermutlich liege ich vollkommen daneben, weil ich gerade selber von da wegmöchte, wo ich wohne.»

Thore nickte. «Ich weiß es tatsächlich auch nicht so genau.» Komisch, mit einer Fremden darüber zu reden. «Woher kommst du denn?»

Sie pflückte einen Grashalm und zerrieb ihn dann zwischen Daumen und Zeigefinger. «Ich wohne in einem Wohnwagen im Kölner Gewerbegebiet.»

Das war eine echte Überraschung. Auf den ersten Blick hätte er sie in einer schnuckligen Zwei-Zimmer-Neubauwohnung verortet.

«Um die Ecke sind ein Kühllager für Block-House-Steaks und ein Baukran-Verleih. Ach ja, und es gibt einen Badesee, direkt daneben liegt eine Schule für Krankenschwestern.»

Er schlang die Arme um die Knie und guckte hinüber zum Hörnumer Leuchtturm, an dem er als Kind oft gespielt hatte. «Klingt super, da würde ich sofort hinziehen.»

«Ernsthaft?»

Ein Wohnwagen im Gewerbegebiet wäre ihm im Augenblick tausendmal lieber als seine Reetdachscheune in Oldsum. Dort wäre Keike weit weg.

«Klingt wie das Paradies», seufzte er.

Sie strich sich mit den Fingern durchs Haar. «Wirklich?»

«Ja!»

«Ich muss dir was gestehen», sagte sie leise. «Das mit dem Wohnwagen war nur gesponnen.»

Er war total verblüfft. «Dann wohnst du in Wirklichkeit im Schwesternwohnheim am Badesee?»

«Woher kommen bei Männern bloß immer diese Krankenschwester-Phantasien?», fragte sie lachend. Jetzt sah sie wieder kokett aus.

Er grinste. «*Du* hast damit angefangen.»

«Stimmt.»

Die Sonne berührte inzwischen den Horizont, der ein Stück des roten Balls wegknabberte. Er musterte sie neugierig von der Seite. «Lass mich raten, du lebst in einer schnucklichen Zweizimmerwohnung mit kleinem Balkon?»

«So ist es. Mitten in Köln.»

«Würde ich auch nehmen», sagte er.

«Du ziehst zu mir, ich zu dir?»

Sie sahen sich in die Augen.

Drei Sekunden.

«Abgemacht!», rief sie.

War das noch Spiel, oder meinte sie es ernst? Er war sich nicht sicher.

«Wirklich?», fragte er.

«Ja!»

«Für wie lange?»

«Ich habe noch acht Wochen frei. Danach sehen wir weiter, okay?»

«Okay.»

Er drückte ihre Hand, damit war es besiegelt.

Was tat er da eigentlich? Sein Chef Holgi würde ausrasten, wenn er länger als die vereinbarten fünf Tage wegblieb. Jasmin hatte ihn einfach mitgerissen.

Er blickte nachdenklich auf die rote Sonne, die immer schneller ins Meer stürzte. Also doch bleiben? *Unsinn, Thore, auf Föhr mit Keike wird es der blanke Horror für dich werden!* Warum nicht Köln? Wenn es gut lief, konnte es gerne für immer sein. Besser, als Keike jeden Tag zu treffen, war es allemal. Und das mit Holgi würde er schon irgendwie hinkriegen

«Okay. Soll ich mich jetzt trotzdem noch um dein Fahrrad kümmern?», fragte er.

«Nein, das lassen wir einfach hier liegen», sagte Jasmin.

Er hob das Rad lachend auf und schob es über den Deich zu seinem Bus.

8.

Am nächsten Morgen ließ Thore den Blick in seiner Wohnung kreisen. Er hatte hier zwar regelmäßig sauber gemacht, aber der große Frühjahrsputz war dieses Jahr wegen Lustlosigkeit ausgefallen. Wenn Jasmin bei ihm wohnen sollte, musste das dringend nachgeholt werden.

Erst einmal saugte er die Spinnweben an den Deckenbalken weg. Dann kamen die Bücherregale dran. Weg mit den Büchern über Autos – obwohl es nicht viele waren und sie noch aus seiner Teeniezeit stammten. Aber die Fehlgriffe der letzten Jahre mussten verschwinden, sie sollte ihn schließlich nicht für einen Nerd halten. Andererseits: Hatte er für ihr Autoquartett nicht noch einen gut?

Dann fiel ihm der Umzugskarton im Kleiderschrank ein, der voller Briefe und Fotos war, einige noch von Keike. Und auch das Fotoalbum mit den Kindheitsbildern ging Jasmin nichts an. Außerdem zog er alle persönlichen Daten auf einen USB-Stick und löschte sie auf der Festplatte.

Es war bereits seine zweite Flucht: Er war in Hörnum auf Sylt aufgewachsen und hatte seine Heimat irgendwann Hals über Kopf verlassen. Weit war er allerdings nicht gekommen, denn zufällig fand er einen Job auf der

Nachbarinsel Föhr. Da es aber keine feste Fährverbindung zwischen den beiden Inseln gab, lagen sie gefühlt so weit auseinander wie zwei Kontinente – zum Glück! Föhr war von Sylt aus regulär nur mit zwei Zügen und einer Fähre zu erreichen, und das dauerte Stunden. In der gleichen Zeit war man sonst fast in Hamburg.

«Na, Thore, großer Hausputz?» Inge Hansen steckte den Kopf durch die Eingangstür. Sie wohnte ein paar Straßen weiter.

«Einmal im Leben muss das sein», scherzte Thore.

Inge trug trotz ihres fortgeschrittenen Alters immer eine coole verspiegelte Sonnenbrille, die ihr Markenzeichen war. Sie war Mitte siebzig und widerlegte das Klischee der schweigsamen Friesen, denn sie redete gerne und viel. Thore mochte sie, sie war immer gut gelaunt und dem Leben gegenüber äußerst positiv eingestellt. Zudem hatte sie ein ausgefallenes Hobby, das ihn sehr amüsierte: Ihr großes Anliegen war es, die Fortpflanzung auf der Insel voranzutreiben. Mit anderen Worten, sie verkuppelte ständig Frauen und Männer, und das sogar mit Erfolg. Etliche Singles waren dank ihrer Hilfe zusammengekommen. Am liebsten war es ihr, wenn sich Feriengäste mit Insulanern zusammentaten, «damit das Blut aufgemischt wurde». Und das Ganze zahlte sich im Erfolgsfall auch für sie aus: Die kinderlose Inge war inzwischen Patentante von rund zwanzig Kindern, um die sie sich rührend kümmerte. Thore hatte ihr nach seiner Trennung von Keike klargemacht, dass er bei ihren Vermittlungsversuchen aus dem Spiel war. Er wollte erst mal seine Ruhe haben.

Um die letzten Spinnweben von der Decke zu entfernen, holte er eine Leiter aus der Abseite hinter der Küche.

«Pass bloß auf», warnte Inge, als er hochstieg. «Die meisten Unfälle passieren im Haushalt.»

«Egal, hier zieht morgen jemand ein, da muss alles ordentlich sein.»

«Du vermietest?»

Wenn er nicht aufpasste, war sein Weggang auf der Insel rum, bevor er es seinem Chef erzählt hatte. «Nur für 'n paar Tage.»

«Eine Familie?»

«Nee, eine Frau in meinem Alter.»

Sie sah ihn ungläubig an. «Und dann gehst du weg? Du solltest hierbleiben und sie bekochen! Die Frauen von heute mögen Männer am Herd.»

Abgesehen davon, dass Thores Kochkünste zwar vorhanden waren, aber nicht ins Unendliche gingen, wollte er das lieber nicht kommentieren.

«Sie heißt Jasmin und ist sehr nett. Du wirst sie bestimmt kennenlernen.»

Nervös guckte er auf die Uhr, er musste sich beeilen. Sämtliche Fenster mussten noch geputzt werden, allein das Stallfenster im Schlafzimmer mit den sechs kleinen Scheiben brauchte eine halbe Ewigkeit. «Sei mir nicht böse, aber ich muss weitermachen.»

«Na, denn gutes Gelingen und tschüs.»

«Tschüs, Inge, und einen goden Dag.»

Er ging ins Bad und schrubbte wie ein Irrer die Badewanne und die separate Dusche. Zwischendurch rief Lars an. Bisher hatte Thore weder ihm noch jemand anderem aus der Clique etwas von seinem Plan gesagt. Er hatte nicht mal Zeit für ein Abschiedsfest, das würde er irgendwann nachholen – vielleicht, wenn er endgültig nach Köln zog.

«Moin, Lars.»

«Moin, Thore, wo geihst?»

«Ich packe gerade.»

«Wieder Dänemark?»

«Nee, Köln.»

«Ey, mal was anderes. Wie bist du denn darauf gekommen?»

«Ich habe jemanden kennengelernt. Wir tauschen die Wohnungen.»

Eigentlich hatte er gerade gar keine Lust, alles ausführlich zu erklären.

«Für länger?», fragte Lars mit besorgtem Unterton.

«Mal sehn.»

«Hast du gekündigt oder was?»

«Noch nicht. In 'ner Stunde sag ich Holgi Bescheid.»

«Nicht dein Ernst!»

Thore spielte mit dem Duschkopf herum. «Geht nicht anders, weißt du doch.»

«Ohne Tschüs zu sagen? Hast du so 'ne Panik?»

«Ich hätte noch angerufen. Ist nur für acht Wochen.»

Lars ließ nicht locker. «Und dann?»

«Keine Ahnung. Wenn's mir da gefällt, bleibe ich vielleicht länger.»

«Alter, ich find das echt schlimm. Und die anderen werden dich auch vermissen, das kann ich dir sagen.»

«Ich komm bestimmt irgendwann wieder. – Sag mal,

kannst du noch die Klappe halten, bis ich bei Holgi war?»

«Hmm.»

«Ich melde mich.»

«Das hoffe ich.»

«Tschüs.»

«Mach's gut.»

Nachdenklich legte Thore auf. Hals über Kopf die Freunde zu verlassen, tat ihm schon weh. Aber es ging nicht anders.

Bevor er mit seinem Chef sprach, duschte Thore ausgiebig. Auf dem Papier war er selbständig, trotzdem war Holgi sein Haupt-Arbeitgeber, und er war ein Guter. Thore hätte sich gerne vor dem Gespräch gedrückt. Er traute sich nicht, ihn auf dem Handy anzurufen, sondern machte sich lieber auf den Weg über die Insel, um persönlich mit ihm zu sprechen.

Er fand ihn auf Anhieb im Wyker Seglerhafen. Dort herrschte ein allgegenwärtiges Klackern, wenn der Wind mit der Takelage der Segelboote gegen die Metallmasten schlug. Holgi stand in der Nähe des Restaurants Klein-Helgoland und fummelte gerade in seiner ölverschmierten Latzhose an einem Trailer herum, auf dem sein kleines Motorboot stand. Er war um die sechzig, hatte wuseliges graumeliertes Haar und war kräftig gebaut. Er erinnerte Thore immer ein bisschen an seinen Vater. Holgi fuhr mit dem Boot gerne zum Angeln raus oder machte mit seiner Frau Ausflüge auf die benachbarten Inseln und Halligen – falls er mal Zeit hatte. Denn neben der Wohnungsvermittlung führte er noch zwei Restaurants. Das war nicht ohne, vor allem in der Hauptsaison.

«Moin, Holgi», sagte Thore mit einem Kloß im Hals.

Holgi guckte nicht mal hoch. «Mensch, Thore, was willst du denn hier? Du hast doch frei.»

Sein Chef übernahm Thores Job während der freien Woche. Die Verwaltung der Ferienhäuser hatte er sonst weitgehend ihm überlassen und kümmerte sich vor allem um die beiden Restaurants.

«Muss mit dir schnacken», kündigte Thore an.

Holgi fuhr mit der flachen Hand über den Rumpf des Bootes und suchte irgendwelche Unebenheiten. «Ums Geld kann's nicht gehn, du verdienst ja jetzt schon viel zu viel», brummte er.

«Während du vor Hunger kaum in den Schlaf kommst, weil du mir deine ganze Kohle hinterherwirfst», gab Thore zurück.

Holgi lachte und richtete sich auf. «Also geht's um die Liebe.»

«Wie kommst du darauf?»

«Ich hab von der Sache mit Keike gehört.»

Auf Föhr wusste jeder alles vom anderen, dagegen konnte man nichts machen.

«Dat is privat.»

Holgi ging gar nicht auf seinen Protest ein. «Ich kann dich ja verstehen. Wenn man die Verlobung für die Ex ausrichten soll, dat is nicht schön.»

«Ich muss dringend weg von Föhr.»

«Passt doch, du hast ja die Woche.»

«Dat is zu kurz.»

Jetzt sah Holgi plötzlich sehr besorgt aus. «Mensch, Thore, wir haben Hauptsaison! Im November kann ich dich nicht mehr gebrauchen, das weißt du selbst.»

«Es geht nicht anders, leider. Ich nehm's dir auch nicht übel, wenn du dir jemand Neuen suchst.»

«Woher soll ich den denn so schnell herkriegen?» Er war stinksauer.

Thore bekam ein schlechtes Gewissen. Holgi war immer ein fairer Auftraggeber gewesen. Er schwieg.

Holgi kratzte sich am Kinn. «An was dachtest du denn?»

«Sechs bis acht Wochen.»

In Wirklichkeit hielt Thore es ja sogar für möglich, noch länger in Köln zu bleiben, aber das musste er jetzt nicht verhandeln. Außerdem arbeitete er freiberuflich, rein rechtlich war seine Kündigung also in Ordnung.

«Mensch, diese Weiber», fluchte Holgi. «Weiber» klang bei ihm wie «Woibäh».

«Tut mir echt leid.»

«Und mir erst!»

«Ich meld mich.»

«Mach das.» Holgi wandte sich wieder seinem Rumpf zu. «Aber ich garantier für nix!»

Holgi konnte nicht auf ihn warten, das war klar. Falls Thore zurück nach Föhr kam, würde er sich einen neuen Job suchen müssen. Aber der würde sich finden lassen, in der Saison gab es mehr als genug zu tun. Und wenn ihm Köln gefiel, würde er einfach dort bleiben. Er war offen für alles.

9.

Es ging alles rasend schnell. Am nächsten Morgen wartete Jasmin mit gepacktem Koffer im Hotelrestaurant auf Thore. Sie staunte selbst, was sie da gerade tat, aber ohne Thores Wohnung hätte sie Föhr wieder verlassen müssen, bevor sie richtig angekommen war. Ihr Kölner Vermieter hatte zwar angerufen und mitgeteilt, dass ihre Wohnung wieder vollkommen okay war. Aber sie konnte noch nicht nach Köln zurück. Sie hatte ja noch was Wichtiges zu erledigen.

«Moin, Moin.»

Thore kam fröhlich pfeifend um die Ecke. Er trug enge Jeans und ein weinrotes T-Shirt, was ihm hervorragend stand. Sein Hintern war knackig, das konnte man nicht anders sagen. Und seine dichten blonden Haare sowie die tief gebräunte Haut waren sehenswert. Schade eigentlich, dass er nach Köln fuhr …

«Und?», fragte er.

«Ich bin bereit. Und selber?» Sie redete etwas lauter als sonst, um sich selbst Mut zuzusprechen.

«Alles klar. Steig ein.»

Er fuhr sie mit seinem VW-Bus nach Oldsum, das am anderen Ende der Insel lag. Es war ein altes friesisches

Bauerndorf, hier gab es fast nur reetgedeckte Häuser und einige wunderschöne Alleen. Auf den Straßen war niemand zu sehen, alles wirkte ruhig und verschlafen. Die Häuser mit den Strohdächern erinnerten sie an die Behausungen der Hobbits aus «Herr der Ringe».

Thore wohnte in einem windschiefen, uralten Hexenhaus, das in einer stillen Nebenstraße lag. Er öffnete die gläserne Scheunentür, die früher bestimmt aus Holz gewesen war.

«Nach dir.» Er ließ ihr den Vortritt. Solche kleinen Aufmerksamkeiten mochte sie. «Ich hoffe, du fühlst dich wohl.»

Neugierig trat sie ins Haus. Der Wohnraum war die ehemalige Scheune des Bauernhauses. Das Reet unter der Zimmerdecke lag offen. Es roch nach Holzrauch und leicht nach einem männlichen Eau de Toilette.

«Schön hast du's hier.»

An der Steinwand stand ein Kamin. Darüber hing ein kleines Aquarell, das einen stilisierten Surfer auf dem Wasser zeigte. Auf den Fensterbänken lag ausgebleichtes Treibholz in allen möglichen Formen, das gefiel ihr. Es gab mehrere Bücherregale. An einer unverputzten Wand stand ein kleiner Schreibtisch. Die ganze Einrichtung war schnörkellos, bis auf das braune Ledersofa vor dem Kamin. Alles hatte seinen Platz, aber er war nicht übertrieben ordentlich. Bei ihr in Köln sah es viel chaotischer aus.

«Ich zeige dir das Schlafzimmer», sagte er. In dem kleinen Raum nebenan standen ein breites Bett, das frisch bezogen war, und ein alter Bauernschrank. Das Licht fiel durch ein wunderschönes altes Stallfenster herein. Hier würde sie gut schlafen können, das spürte sie sofort.

«Sieht gemütlich aus.»

Thore blickte unruhig auf die Uhr. «Du, tut mir leid, aber ich muss jetzt los. Ich will die nächste Fähre kriegen.»

Er zeigte ihr noch schnell die Küche, dann tauschten sie die Schlüssel.

«Ich hoffe, du fühlst dich bei mir auch wohl», sagte sie.

«Bestimmt.»

Unschlüssig standen sie vor der Haustür. Sie hatten nicht viele Worte gemacht. Die Eckdaten waren ausgetauscht, und was hätten sie sich auch groß erzählen sollen? Sie wusste nicht so recht, wie sie sich von ihm verabschieden sollte. Mit Handschlag und ausgestrecktem Arm? Das wäre zu distanziert gewesen. Umarmen war wiederum zu viel. Auch er zögerte. Schließlich wurde es eine missglückte Kombination aus allem: Sie gaben sich die Hand und wollten gleichzeitig die Wangen aneinanderhalten, doch sie wählten dieselbe Seite und stießen dadurch sanft mit den Köpfen zusammen. Jasmin küsste irgendwo in die Luft, denn wiederholen wollte sie das lieber nicht. Thore auch nicht, er sprang in seinen Bus und machte sich auf den Weg.

Sie ging zurück ins Haus und betrachtete das Surfer-Bild über dem Kamin genauer. Ob *er* das gemalt hatte? Es war auf jeden Fall ein Original, aber sie fand keine Signatur. Vorsichtig nahm sie das Gemälde ab und drehte es auf die Rückseite. Dabei riss das Bändchen zum

Aufhängen ab. *Na super, Jasmin, du bist noch keine Minute allein in der Wohnung, und schon machst du alles kaputt.*

Sie schaute die Bücherregale durch und fand Krimis aus Schweden, Island und Norwegen sowie jede Menge Literatur aus Nordfriesland. Hendrik Bergs «Lügengrab» hatte sie auch gelesen, ein spannender Krimi, der auf der Hallig Hooge spielte. Wenn sie länger auf Föhr blieb, konnte sie vielleicht eine Fahrt zu den Schauplätzen des Romans machen, denn die Hallig lag ja in Sichtweite zu Föhr.

Als Nächstes ging sie in die Küche und machte sich einen Espresso. Am Kühlschrank klebte ein großes Foto: ein paar Leute in Thores Alter saßen am Strand und grinsten in die Kamera. Thore hielt eine auffallend schöne Frau mit langen blonden Haaren und großen Augen im Arm. Ihr Gesicht war komplett symmetrisch, was selten war. *Ist das deine Freundin, Thore? Oder haust du ihretwegen von Föhr ab?* Vor den beiden kniete ein durchtrainierter Mann mit wilden blonden Locken und einem unverschämten Grinsen. Vor solchen Typen musste man sich in Acht nehmen, war ihr erster Gedanke. Es gab noch ein paar sympathisch aussehende Mädels. Eine auffallend große Rothaarige stand zwischen einem fröhlichen Dicken und zwei dünnen Heringen mit Sonnenbrillen im Haar. Etwas außerhalb stand noch ein Typ mit einem rosa Poloshirt, der aussah wie ein Bankangestellter.

Sie setzte sich mit dem Espresso aufs Sofa. Ihr kamen ernste Bedenken: Was war, wenn ihr Plan nicht aufging und sie am Ende acht Wochen alleine auf Föhr aushalten musste? Das mit dem Wohnungstausch war eigentlich nur ein Spruch gewesen, und jetzt war er Wirklichkeit geworden. Dass so etwas ausgerechnet ihr passierte, die in Köln so fest an ihren Ritualen hing!

Sie nippte an dem Kaffee. Wie würde Thore wohl ihre Wohnung finden? Immerhin lag sie zentral, U-Bahn und Hauptbahnhof waren in der Nähe, den Rhein erreichte man in drei Minuten. In Köln war das eine gefragte Lage. Würde ein Inselfriese wie Thore mit der Großstadt klarkommen? Fehlte ihm dort nicht das Meer?

Plötzlich fing ihr Herz laut an zu pochen. Der Wohnungstausch war total unüberlegt gewesen, denn an das Wichtigste hatte sie gar nicht gedacht. Ihr Tagebuch lag noch offen auf ihrem Nachttisch im Schlafzimmer!

Sie musste sofort zurück nach Köln. Sie sah auf die Uhr. Es war zu spät, die Fähre mit Thore war schon weg. Er wäre auf jeden Fall vor ihr da. Ihr wurde heiß und kalt. Bei der Abreise hatte sie ja nicht damit rechnen können, dass jemand bei ihr einzog.

Was in ihrem Tagebuch stand, durfte kein Mensch lesen, nicht einmal ihre beste Freundin Alina. Es war eine Katastrophe! In das Buch schrieb sie nur, wenn es ihr absolut dreckig ging. Und zwar in einem hemmungslosen Jammerton und voller Selbstmitleid. Dieses Gefühl konnte sie nur abstellen, wenn sie es aufschrieb. Es war klar, dass das für niemand anderen bestimmt war außer für sie. *Wirst du das Tagebuch lesen, Thore?* Mit Sicherheit würde er! Ihr war zum Heulen zumute. Damit erfuhr er von ihren abartigsten Gefühlen, und das würde sie nie wieder geraderücken können.

Draußen fing es an zu regnen, die Tropfen prasselten

laut auf die Terrasse. Was ihr sehr recht war, denn auch bei strahlendem Sonnenschein hätte sie nach diesem Tiefschlag nicht mehr rausgewollt. *Führst du vielleicht auch Tagebuch, Thore?*

Sie suchte die ganze Wohnung ab und kam sich ziemlich schäbig dabei vor. Schließlich ging sie das genauso wenig etwas an! Sie würde sein Tagebuch nur lesen, wenn er auch ihres gelesen hätte. Aber sie fand ohnehin nichts. Kein Wunder, er hatte im Gegensatz zu ihr ja auch einen Vorlauf gehabt, um Geheimes zu verstecken.

Sie überlegte, ob sie jemanden in ihre Wohnung schicken konnte, der das Tagebuch in Sicherheit brachte, bevor Thore es in die Hände bekam. Wer könnte das sein? Die Einzige, die einen Schlüssel hatte, war die geschwätzige Frau Steinhagen aus dem ersten Stock, aber der wollte sie ihre Aufzeichnungen bestimmt nicht anvertrauen. Wie sie es auch drehte und wendete, die Katastrophe war nicht zu verhindern.

Resigniert ging sie ins Wohnzimmer zurück. Sie zog das «Lügengrab» aus dem Regal und legte sich unter die dicke Wolldecke auf das Chesterfield-Sofa. Sie würde das Buch einfach noch einmal lesen. Vielleicht würde sie das ablenken. Außerdem war sie gespannt, wie es sich anfühlte, wenn man es direkt vor Ort in der Inselwelt las, in der es spielte.

Die Geschichte fing spannend an: Ein Serienmörder floh vom Festland auf die Hallig, keiner der Bewohner ahnte, wer da unter ihnen lebte. Nach einer Weile legte sie das Buch auf ihren Bauch. Obwohl der Wind laut ums Haus strich, kam es ihr viel stiller vor als in Köln. Irgendwann schloss sie die Augen und sackte in einen traumlosen Schlaf.

Sie wachte auf, als ihr Handy klingelte. Laut gähnend fischte sie es unter dem Kissen hervor. Es war bereits drei Uhr nachmittags.

«Ja?»

«Hallo, Jasmin.»

Es war Thore. Sofort war sie hellwach. Mit Sicherheit hatte er ihr Tagebuch gefunden. Wollte er das jetzt etwa kommentieren? Das würde sie nicht überleben.

«Heil in Köln angekommen?», fragte sie beiläufig.

«Sogar ohne Stau. Und, gefällt's dir bei mir?»

«Alles super. Natürlich habe ich erst mal die Spurensicherung durch deine Wohnung geschickt.» Was nur ein blöder Spruch war, um ihre Unsicherheit zu überspielen.

«Und? Schon erste Ergebnisse?»

Sie hob die Stimme. «Wir haben es hier mit der Wohnung eines Mittdreißigers zu tun. Es ist einigermaßen aufgeräumt, insgesamt ist er wohl eher der künstlerische Typ.»

Thore lachte. «Klingt romantisch.»

«Na ja, *heimlicher* Romantiker, würde ich sagen. Es ist ihm etwas peinlich, glaube ich.» Nachdem sie das ausgesprochen hatte, fragte sie sich, ob sie nicht zu weit gegangen war. Immer wenn sie Angst hatte, wurde sie ein bisschen frech, das war eine Art Reflex bei ihr. Hoffentlich verstand er ihren Humor.

«Woran machst du das fest?», fragte er.

«Am Surf-Aquarell über dem Kamin, am Treibholz

auf den Fensterbänken plus einigen verdächtigen Buchtiteln.»

«Das Bild habe ich beim Einzug hingehängt, weil da ein hässlicher Wasserfleck ist. Ich sehe es gar nicht mehr.»

«Hast du es selber gemalt?»

«Es war nur ein Versuch.»

«Wow.»

«Und weiter?», fragte er.

«Treibholz, Steine auf dem Tisch: Er ist sehr naturverbunden. Dagegen spricht der Mega-Apple, der Tausende gekostet hat.»

«Habe ich mir von meinem ersten Gehalt auf Föhr gekauft.»

«Kann ich ihn benutzen?»

«Klar, das Passwort heißt ‹Rungholt›.»

Er schien offenbar keine Angst davor zu haben, dass sie seine Dateien durchforstete. Oder er hatte vorher alles Brisante entfernt, was wahrscheinlicher war.

«Was bedeutet ‹Rungholt›?»

«Das war eine sagenumwobene reiche Friesenstadt, die bei einer Sturmflut im Watt versank.»

«Also doch Romantiker.»

«Typischer Friese, würde ich eher sagen.»

«Und was ist mit der Wohnung der Jasmin H.?», fragte sie, und ihr Herz fing an zu pochen.

«Die Reparatur im Badezimmer sieht gut aus, der Putz muss nur noch etwas nachtrocknen.»

Sie war erleichtert. Der Wasserschaden war anscheinend nicht so schlimm, wie anfangs angenommen. «Und sonst?»

«Es ist alles ziemlich unaufgeräumt, was ich sehr sympathisch finde. Der Stil ist feminin, unglaublich viel Nippes und Kitsch, eine Biene-Maja-Lampe über dem Bett. Statt Blumen hat sie rosa Flamingo-Figuren aus Plastik im Blumentopf, in einem Korb liegen künstliche Früchte, die man von innen beleuchten kann. Was sehe ich noch? Überall Bücherstapel, Fantasy, Krimi, Frauenunterhaltung, einiges aus den Fünfzigern, das meiste aus den Sechzigern.»

«Ja, diese Epoche gefällt mir irgendwie.»

«Ah ja. Dazu kommen eine teure Designercouch und ein breites Bett. Das lässt auf ein wildes Liebesleben schließen, das muss ich noch genauer untersuchen. Die Spurensicherung ist noch nicht abgeschlossen.»

«Untersteh dich!»

«Ich habe gerade dein Tagebuch vor mir liegen», rief er jetzt fröhlich. Ihr schoss die Hitze hoch, und sie bekam einen Schweißausbruch.

«Ist das wirklich wahr? So viele One-Night-Stands in so kurzer Zeit?», fragte er.

Das konnte nur ein Witz sein. One-Night-Stands hatte er in ihren Aufzeichnungen bestimmt nicht gefunden.

«Und? Bin ich deswegen ein schlechter Mensch?», fragte sie zurück und wunderte sich selbst über ihre Schlagfertigkeit. Innerlich stand sie immer noch am Abgrund.

«Das werden wir sehen.»

«Thore?»

«Ja?»

«Mein Tagebuch liegt neben meinem Bett, ich habe

es dort vergessen. Ich würde es schätzen, wenn du es in Ruhe lässt.» Es klang strenger, als sie gewollt hatte.

«Ich habe gerade selber genug mit mir zu tun», bekannte er und wurde auch ernst. «Probleme von anderen interessieren mich null. Kannst dich drauf verlassen.»

Er hörte sich ehrlich an. Komischerweise vertraute sie ihm, obwohl sie ihn gar nicht kannte.

Als es dunkel wurde, legte sie sich in sein frisch bezogenes Bett. Durch das sechsteilige Stallfenster blickte sie in den Abendhimmel. Silberne Wolken zogen vor einem fast vollen Mond vorbei, und sie schlief beruhigt ein.

10.

Jasmin hatte auf schlechtes Wetter gehofft, um vor sich selbst eine Ausrede zu haben, einfach im Haus bleiben zu können. Aber es gab keine Chance, ein sonniges Hochdruckgebiet hing bräsig über Föhr und bewegte sich kein Stück weiter. Drei Tage lang sonnte sie sich von morgens bis abends auf Thores Terrasse und las ein Buch nach dem anderen. Sein Regal war eine echte Fundgrube. Nur zum Einkaufen huschte sie kurz in den nahe gelegenen Edeka-Markt.

Am vierten Tag fühlte sie sich bereit, das anzugehen, weswegen sie nach Föhr gekommen war. Morgens ging sie in ihrem neuen Bikini in der Nordsee schwimmen, an der Stelle, wo Thore sie mit dem Fahrrad aufgelesen hatte. Danach duschte sie ausgiebig. Sie massierte eine Kur in ihre Haare, die etwas mehr Glanz vertragen konnten. Dann kam noch ein Hautpeeling ins Gesicht, anschließend eine sündhaft teure Tagescreme. Nach dem Abtrocknen probierte sie die neue türkisfarbene Unterwäsche an. Ein prüfender Blick in den Spiegel – doch, sie konnte zufrieden sein.

Als sie fertig angezogen und geföhnt war, schnappte sie sich Thores etwas zu großes Rad. Ihr Ziel war Nieblum auf der anderen Seite der Insel. Bevor sie dorthin fuhr, wollte sie sich aber erst mal in Oldsum näher umschauen. Sie hatte von dem Dorf, in dem sie wohnte, bisher fast nichts gesehen. Gemächlich radelte sie durch die kleinen Alleen und Straßen. Die Reetdachhäuser aalten sich in der Vormittagssonne. Kaum ein Mensch war in den Straßen zu sehen. Die ungewohnten friesischen Straßennamen wie Huuchstigh, Nei Wai oder Waasteer Bobdikem stammten aus einer anderen Welt. Sie fuhr an einem wunderschönen Café namens Apfelgarten vorbei, einer Teestube namens Stellys, einem Buchladen, der Art und Weise hieß, und am Ual fering Wiatshüs mit bürgerlicher Küche. Hin und wieder huschte ein angenehm kühler Luftzug vom Meer durch den Ort.

Und dann entdeckte sie Mariink, einen unglaublichen Laden, in dem es von Künstlerbedarf über Kitsch bis hin zu Patronengurten für Jäger und grünen Gummistiefeln alles gab. Das war natürlich ihr Laden! Allein die Sammlung von Porzellanschafen machte sie schwach. Sie riss sich aber zusammen und schwor sich, nicht mehr als ein Dutzend davon mit nach Köln zu nehmen.

Nachdem sie bestimmt eine Stunde bei Mariink herumgestöbert hatte, fuhr sie an den Ortsrand und setzte sich dort auf eine Bank. Von hier aus konnte sie weit in die Marsch blicken. Ein mulmiges Gefühl beschlich sie. Jetzt würde es gleich nach Nieblum gehen.

«Moin», meldete sich eine Stimme neben ihr.

Jasmin zuckte zusammen, denn sie hatte niemanden kommen gehört. Eine ältere, braun gebrannte Frau setzte sich neben sie.

«Moin», grüßte Jasmin knapp zurück. Sie wollte eigentlich in Ruhe nachdenken und suchte keinen Kontakt. Falls die Frau Friesin war, drohte allerdings keine Gefahr: Vor allem die älteren Insulaner hatte sie von ihrem Kuraufenthalt damals als äußerst schweigsam in Erinnerung.

«Urlaub?», fragte die Oma nach einer Weile.

«Nee, Besuch», antwortete Jasmin.

«Ach, bist du die Deern, die bei Thore wohnt?»

Hier kannte anscheinend jeder jeden.

«Ja. – Und Sie kommen aus Oldsum?»

Die Frau nickte. «Meine Familie lebt seit fünf Jahrhunderten hier. Alle meine Vorfahren liegen auf dem Walfängerfriedhof von Süderende begraben.» Sie reckte stolz den Kopf nach oben.

«Toll.»

Das war eigentlich ein unpassendes Wort in diesem Zusammenhang. Aber wie sagte man das besser?

Die alte Frau musterte Jasmin freundlich. «Ist gut, wenn frisches Blut nach Föhr kommt. Sonst würde es hier auf Dauer Inzucht geben.»

«So?»

Jetzt sah sie Jasmin direkt in die Augen. «Was wir auf Föhr brauchen, ist mehr Sex ohne Verhütung!»

Wie bitte? Hatte sie richtig verstanden?

«Jawohl, ich rede vom guten alten Kindermachen. Also, ran an die Kerle, mien Deern! In meiner Jugend war das alles noch total prüde. Schrecklich, sage ich dir. Da habt ihr das heutzutage viel einfacher. Sowieso ist alles viel besser heute, zum Beispiel das Internet, da bin ich auch oft. Gerade als Seniorin ist das wichtig ...»

Jasmin holte tief Luft: Schweigsame Friesen?

«Hast du Kinder?», fragte die Frau.

«Nee.»

«Einen Mann?»

«Auch nee.»

Die alte Dame lehnte sich zurück. «Verlier bloß nicht zu viel Zeit. Ganz die Jüngste bist du ja auch nicht mehr.»

So direkt hatte ihr das noch niemand gesagt, und es fühlte sich nicht gerade gut an. Wahrscheinlich, weil es die Wahrheit war.

«Kinder bekommst du nur, wenn du nicht verhütest, das weißt du hoffentlich.» Die Frau nahm jetzt ihre Sonnenbrille ab, und Jasmin sah in ihre hellblauen, leicht wässrigen Augen. «Wenn du einen Kerl suchst, helfe ich dir gerne weiter.»

Jasmin musste laut lachen. «Danke.»

«Ich bin Inge Hansen, mich kennt hier jeder.»

«Jasmin Höffgen.» Bevor sie auf das zweifelhafte Angebot einging, sollte sie besser losfahren. Sie gab ihr die Hand.

«Ich muss jetzt leider.»

«Tschüs, Jasmin, und viel Glück!»

Vermutlich würden Inges Vermittlungsversuche bei einem älteren Herrn im Altenheim enden oder bei ihrem attraktiven Enkel, dem das total peinlich war. Mit Glück würde es irgendein verschrobener Nachbar aus der Abteilung «Bauer sucht Frau» werden. Den Spaß wäre es eigentlich wert gewesen. Aber Jasmin hatte andere Pläne, was Männer betraf.

Sie gab sich einen Ruck und machte sich auf den Weg

nach Nieblum. Sie trat extra nicht zu fest in die Pedale, um bloß nicht ins Schwitzen zu geraten. Zum Glück waren alle Wege geteert, und sie hatte Rückenwind. Sie kam wie von selbst voran, es war fast wie Fliegen.

Diesen Sönke, der in ihren Träumen am Strand neben ihr lag, hatte es wirklich gegeben. Er war damals, als sie als Teenager auf Föhr war, um die zwanzig und jobbte als Erziehungshelfer im Kurheim. Ursprünglich kam er aus Norderstedt bei Hamburg, hatte gerade Abi gemacht und wohnte bei seiner Föhrer Oma. Ein schlanker, braun gebrannter Typ mit einer sonoren Stimme. Jasmin war vom ersten Moment an in ihn verliebt gewesen. Heimlich, versteht sich.

Leider hatte er ihr damals nicht besonders viel Beachtung geschenkt. Sie hatte das Gefühl, dass die affektierte Arlette mit den langen Wimpern und den schwarzen Haaren sein Liebling war. Sie war im selben Zimmer wie Jasmin untergebracht und stand jeden Morgen extra eine halbe Stunde früher auf, um sich ausgiebig zu schminken.

Eines Abends hatte Sönke mit den Mädchen aus ihrem Zimmer eine Nachtwanderung im Watt gemacht. Der Vollmond ließ die Pfützen silbern aufleuchten, der kühle Schlick spritzte zwischen ihren Zehen hindurch, und von gegenüber blinkte ihnen der Leuchtturm von Amrum entgegen. Romantischer ging nicht. Leider keilten Arlette, Ronja und Nadine Sönke so zwischen sich ein, dass Jasmin nicht an ihn rankam. Daher sah sie nur eine Möglichkeit: mitten im nächtlichen Watt umzuknicken. Stöhnend kniete sie in einer Pfütze und jammerte: «Es tut so weh.» Was natürlich nur gespielt war.

Sönke nahm sie kurzentschlossen auf seinen Rücken und schleppte sie zurück an den Strand. Ihre Nase hing die ganze Zeit dicht an seinem Hals, und sie roch seinen Schweiß, der so exotisch und abenteuerlich wie ein Parfüm duftete. Es waren bis heute die schönsten zweihundert Meter ihres Lebens!

Mit dieser Aktion hatte sie für eine gute Stunde ihre Konkurrentinnen ausgeschaltet. Doch Arlette hatte sie noch am selben Abend mit einem billigen Trick in ihrem Zimmer enttarnt, indem sie laut gekreischt hatte: «Hier ist eine fette Spinne!» Jasmin, die größte Spinnenphobikerin überhaupt, war mit einem hektischen Satz zur Seite gesprungen – was mit einem verletzten Knöchel nicht möglich gewesen wäre, wie ihr Arlette süffisant unter die Nase rieb. Die blöde Kuh hatte gedroht, sie bei Sönke zu verpetzen, deswegen hatte Jasmin sie mit Süßigkeiten bestochen. Zum Glück hatte sich Arlette am nächsten Tag in einen Jungen aus Dortmund verliebt, sodass das Thema Sönke erst mal uninteressant war. Sie wurde von Arlette vorgeschickt, um mehr über den Dortmunder herauszubekommen, damit waren sie quitt.

Das war alles schon Geschichte und zwanzig Jahre her. Was wohl aus Arlette, Ronja und Nadine geworden war? Sie wusste nicht mal mehr ihre Nachnamen. Die Briefe, die sie sich nach der Kur geschrieben hatten, waren bei ihrem Umzug von Gummersbach nach Köln verlorengegangen.

Den Abschied von Sönke hatte sie in bitterer Erinnerung: Er hatte ihr alles Gute gewünscht und sie umarmt, daraufhin war sie rot angelaufen und hatte kein Wort rausbekommen. Ihr Verliebtsein aber hatte zu Hause noch lange angehalten. Sie hatte ihm sogar eine Ansichtskarte von Gummersbach aus geschickt, aber nie eine Antwort erhalten. Irgendwann rückte Föhr dann weiter weg, und ihr Leben war einfach weitergegangen. Ganz tief in ihr rumorte jedoch immer wieder die ungelöste Frage: Was war, wenn Sönke und sie füreinander bestimmt waren? Wenn sie sich damals nur zur falschen Zeit getroffen hatten, nämlich zu früh?

Im Netz hatte sie drei aktuelle Fotos von ihm gefunden. Er war inzwischen Chef des Föhrer Tourismusverbandes. Ein Zeitungsbild zeigte ihn mit einem älteren Ehepaar aus Unna, auf dem er ihnen anlässlich ihres fünfzigsten Urlaubs auf Föhr einen Präsentkorb überreichte. Seine dichten braunen Haare trug er kürzer als damals. Er war richtig reif geworden, was ihm gut stand.

Sie passierte den mächtigen Nieblumer Friesendom und radelte nun in den Ort hinein, in dem er laut Internet wohnte. Würde sie sich trauen, bei ihm zu klingeln und zu sagen: «Moin, ich bin Jasmin aus dem Kinderkurheim, kennst du mich noch?» Was würde er sagen, wenn er sie nach so vielen Jahren wieder sah? Würde er sich überhaupt an sie erinnern?

Eine Viertelstunde später fuhr sie auf ein reetgedecktes Häuschen zu. Hier musste es sein! Ihr Herz klopfte laut. Vielleicht war Sönke ja Single, und sie tauchte genau zur richtigen Zeit auf. Das klang einigermaßen verrückt, aber möglich war es. Die vier Jahre Altersunterschied zwischen ihnen waren aus heutiger Sicht zu einem Nichts zusammengeschmolzen, und ihre Teenie-Geschichte von damals könnte ein netter Aufhänger für ein Date werden. Sie könnte mit ihm Ausflüge über die Insel machen, ihn in den Dünen treffen – und wer weiß was noch? Es könnte eine der schönsten Liebesgeschichten überhaupt werden. Natürlich konnte es auch schiefgehen. Aber die Wahrscheinlichkeit dafür, dass es klappte, war höher, das spürte sie.

Dachte so ein normaler Mensch? Nun, sie würde es herausfinden. Sie trat fest in die Pedale und zischte erst mal an Sönkes Haus vorbei. Aus dem Augenwinkel sah sie einen Mann, der auf einem Liegestuhl im Schatten eines Apfelbaums döste. Das musste er sein! Sie fuhr so schnell, dass sie ihn nur schemenhaft erkennen konnte. Anhalten wollte sie auf gar keinen Fall.

11.

Am nächsten Morgen saß Thore in Jasmins Wohnzimmer und blickte auf die hohe Pappel vor dem Haus, deren Blätter sich im Wind kräuselten. Von der Musikhochschule gegenüber hörte er eine traurige Cellomelodie, darüber legte sich eine lyrische Trompete. Die beiden Instrumente tänzelten umeinander herum, wahrscheinlich kamen sie aus verschiedenen Räumen und wussten nichts voneinander. Manchmal rieben sie sich aneinander, dann ergaben sie für einen kurzen Moment ganz harmonisch ein Stück.

Thore hatte sich in Jasmins Wohnung sofort wohl gefühlt. Derartig bunte Räume hatte er noch nie gesehen. Überall Nippes, in allen Farben. Jasmin hätte damit einen Laden eröffnen können: das riesengroße Himmelbett mit den Gaze-Vorhängen, die Biene-Maja-Lampe mit LED-Strahlern als Augen, die Lichterkette aus leuchtenden Erdbeeren, rosa Flamingos im Blumentopf, Poster von James Dean und Juliette Binoche und ein kleines Schwarzweißbild von Romy Schneider an der Wand. Um den Ganzkörperspiegel im Schlafzimmer herum hingen Federboas und bunte Kostüme an Bügeln. Sie schien sich gerne zu verkleiden. All das war zwar nicht sein Stil, munterte ihn aber auf. Und genau das konnte er gerade gut gebrauchen.

Unzählige Bücher standen in den Regalen oder lagen in Stapeln auf dem Boden. Jasmin las anscheinend alles: Krimis, Liebesromane, «hohe» Literatur und Unterhaltung. Auf einer lila Kommode stand ein Original-Plattenspieler, daneben lagerte eine kleine Plattensammlung, Beatles, ABBA, französische Chansons und ein paar unbekannte deutsche Gruppen. Da er noch nie im Leben einen Plattenspieler bedient hatte, musste er erst mal im Internet schauen, wie man ihn überhaupt anbekam. Er wollte hier bloß nichts kaputt machen! Also: Die Scheibe auf den Plattenteller legen, anstellen, die Platte dreht sich, den Knopf drücken, dann fährt der Arm mit der Nadel automatisch auf die erste Rille – und schon schallt leicht knackend «Penny Lane» durchs Wohnzimmer, altmodisch und melodiös.

Dies war eindeutig die Wohnung einer lebenslustigen kölschen Partyqueen. Hier lebte eine Frau, die sich gerne vergnügte und es richtig krachen ließ. Er konnte sich gut vorstellen, wie Jasmin, bevor sie samstagabends auf eine Party ging, mit einem Glas Sekt in der Hand alle möglichen Outfits vor dem Spiegel ausprobierte. Mit ihr würde er gerne mal tanzen gehen.

Er schlurfte in die Küche und schaute sich um. Es war kein Kaffee mehr da, außerdem musste er Brötchen holen. Unten im Haus war ein Kiosk, der auf einer Kreidetafel «Lecker Frühstück» anbot, das hatte er gestern gesehen. Er beschloss, ihn gleich mal auszuprobieren.

Als er den Laden betrat, sah er hinter einem hohen

Tresen mit Zeitungen eine Frau auf einem Barhocker sitzen. Ihr Alter war schwer zu schätzen, Ende vierzig vielleicht oder leicht darüber. Die blonden Haare hatte sie hochgesteckt, in der rechten Mundfalte entdeckte er einen dunklen Schönheitsfleck, der wie angeklebt wirkte. Mit langen, schlanken Fingern spielte sie an einer Zigarette herum, die noch nicht angezündet war.

«Moin, Moin», sagte er. «Gibt's hier ein Frühstück für mich?»

Sie sah ihn amüsiert an. «Hast du dich mit deinem Krabbenkutter verfahren, oder wat?»

«Wie? Is hier nich Bremerhaven?» Er grinste. «Ich hab mich schon gewundert, dass hier keiner meine Sprache spricht.»

Sie zeigte beim Lachen ihre schönen, ebenmäßigen Zähne. Man hatte ihn gewarnt: In Köln wurden schon vor dem Frühstück Witze gemacht.

«Ich bin Toni Schuhmacher, Schuhmacher mit h», sagte sie und reichte ihm die Hand.

Toni? Und mit h, wozu war das wichtig?

«1. FC sagt dir nix?», meinte sie, als sie seinen verwirrten Gesichtsausdruck sah.

Er war zwar kein Fußballfan, aber jetzt fiel es ihm wieder ein: «Klar, Toni Schumacher! Haben dich deine Eltern echt nach dem Torwart benannt?»

«Nein. Eigentlich heiße ich Antonia, meine Mutter war Italienerin. Aber hier im Veedel bin ich für alle Toni Schuhmacher. – Kaffee schwarz oder mit Milch und Zucker?»

«Ohne alles.»

Sie goss Kaffee in einen Pott und stellte ihn auf den Tresen. Dazu kam ein Teller mit Eibrötchen. Auf das Eigelb hatte Toni Schnittlauch und Petersilie gestreut, beides fein gehackt. Diesen Geschmack hatte er seit Jahren nicht mehr auf der Zunge gehabt, wunderbar!

Das Büdchen war nie leer. Thore staunte, wer hier alles auflief: mürrische alte Männer in Jogginghose und Gummischlappen, junge in Anzug und Schlips, kichernde japanische Studentinnen von der Musikhochschule mit Violinenkoffer auf dem Rücken, eine Nachbarin im Haushaltskittel, die gar nichts kaufte, sondern nur bekanntgeben wollte, dass ihre Kur bei der Krankenkasse jetzt durch war.

Als er fertig war, zahlte Thore, verabschiedete sich von Toni und machte sich auf den Weg. Er war noch nie zuvor in Köln gewesen. Daher wollte er sich erst mal in Ruhe umschauen, bevor er auf Jobsuche ging. Jasmin wohnte in der Altstadt-Nord, gleich hinterm Hauptbahnhof. Dort gab es viele Pensionen und Hotels, ein ständiges Rattern von Rollkoffern war zu hören. Als Insulaner zog es ihn instinktiv als Erstes zum Wasser.

Hinter dem Katholischen Krankenhaus ging er an einer prächtigen Rotbuche am Kunibertkloster vorbei und dann runter zum Rhein. Der Strom war unglaublich breit und floss so schnell wie ein Priel bei auflaufender Flut. Die Pfeiler der nahe gelegenen Hohenzollernbrücke waren zu beiden Seiten angespitzt wie ein Bug.

Er betrat die Brücke kurz vor dem Dom. Ein Fußgängerweg führte entlang der Bahngleise über den Rhein. Ob Jasmin hier auch manchmal langging? Wahrscheinlich hatte sie gar nicht die Muße dazu, so viel, wie sie unterwegs war. Thore staunte über die Masse von Liebesschlössern am Brückengeländer, die in allen Farben in der Sonne blinkten. Viele trugen Tiernamen wie Floh, Maus oder Bärchen, es gab aber auch einige auf Arabisch oder Chinesisch, bei denen er natürlich gar nichts verstand. Plötzlich musste er sich vorstellen, wie er hier mit Keike stand, den Arm um sie legte und sie ihren Kopf sanft an seine Schulter drückte. Sie gab ihm einen Kuss. «Komm, lass uns zu dir gehen», flüsterte sie leise. «Ja», flüsterte er zurück.

Ein Ausflugsschiff näherte sich der Brücke. Thore schüttelte sich. *Das wird nie passieren, weil du hier mit Sicherheit niemals mit Keike stehen wirst!*, hämmerte er sich ein. Und versuchte, jeden Gedanken an seine Ex beiseitezuschieben.

Er stand bestimmt eine Stunde hier und blickte in den Strom, der unaufhörlich Richtung Nordsee floss. Dann beschloss er, dass es das Beste wäre, erst mal ein Bier zu trinken. Alleine an einem Tresen konnte er immer gut nachdenken. Auf diese Weise hatte er schon öfter wichtige Entscheidungen gefällt. Nur würde das Alleinsein in einer Kölsch-Kneipe kaum funktionieren, das wusste er.

Auf den nordfriesischen Inseln war er von Kindheit an mit sämtlichen deutschen Mentalitäten vertraut geworden, weil Menschen aus der ganzen Republik ihren Urlaub dort verbrachten. Je nach Termin der Schulferien wurde hessisch gebabbelt, geschwäbelt oder bairisch geredet. Der größte Anteil aber kam aus dem Ruhrpott und dem Rheinland. Von daher hatte er schon mitbekommen, dass manches Klischee über die Rheinländer nicht stimmte. Denn genau wie ein Friese konnte ein Kölner durchaus alleine auf einer Mole sitzen und stumm in die Wellen starren. Kam aber ein zweiter Friese zum ersten, saßen dort eben *zwei* Friesen, die stumm auf die Wellen starrten. Und genau das war der Unterschied: Kam ein zweiter Rheinländer zum ersten, war es mit der Ruhe vorbei, und es wurde palavert ohne Ende, manchmal auch gegrölt und laut gelacht. Aber vielleicht war es im Moment ja gar nicht so schlecht für ihn, dass man in einer Kölsch-Kneipe nicht alleine sein konnte. Das ewige Grübeln über Keike würde ihn kein Stück weiterbringen.

Thore schlenderte in die Altstadt und kehrte bei der ersten Gelegenheit ein. Er betrat eine echte Kölner Kneipe, gemütlich und altmodisch, aber nicht auf alt gemacht. Der Wirt trug eine schwarze Lederweste. Thore mochte den Laden auf Anhieb. Der Tresen war nicht besetzt, an allen Tischen saßen ein paar Gäste. Für ihn als Norddeutschen war der Laden damit voll.

Thore blickte sich um. An einem der Tische saß ein Mann ganz alleine, ein Mittfünfziger mit graumeliertem Haar und Schnurbart. Er gab sich einen Ruck.

«Ist hier noch frei?»

Der Mann nickte, und Thore setzte sich zu ihm.

«Na, Jung, wat willste haben?», fragte der Kellner, der sofort neben ihm stand.

«Ein Kölsch, bitte», sagte er.

Der Kellner reichte ihm ein Glas vom Kölschkranz, einem runden Tablett mit einem Dutzend gefüllter Biergläser, das er bei sich trug. Thore nahm es dankend entgegen. Dann blickte er den Typen neben sich fast flehend an. *Los, red mit mir und erfüll für mich das Klischee vom Rheinländer! Bitte, ich brauche Ablenkung!* Er fühlte sich plötzlich furchtbar einsam.

Aber der Kerl starrte die ganze Zeit stur in sein Glas. Thore wartete. Bestimmt würde er gleich Witze erzählen, von Fußball und Frauen quatschen. Er war kurz davor, das konnte man spüren.

Nichts passierte. Konnte das sein? Ein Kölner, der nicht redete? Der Typ schwieg einfach weiter! War das in einer Kölsch-Kneipe nicht verboten? Okay, dann würde *er* eben anfangen.

«Alles klar?», fragte er.

Der Mann blickte nicht mal hoch. In Nordfriesland hätte Thore dieses Schweigen als Aufforderung zum Weitersprechen gedeutet, also machte er es hier genauso.

«Ich war heute auf der Hohenzollernbrücke. Da kommen ja Leute aus der ganzen Welt hin, um ihre Schlösser aufzuhängen. Wahnsinn, was da los ist! Sag mal, bei den ganzen Touristen müsste es doch in Köln eine Menge Ferienwohnungen geben, oder habt ihr hier so was nicht? Ich suche nämlich eine neue Arbeit, und damit kenne ich mich aus.»

Am einfachsten wäre es tatsächlich, seinen alten Job hier fortzusetzen. Vielleicht wusste der Mann ja was. Doch der hob nun seine Hand auf Halshöhe und machte das Zeichen für Kehle durchschneiden. Das war jetzt wirklich nicht nett! Von wegen rheinische Fröhlichkeit, die war wohl eine Erfindung des Kölner Tourismusverbandes. Der Kellner kam mit der nächsten Runde Kölsch vorbei.

«Dat ist der Bernd», erklärte er Thore. «Der sabbelt immer wie ein Wasserfall und macht Stimmung im Laden.»
Soso.

«Aber nur mit Einheimischen, was?» Thore war immer noch beleidigt.

Der Kellner grinste. «Der Arme hat 'ne Kehlkopfentzündung, sein Arzt hat ihn zum Schweigen verdonnert. Er darf kein Wort sagen. Für einen wie dich ist dat Höchststrafe, oder Bernd?»

Bernd nickte kurz und starrte dann wieder düster in seine Kölschstange.

Dann also die gewohnte norddeutsche Tour mit gemeinsamem Schweigen. Thore nippte an seinem Bier und daddelte lustlos auf einem Smartphone herum, dann beobachtete er ein bisschen die Leute. Er fasste sich an seine Brusttasche und spürte eine seltsame Delle. Er griff hinein – und hielt das Autoquartett von Jasmin in der Hand. Das hatte er ja vollkommen vergessen! Thore packte es aus und legte eine Karte nach der anderen auf den Tisch.

«Das is original Sechziger, da bist du viel zu jung für», meldete sich eine Männerstimme von rechts. Thore drehte sich um. Ein älterer Mann mit schwarz gefärbten Haaren rückte seinen Stuhl neben ihn und begann nun, jeden Wagen einzeln abzufeiern:

«Für den gab's 'ne Sonderlackierung in Gold, musst du dir mal vorstellen, in Gold! Den ist mein Chef damals gefahren.» Er deutete auf das MG-Cabrio, Jasmins Lieblingswagen. «Nicht schlecht. Was meinste, was das heute wert ist!»

«Der MG? Weiß nicht, hunderttausend?»

«Nee, ich mein das ganze Quartett!»

«Keine Ahnung.»

Thore hob das Glas, um mit dem Mann anzustoßen. «Na, dann darauf, dass es mir später mal meine Rente finanzieren wird!», sagte er.

«Du kommst nicht von hier, oder?»

«Stimmt. Ich bin von der Insel Föhr.»

Der Mann nickte. «Da war ich früher oft mit meiner Frau im Urlaub, also genauer gesagt, mit meiner geschiedenen ... Nee, warte mal, das war ja gar nicht Föhr, das war Norderney. Ist ja auch egal.»

Egal?

«Schön bei euch Muschelschubsern da oben. Aber nix für immer, wenn du mich fragst.»

«Wieso nicht?»

«Das Reizklima macht mich fertig. Ich bin übrigens Dieter.»

«Thore.»

Dann erzählte Dieter ihm vom frustrierenden Verlauf seiner zwanzigjährigen Ehe, dem Ende derselben auf Norderney und dem Ärger mit seiner Neuen, die zehn Jahr jünger war als er. Sie ließen die Kölschstangen, die der Kellner (der, wie Thore jetzt erfuhr, «Köbes» genannt wurde) ungefragt austauschte, mal auf den einen, mal auf den anderen Deckel schreiben. Bernd, der die ganze Zeit stumm neben ihnen gesessen hatte, stand irgendwann auf, klopfte dreimal auf den Tisch und verschwand.

Es stellte sich heraus, dass Dieter Postbote war und, weil er angeblich sämtliche Kölner Adressen kannte, von einigen Agenturen für Ferienwohnungen wusste. Seiner

Meinung nach gab es hier massig Objekte, die betreut werden mussten. Das hörte sich gut an!

Als Thore loswollte, fragte Dieter: «Sag mal, kannst du mir das Autoquartett ausleihen? Ich würd es gern meinem Sohn zeigen, der kennt so was Feines gar nicht.»

Thore zögerte. Er gab es ungern her, denn es war eine Erinnerung an Jasmin, die ihm das alles hier eingebrockt hatte. «In Ordnung. Aber pass gut drauf auf, okay?»

«Gehört wohl deiner Geliebten, stimmt's?» Dieter grinste. «Natürlich passe ich drauf auf, kannste dich drauf verlassen!» Er steckte das Spiel in seine Jeansjacke.

«Das nicht, aber ich hänge trotzdem dran», erwiderte Thore.

Dieter musste schwören, es in spätestens drei Tagen hier in der Kneipe wieder abzugeben.

Als Thore durch das Veedel hinterm Hauptbahnhof zurück zu Jasmins Wohnung ging, wurde ihm klar, dass gerade ein kleines Wunder passiert war: Er hatte in der Kneipe kein einziges Mal an Keike gedacht! Plötzlich war sie nur noch ein Name, wie eine ferne Erinnerung. Jetzt fehlte nur noch ein Job, dann könnte er Föhr – und Keike – ganz hinter sich lassen.

12.

Thore guckte sich im Netz sämtliche Kölner Ferienwohnungsvermittlungen an und formulierte dann eine passgenaue Bewerbung. Damit hatte er vorerst gut zu tun. Das Himmelbett in Jasmins Wohnung wurde sein Büro, von dort aus konnte man bestens mit dem Laptop arbeiten. Bevor er morgens anfing, frühstückte er immer bei Toni Schuhmacher. Sie machte nicht nur hervorragenden Kaffee und die besten belegten Brötchen überhaupt, sondern führte ihn auch in die Besonderheiten der Stadt Köln ein. Dabei spielte sie ständig mit ihrer Zigarette herum. Sie mochte einfach das Gefühl zwischen den Fingern. Rauchen tat sie die Zigarette erst abends, nach Feierabend, und dann nur die eine.

Nach ein paar Tagen wurde Thore von ihr zum Geheimnisträger erklärt: «Ich verrate dir jetzt etwas, das hier im Veedel kaum einer weiß.» Sie beugte sich leicht vor und winkte ihn näher zu sich. «Ich habe mal kurz in Düsseldorf gelebt», raunte sie. «Das war, als Fortuna gegen Barcelona mit drei zu vier verloren hat.»

Da musste Thore passen, er hatte zu wenig Ahnung von Fußball. «Spielen die so hochklassig?», fragte er vorsichtig.

«Früher mal.» Sie winkte traurig ab. «Als ich weggezogen bin, sind sie bis in die Oberliga abgestiegen. Inzwischen sieht es wieder etwas besser aus. Ich habe echtes Mitleid mit denen, das sag ich sogar als Kölnerin.»

Er biss in sein gewohntes Eibrötchen mit Schnittlauch. Sein Handy klingelte, auf dem Display erschien eine unbekannte Nummer. «Mmhja?» Thore versuchte schnell den Bissen herunterzuwürgen.

«Gerald Windhövel von der Agentur ‹Windhövel – Wohnen auf Zeit›. Spreche ich mit Thore Traulsen?» Die Stimme am anderen Ende klang heiser und war kaum zu verstehen.

«Ja, genau.»

«Bei uns im Büro haben sich alle die Grippe eingefangen, wir liegen komplett flach. Hast du Zeit für einen Job?»

«Ja.»

«Auch jetzt sofort?»

«Ja.» Thore strahlte Toni an.

«Wo steckst du jetzt gerade?»

«Altstadt Nord.»

«Super, dann musst du nur rüber ins Eigelsteinveedel gehen. Ich simse dir die Adresse.»

«Wie komm ich ins Büro rein?»

«Ich schicke dir einen Fahrer mit dem Schlüssel. Ich brauch dann nur noch einen Scan von deinem Ausweis.»

«Okay.»

«Es kann dich leider keiner einarbeiten, weil niemand da ist. Aber du weißt ja, wie das Geschäft läuft.» Es folgte ein heftiger Hustenanfall.

«Okay. Dann gute Besserung», sagte Thore.

«Ciao», keuchte der Mann. «Adresse kommt.»

Als der Mann aufgelegt hatte, fiel Thore Toni um den Hals. «Ich habe einen Job!»

«Wo das?»

«Bei ‹Windhövel – Wohnen auf Zeit›.»

Toni kannte die Firma offenbar. «Das ist ein schwules Pärchen aus Rodenkirchen, sehr nette Leute. Glückwunsch.»

Thores Herz machte einen Sprung. Jetzt konnte er in Köln voll durchstarten! Es war schneller gegangen als gedacht.

Auf dem Weg zur Agentur bekam er überraschend Heimatgefühle: Im historischen Eigelsteintor hing ein hochseetaugliches, marinegrau gestrichenes Rettungsboot mit einem Tampen, der außenbords um die Bordwand ging. Was hatte das hier, weit weg vom Meer, zu suchen? Er hatte keine Zeit, um die Plakette zu lesen, die es erklärte. Aber das Boot nahm er als gutes Omen für sich, den Mann von der Küste. Er konnte es kaum abwarten, endlich loszulegen.

Unruhig lief er vor dem Eingang der Agentur in der Weidengasse auf und ab. Das Eigelstein war ein lebendiges Veedel mit Kölsch-Kneipen, Antiquariaten und vielen kleinen internationalen Geschäften. Gegenüber lag ein türkischer Laden für Hochzeitskleider. Vielleicht würde das hier bald sein täglicher Arbeitsweg werden.

Nachdem der Taxifahrer ihm wie verabredet den Schlüssel ausgehändigt hatte, betrat Thore das Büro in einem dunklen Kölner Altbau, in dem es nach orientalischen Gewürzen und scharfen Putzmitteln roch. Es bestand aus zwei großen Räumen mit hohen Stuckdecken, die vollgestellt mit Schreibtischen waren. Darauf standen PCs mit riesigen Bildschirmen. In den Regalen herrschte Papierchaos.

Thore hatte gerade Platz genommen, da kam auch schon der erste Anruf. Gesucht wurde eine Wohnung für zwei Wochen am rechten Rheinufer. Das Blöde war, dass Thore sich überhaupt noch nicht in Köln auskannte. Nur den Weg von Jasmins Wohnung in die City und zur Kölsch-Kneipe fand er ohne Mühe.

«Rechtes Rheinufer», wiederholte er und schaltete sein Handy an, um auf Google Maps nachzusehen, welche Stadtteile damit gemeint sein könnten. Parallel fuhr er den PC hoch. «Das kriegen wir hin. Was möchten Sie denn ausgeben?»

«So wenig wie möglich.»

«Okay.»

Der PC sprang an. Er versuchte die Wohnungsangebote des Unternehmens aufzurufen, fand sie aber nirgends. Kein Wunder, dafür gab es noch ein Extra-Passwort, das er erst finden musste.

«Kann ich Sie gleich zurückrufen?», fragte er.

«Wenn's sein muss.»

Er fand einen Kugelschreiber, aber keinen Zettel in Reichweite, also schrieb er sich die Nummer kurzentschlossen auf den Unterarm.

Nachdem er aufgelegt hatte, klingelte das Telefon erneut. Eine Geschäftsfrau suchte eine Einzimmerwohnung, die von Messe und Flughafen aus gut zu erreichen war und in einem lebendigen Viertel lag. Auch sie musste er auf einen Rückruf vertrösten.

Wer konnte ihm auf die Schnelle weiterhelfen? Toni hatte keine Zeit, die musste selber arbeiten. Die einzige Kölnerin, die er außer ihr kannte, war Jasmin. Bestimmt lag sie gerade in Utersum oder Nieblum am Strand und wollte ihre Ruhe haben. Egal, er hatte keine andere Chance, und nein sagen konnte sie immer noch. Er wählte ihre Nummer. Zum Glück ging sie gleich ran.

«Moin, Thore.»

Sie hatte ihre Begrüßungsformel bereits auf das friesische «Moin» umgestellt, das er sich in Köln verkniff – was ihm aber nicht immer gelang.

«Moin, Jasmin. Wo steckst du?»

«Auf deiner Terrasse beim Frühstück.»

«Kannst du mir helfen? Bitte, bitte, ich habe echt ein Problem!»

«Gerne, was gibt's?»

Er schilderte ihr kurz die Lage, öffnete im PC die Datei mit dem Namen «verfügbare Wohnungen», dann rief er die Frau mit der anspruchsvollen Suchanfrage zurück. Er stellte auf laut und behielt Jasmin mit seinem Handy am Ohr.

«Schick sie ins Univiertel», wisperte Jasmin.

«Wie wäre es denn mit dem Univiertel?», fragte er die Kundin mit flötender Stimme.

«Ich kenne mich in Köln ja nicht aus», sagte sie. «Was können Sie mir über das Viertel erzählen?»

«Lebendig, ruhig, grün, viele Cafés», flüsterte Jasmin.

Er schmückte das für seine Kundin überschwänglich

aus: «Es ist ein ruhiger Bezirk mit einigen wunderschönen Parks. Es gibt dort viele Cafés, Boutiquen und kleine Läden mit Sachen, die man nirgendwo anders bekommt.» Während er redete, rief er auf dem Bildschirm den Kölner Stadtplan auf. «Und was man noch sagen kann: Es gibt dort richtig viele Bäume.» Das war vielleicht nicht besonders originell, aber Bäume mochten doch alle Menschen, oder?

«Bäume?», fragte die Kundin erstaunt.

«Ja, mehr als sonst in Köln.» Hoffentlich gab es dort auch nur einen einzigen Baum ...

«Toll.»

Er hörte am Handy, wie sich Jasmin über seine Ausschmückungen amüsierte: «Den Wettbewerb für die phantasievollste Geschichte hast du gewonnen.»

Fünf Minuten später hatte er die Wohnung vermietet.

«Bist du noch dran?», fragte er ins Handy, nachdem die Geschäftsfrau aufgelegt hatte.

«Klar.»

Er war froh, dass sie noch da war. «Vielen Dank, Jasmin! Ohne dich wäre ich hier gestrandet.»

«Gerne. – Bist du ganz sicher, dass es der richtige Job für dich ist?»

«Das wird schon. – Und jetzt sag mal, wie geht's dir überhaupt?»

«Ich genieße Föhr.»

«Schon Leute kennengelernt?»

«Ja, Inge Hansen.»

Er lehnte sich auf dem Schreibtischstuhl zurück. «Oje! Wollte sie dir einen Mann vermitteln?»

«Woher weißt du das?»

«Sie sorgt sich um die Fortpflanzung auf Föhr.»

«Ich fand es lustig.»

«Aber du bist doch nicht wirklich auf der Suche, oder?» Bei einer Frau wie ihr unvorstellbar.

«Neugierig?», fragte sie.

«'tschuldigung.»

«Und selber?»

«Momentan bin ich eher auf der Suche nach mir selbst als nach jemand anderem.»

«Wow, das klingt richtig philosophisch.»

«Zuallererst würde ich gerne mal diesen Job hinbekommen.» Er hätte gern noch weiter mit ihr geplauscht, doch leider klingelte schon wieder das Telefon. «Ich muss auflegen.»

«Klar. Wenn du Probleme hast – ruf mich jederzeit an, ja?»

«Das ist echt nett von dir.» Wenn sie jetzt vor ihm gestanden hätte, hätte er sie umarmt.

«Ach was, das ist Standard.»

«Dafür hast du noch einen gut bei mir.»

«Jaja.»

«Kein Spruch!» Er hatte sogar schon eine konkrete Idee. «Tschüssing.»

«Tschüs.»

Er legte auf und hechtete zum Schreibtisch gegenüber. Wie bekam er die eingehenden Anrufe bloß alle auf einen Apparat?

Obwohl Thore eigentlich ganz zufrieden gewesen war, sollte sein erster Arbeitstag zugleich auch sein letzter werden. Am Nachmittag rief ihn ein aufgebrachter Gerald Windhövel an und fragte, wie er einen Typen, der eine Unterkunft in der Nähe der Messe suchte, nach Sülz ans andere Ende der Stadt habe schicken können. Es tue ihm leid, aber bevor Thore sich in Köln nicht besser auskenne, sei das nicht der richtige Job für ihn, trotz seiner Erfahrung. Thore könne sich gern wieder bei ihm melden, wenn er so weit sei.

Es war ein glatter Rausschmiss, da gab es nichts zu beschönigen. Gerald hatte ja recht, ohne Ortkenntnisse ging es einfach nicht. Thore blieb nichts anderes übrig, als noch mal von vorne anzufangen.

13.

Jasmin legte sich aufs Bett und blickte aus dem Stallfenster. Draußen zogen hoch aufgetürmte Wolken vorbei, der Wind knatterte ums Haus. So etwas Idiotisches wie die Sönke-Aktion veranstaltete man auch nur, wenn man vollkommen verzweifelt war. In seinem Garten hatte Jasmin eine Kinderschaukel gesehen. Der Mann war mit Sicherheit verheiratet und hatte bestimmt nicht darauf gewartet, dass das Teeniemädchen von damals vorbeischneite und ihm ihre Liebe erklärte. Nun musste Jasmin sich nicht mehr fragen, warum sie in Köln so oft von Föhr geträumt hatte, denn das war beantwortet: Es hatte *gar nichts* bedeutet! Zum Glück hatte sie es von selbst gemerkt, wenn auch erst im allerletzten Moment.

Seitdem schlief sie auf Föhr täglich vierzehn Stunden. Was bedeutete, dass sie mehr Zeit damit verbrachte, zu schlafen, als wach zu sein. Allein das machte ihre Lage auf der Insel einigermaßen erträglich. Tagsüber schnappte sie sich ein Buch nach dem anderen aus Thores Regal, manchmal vergaß sie dabei sogar das Essen. Das Haus verließ sie nur zum Einkaufen. Im Oldsumer Edeka redete sie kurz mit einer der netten Kassiererinnen, und das war dann auch schon alles an Kontakt zu realen Menschen. Stattdessen wurden die Figuren aus Thores Romanen ihre Mitbewohner. Während des Frühstücks oder Abendessens führte sie mit ihnen stille, manchmal auch geflüsterte Dialoge. Zwischendurch gab es Momente, in denen sie fürchtete, ernsthaft verrückt zu werden. Was war bloß mit ihrem Leben passiert?

Nach ihrem Umzug vom Bergischen Land, wo sie aufgewachsen war, hatte sie sich voll auf die Arbeit gestürzt. Die Materialbeschaffung im Katholischen Krankenhaus Köln war ein verantwortungsvoller Job: Den Chirurgen durften niemals das Verbandszeug oder die Skalpelle ausgehen, dafür war sie mit zuständig. Sie arbeitete sich mit aller Energie in die Themen ein, auch in ihrer Freizeit. Bald kannte sie sich sehr gut aus, war sogar über so spezielle Themen wie EU-Förderungen für Diagnosegeräte auf dem Laufenden.

Ihr Privatleben war dabei leise wie durch ein unsichtbares Sieb gerieselt und hatte sich irgendwann vollständig aufgelöst. Anfangs hatte sie es gar nicht bemerkt. Abends war sie immer so kaputt gewesen, dass sie froh war, endlich ihre Ruhe zu haben. Auch am Wochenende war sie nicht mehr in die Gänge gekommen. Alle paar Monate ging sie mit ein paar Kolleginnen Pizza essen oder machte einen Ausflug mit ihrem besten Freund Ralf, das war alles. Sie kannte kaum Leute – und das in der lebensfrohen Stadt Köln, in der du angeblich nicht mal alleine bleibst, wenn du es willst! Zugegeben: Wenn man nur zu Hause hockte, lernte man auch niemanden kennen.

Hinzu kam, dass sie einfach kein Gruppenmensch war.

Volkshochschulkurse, Sportvereine und Ähnliches waren nicht ihr Ding, und schon gar nicht das Single-Business mit seinen Dating-Plattformen. Der Drang vieler Menschen, soziale Kontakte zu knüpfen, war für sie purer Leistungsdruck: Je mehr Leute du kanntest, desto erfolgreicher sahst du vor den anderen aus. Es war wie ein ehrgeiziger Wettbewerb um die «Likes» anderer, auf Facebook wie im wirklichen Leben. Wenn du nur wenige Menschen kanntest, wie das bei ihr der Fall war, hielt man dich schon fast für gestört. Einsamkeit wirkte wie eine ansteckende Krankheit. Deshalb machte sie aus ihrem Privatleben auch ein Riesengeheimnis. Niemand wusste, wie viel Zeit sie alleine verbrachte: keiner ihrer Kollegen, auch nicht ihr Vater, allenfalls ihr bester Freund Ralf. Und ansatzweise vielleicht ihre beste Freundin Alina, aber die lebte weit weg.

Jasmin war ein Vollprofi im Alleinsein geworden. Ihre Zeit hatte sie in feste Rituale eingeteilt. Dazu zählte der tägliche Spaziergang nach der Arbeit. Ihr Glück hing nicht von einem Partner ab, es war ein Sonnenstrahl auf dem Wasser, ein Nachmittag im Park, das Aufwachen nach einem schönen Traum. Es gab gute und schlechte Tage, wie bei anderen Menschen auch.

Vor allem im Sommer ging sie selten raus. Am schlimmsten waren die Sonntage, wenn die ganze Welt draußen nur aus Paaren, Familien und Cliquen zu bestehen schien. Dann blieb sie meist auf ihrem Balkon sitzen und hörte den Studenten der Musikhochschule beim Üben zu. Und das Lesen war eine Sucht geworden. Falls sich doch mal ein Kerl in ihre Wohnung verirren sollte, hätte sie wohl erst mal die Bücherstapel wegräumen müssen. Das Alleinsein war ihr so vertraut, dass es sich wie ein fester Partner anfühlte: Man kannte sich, man mochte sich, und manchmal lief es eben nicht so gut.

Aber hatte es nicht immer Menschen wie sie gegeben? Wenn sie Geschwister gehabt hätte, wäre sie die tolle Tante, die mit ihren Nichten und Neffen die richtig coolen Sachen unternahm, auf die die Eltern keine Lust haben. Hätte, hätte, hätte. Trotzdem war sie kein Freak, sondern eine ganz normale Frau.

Man konnte nicht sagen, dass sie schlecht aussah. Okay, sie war kein Model, aber doch alles andere als hässlich. Bis auf die «bad-hair-bad-eyes-bad-bossum-bad-legs-bad-butt-days», aber die hatten ja alle von Zeit zu Zeit. Außerdem war sie nicht schüchtern, sie konnte reden und tat es auch. Und trotzdem war ein Jahr ums andere vergangen, ohne dass sie jemanden kennengelernt hatte. Inzwischen war sie seit fünfzehn Jahren Single, und an die beiden kurzen Beziehungen davor erinnerte sie sich nur ungern. *Wenn es so weitergeht, kannst du in zehn Jahren Silberhochzeit mit dir selbst feiern*, dachte sie spöttisch.

Aber das Elend ließ sich tatsächlich noch steigern, zum Beispiel wenn man auf einer Insel festsaß, auf der man niemanden kannte. Das hieß, außer Inge Hansen natürlich, die mit ihrer Sonnenbrille jeden Tag auf ihrer Bank saß und ihr wahrscheinlich sämtliche Männer-Restposten der Insel angeboten hätte. Sie mied die alte Dame, wenn sie zum Supermarkt ging.

Acht freie Wochen auf einer wunderschönen Nordseeinsel würden die meisten Menschen in Begeisterung versetzen. Für sie war es eine Katastrophe! Das waren acht mal sieben Tage, eintausenddreihundertvierundvierzig Stunden. Und die mussten irgendwie gefüllt werden. Mittlerweile stand für sie fest: Der Wohnungstausch war eine falsche Entscheidung gewesen. Sie musste so schnell wie möglich zurück nach Köln! Am liebsten würde sie schon morgen wieder in ihrem Büro sitzen und arbeiten. Im Krankenhaus war sie wenigstens ein paar Stunden am Tag unter Leuten und musste nur die Wochenenden in den Griff kriegen. Das fühlte sich wesentlich besser an.

Morgen würde sie Professor Breitscheid anrufen und ihn davon überzeugen, dass sie sich schon ausreichend erholt hatte. Organisch war sie ja gesund, und so viel Rad gefahren wie in den letzten Tagen war sie schon lange nicht mehr. Frustriert blickte sie durch das Fenster in den Himmel. Jetzt saß sie also hier in einem entzückenden Reetdachhaus und vermisste die Arbeit. War das nicht pervers?

Zusätzlich gab es ein Problem, das nicht so leicht zu lösen sein würde: Sie hatte Thore acht Wochen versprochen, und er verließ sich darauf. Nun konnte sie ihn nicht schon nach etwas über einer Woche aus ihrer Wohnung werfen. Ein bisschen musste sie also noch durchhalten. Eine weitere Woche sollte sie schaffen.

Mit Gewalt quälte sie sich aus dem Bett und ging in die Küche, um sich einen Kaffee zu machen, sonst würde sie sofort wieder einschlafen. Als sie gerade die Maschine in Gang gebracht hatte, klingelte das Telefon.

«Hi, Jasmin, was machst du so?», fragte Thore.

Sie mochte es, wie energisch er ihren Namen aussprach. Sofort war sie hellwach.

«Mir geht's bestens. Ich fahre jeden Tag einmal mit dem Rad um die ganze Insel.» Sie traute sich nicht, ihm die Wahrheit zu sagen. Ob er am Telefon spürte, wie es ihr wirklich ging?

«Sportlich. Und sonst?»

«Wie, und sonst?»

«Na, triffst du Leute?»

Damit war er direkt an ihrem schmerzhaften Punkt.

«Die Kassiererinnen bei Edeka grüßen mich freundlich, wenn du das meinst.» Sie würde ihm bestimmt nicht ihre Verzweiflung um die Ohren hauen. So etwas wollte niemand hören.

«Ich dachte eher an Strandpartys und Discos.»

«Föhr ist nicht Köln», stellte sie trocken fest. Als wenn sie dort dauernd in Clubs gehen würde!

«Klingt nach einem einsamen Leben.»

Oje, er hatte es gemerkt. «Alleinsein tut manchmal ganz gut, um runterzukommen», sagte sie. Was für ein Spruch, und das aus ihrem Mund! «Und, wie läuft's bei dir so?»

«Köln ist echt anders. Die Menschen quatschen einem die Birne voll. Das ist schon lustig.»

«Schon Leute kennengelernt?»

«Dieter.»

«Welchen Dieter?»

Er lachte. «Du kennst Dieter nicht? Wie kann das sein? Dieter aus der Kölsch-Kneipe sagt, er kennt jeden in Köln.»

«Verstehe, einer der vielen Dieters an den Kölsch-Tresen der Stadt.»

«Ganz genau. Und bei Toni Schuhmacher frühstücke ich.»

«Wie? Beim Torwart vom FC?»

«Nee, Schuhmacher mit h. Sie heißt eigentlich Antonia. Die, die das Büdchen bei dir im Haus hat.»

«Ach, da bin ich so gut wie nie. Ich wusste gar nicht, dass sie so heißt.»

Thore konnte sich wahrscheinlich nicht vorstellen, dass man in Köln einsam sein konnte. Offenbar hatte er in der kurzen Zeit mehr Leute kennengelernt als sie in sieben Jahren.

«Leider geht mir akut das Geld aus», sagte er. «Ich suche dringend einen neuen Job. Immobilien waren es nicht, das hast du ja schon mitbekommen.» Er hatte ihr direkt am Abend seiner Pleite eine SMS geschrieben, ihr für ihre Hilfe gedankt und gesagt, dass er sie wohl ab sofort nicht mehr in Anspruch nehmen müsse, weil er von Gerald Windhövel den Laufpass bekommen habe. Er hatte ihr leidgetan.

«Hm», machte Jasmin, «ich könnte mal im Katholischen Krankenhaus bei meinem Freund Ralf nachfragen.»

«Das ist nett, aber ich bin weder katholisch noch Krankenpfleger.»

«Macht nichts, irgendwas haben die immer.»

«Okay, dann wäre ich dir dankbar.»

»Ich meld mich dann. Tschüs, Thore.»

«Tschüs, Jasmin.»

Sie legte auf.

Thore sollte seine Chance in Köln bekommen. Sobald er einen Job hätte, würde er sich eine eigene Wohnung nehmen, und sie säße im nächsten Zug nach Köln. Vielleicht klappte es ja wirklich im Krankenhaus. Je schneller, desto besser. Sie würde noch heute bei Ralf anrufen und nachfragen.

Kurz nach dem Telefonat fing es an zu regnen. Irgendwie angenehm, auf dem Chesterfield-Sofa zu liegen und durch die verglasten Türen den grauen Bindfäden zuzuschauen. Jasmin positionierte ihr Smartphone auf dem Tischchen vor sich, stützte es mit einem Buch ab und nahm dann den Regen auf. Eine Stunde lang. Den Film schickte sie ihrer besten Freundin Alina, die in Havanna arbeitete.

Alina sehnte sich in der Karibik zwischendurch nach deutschem Schietwetter. Bestimmt war der Föhrer Regen an heißen Tagen ein super Bildschirmschoner. Jasmin seufzte. Wie schade, dass Alina so weit weg wohnte! Mit ihr wäre das Leben in Köln ein anderes, da war sie sicher.

Alina war Beamtin im Auswärtigen Amt und wurde alle fünf Jahre versetzt. Zurzeit arbeitete sie in der Passstelle der deutschen Botschaft in Havanna. Vorher hatte Jasmin sie in der deutschen Botschaft in Weißrussland besucht. Wie Jasmin war Alina ein ewiger Single, und so verreisten sie als perfektes Duo jährlich drei Wochen gemeinsam, was für beide jedes Mal ein Highlight war.

Der Wind blies die grauen Wolken schnell davon. Schon gegen Mittag kam wieder die Sonne raus, und der Himmel wurde knallblau, als sei nichts gewesen. Die Strände der Insel würden sich bestimmt in kürzester Zeit wieder füllen. Jasmin hätte eine kleine Radtour machen können, irgendwo ein Eis essen und dann baden gehen. Doch sie wollte das Haus immer noch nicht verlassen.

Am Nachmittag dämmerte sie wieder weg, obwohl sie schon in der Nacht und am Vormittag mehr als ausreichend geschlafen hatte. Sie hatte das Gefühl, vom Schlafen müde zu werden, und das war auch gut so.

Erst gegen Abend wurde sie von einem sanften Klopfen geweckt. Es kam ihr vor, als sei es irgendein Geräusch im Dorf, doch dann merkte sie, dass es von der Terrassentür kam. Widerwillig richtete sie sich auf und sah auf die Uhr. Sie hatte drei Stunden geschlafen!

Vor der Glastür sah sie einen Typen in Jeans und ausgewaschenem blauem T-Shirt stehen. Sportliche Figur, blonde Locken. Nach Postbote sah er nicht aus – hatte der sich im Haus geirrt?

Er klopfte noch einmal. Verschlafen torkelte sie hin und öffnete einen Spalt.

«Ja?»

Er sah sie so strahlend an, dass ihr ganz anders wurde.

«Moin, ich bin Lars und wollte dich zur Scheunen-Disco einladen.»

Wollte der sie auf den Arm nehmen?

14.

Thore wachte gegen neun Uhr in Jasmins Himmelbett auf. Jeden Tag entdeckte er etwas Neues in ihrer Wohnung. Gerade waren es zwei weiße Täubchen an der Gardinenstange, am Tag zuvor waren es zwei kleine Plastikfliegen über der Biene-Maja-Lampe gewesen.

Sein Handy klingelte.

«Hi, wie geht's?» Jasmin mit ihrer Soulstimme.

«Gut», sagte er und spielte mit einer Apfelsinenimitation herum, die von innen beleuchtet wurde, wenn man sie drückte. «Und dir?»

«Ich muss sagen, dein Service ist nicht zu toppen! Das leistet heutzutage kaum noch ein Vermieter», sagte sie lachend.

«Was meinst du?»

«Dein Freund Lars war hier.»

Super, das hatte also geklappt.

«Erzähl!»

«Da gibt es nichts zu erzählen. Wir haben uns zur Scheunenparty verabredet. Das war ein sehr nettes Geschenk von dir, danke!»

«Gerne. Ich wollte ihn eigentlich noch in Folie einpacken lassen, aber dazu war leider keine Zeit.»

Er hielt inne. Sollte er sie vor Lars warnen? Er wurde manchmal der «Touri-Fischer» genannt, weil er sich seine Affären meist unter Feriengästen suchte: Sie waren immer kurz und intensiv, und spätestens im Herbst waren die Frauen wieder weg. Aber wieso sollte er Jasmin warnen? Sie war eine Frau, die mit beiden Beinen im Leben stand und wusste, was sie tat. Wer in Köln jahrelang auf der Piste unterwegs war, den konnte ein Föhrer Touri-Fischer bestimmt nicht schocken.

«Und wann darf ich deine Freundinnen in Köln kennenlernen?», fragte er.

Kurze Pause am anderen Ende.

«Die sind leider alle in den Ferien.»

«Schade.»

«Aber vielleicht kannst du ja mit einem Freund von mir um die Häuser ziehen.»

«Klingt nicht ganz so aufregend, aber warum nicht?»

Alles, was ihn ablenkte, war ihm recht.

«Ich hab dir schon von ihm erzählt. Er heißt Ralf Greven, du erreichst ihn tagsüber im Katholischen Krankenhaus bei dir um die Ecke. Vielleicht hat er sogar einen Job für dich. Ich hab ihn nach unserem letzten Telefonat direkt angerufen, und er wollte sich umhören. Aber es schadet bestimmt nicht, wenn du jetzt schon mal bei ihm vorbeischaust.»

«Okay.»

«Ich habe noch eine andere Bitte: Neben meinem Bett liegen drei Bücher aus der Bücherei. Könntest du die für mich zurückbringen und die Mahngebühren auslegen? Das hab ich vor meiner Abreise total vergessen.»

«Ich lade dich ein.»

«Vielen Dank! Es ist ganz einfach: Der Bücherbus hält hundert Meter entfernt von meiner Wohnung, Theodor-Heuss-Ring/Ecke Clever Straße. Er müsste heute noch eine Viertelstunde da stehen.»

«Bin schon unterwegs.»

«Danke, Thore.»

«Gern geschehen. Tschüs, Jasmin.»

Die Bücher lagen neben der Küchenspüle. Er packte sie in seinen Rucksack und spurtete los. Zwei Minuten später betrat er den hinteren Teil des Busses, und sofort schlug ihm der typische Bibliotheksgeruch entgegen. Woran lag das eigentlich, dass es in Büchereien immer so speziell roch? Wurden die Bücher desinfiziert, oder woher bekamen sie dieses leicht Muffige, was er aber irgendwie mochte?

Am Eingang saß eine ältere Frau. Als er auf sie zukam, setzte sie ihre Lesebrille ab.

«Guten Tag. Ich möchte diese Bücher für Jasmin Höffgen zurückbringen.» Er legte die drei Bände auf den Tresen.

Die Frau schob sie über den Scanner. «Die sind so was von abgelaufen, da hat die Jasmin wohl nicht aufgepasst», sagte sie mit verrauchter Stimme.

«Kennen Sie alle Ihre Kunden persönlich?», fragte Thore beeindruckt.

«Hier im Veedel schon. Außerdem ist die Jasmin Dauergast bei mir. Was die in einer Woche an Büchern wegzieht, ist nicht normal. Bist du ihr Freund?»

«Ich wohne bei ihr.»

«Das freut mich für sie.»

Vielleicht sollte er das richtigstellen. «Ähm. Jasmin ist gerade nicht da. Wir haben nur die Wohnungen getauscht.»

«Ah ja.» Die Frau beugte sich leicht vor und sprach nun leiser. «Sie hat mir verraten, dass sie so gut wie nie ausgeht. Deswegen liest sie auch so viel. Ich meine, Lesen ist ja nicht das Schlechteste, aber ein paar Freunde täten ihr schon gut, ganz zu schweigen von einem festen Freund. Ja, die Jasmin ist ein ziemlich einsamer Mensch. Dabei ist sie so ein patentes, hübsches Mädchen.»

Also, *er* wäre hier nicht gerne Kunde, wenn Frau Bücherbus immer so viel über ihre Kunden preisgab. Was sie wohl über ihn tratschen würde? *Der Thore, der leiht sich vielleicht komische Bücher aus, das sag ich Ihnen! Wenn das mal kein seltsamer Typ ist ...*

Was sie gerade über Jasmin gesagt hatte, konnte übrigens nicht stimmen. Am Telefon sprudelte sie immer vor Energie und Lebensfreude. Die Bibliothekarin musste sich irren, oder sie war einfach nur neidisch.

Am späten Nachmittag schlenderte er ins Krankenhaus, um Jasmins Freund Ralf zu treffen. Sie hatte ihm kurz nach ihrem Telefonat gesimst, dass Ralf ihn um 17 Uhr erwarte – ausgerechnet in der Klinik-Kapelle!

Das Krankenhaus war ein altes, weiß gestrichenes Gebäude mit verschiedenen modernen Anbauten. In der Etage über dem Haupteingang war eine Marienfigur mit dem Jesuskind im Arm angebracht. Als Thore auf das

Haus zuging, hielt gerade ein Notarztwagen mit Martinshorn und Blaulicht am Eingang. Ein paar Sanitäter sprangen raus, öffneten die Tür und schoben hastig einen Patienten mit Sauerstoffmaske in die Notaufnahme. Thore wurde ganz anders zumute. Befremdet blickte er auf eine Infotafel, auf der fast alles an Krankheitsfeldern vertreten war, was man sich vorstellen konnte. Er hatte zwar im Groben gewusst, was einem theoretisch Schlimmes passieren konnte, es aber immer gerne verdrängt. Es kam ihm seltsam vor, dass er, ohne jede Not und bei bester Gesundheit, ein Krankenhaus betrat.

Der Weg zur Klinikkapelle war gut ausgeschildert. In einem der Flure kam Thore an einem Bett vorbei, in dem eine jüngere Frau mit leichenblassem Gesicht lag. Sie hatte die Augen nur einen Spaltbreit geöffnet. Was sie wohl für eine Krankheit hatte? Er versuchte, sich nicht runterziehen zu lassen. Kranke sahen nun mal nicht so aus wie Gesunde.

Überall an den Wänden hingen Kruzifixe, das kannte er als norddeutscher Evangele nicht. Der Anblick der ausgemergelten Jesusfigur deprimierte ihn. Ein penetranter Geruch nach Desinfektionsmitteln machte ihn zusätzlich fertig. Er kam sich vor wie in einem Labyrinth aus engen, weißen Gängen, die nirgendwo zu enden schienen. Irgendwann stand er dann endlich vor Raum 401.

Jasmin hatte ihm nicht verraten, was ihr Freund im Krankenhaus machte, ob er Chirurg, Pfleger oder Techniker war. Eine Klinikkapelle war auf jeden Fall ein seltsamer Ort für eine Verabredung. Die Tür stand offen, Thore linste vorsichtig um die Ecke. Es lief gerade eine

Messe. Er huschte hinein und setzte sich in die letzte Reihe. Die Kapelle war ein weiß gestrichener Raum mit stapelbaren Stühlen. Vorne befand sich ein kleiner Altar, über dem ein goldgerahmtes Gemälde einer biblischen Szene hing, die Thore nicht zuordnen konnte. Seitlich war eine Madonnenfigur aus Holz aufgestellt, deren Farbe schon an einigen Stellen abgeblättert war.

Die Gemeinde bestand überwiegend aus Patienten in Bademantel. Einige hatten einen Tropf neben sich stehen. Dazwischen saßen Ärzte mit Stethoskop um den Hals und Krankenschwestern, insgesamt vielleicht dreißig Leute. Der Priester war etwa in Thores Alter und trug eine schwarze Soutane mit dem üblichen weißen Rundkragen. Mit seiner bestimmt zwei Meter Körperlänge hätte der Pfarrer auch einen guten Basketballer abgegeben. Seine Nase war spitz, er hatte buschige blonde Augenbrauen und strahlte die Menschen aus hellen Augen freundlich an. Dass Priester im Zölibat lebten, fand Thore seltsam. Wieso ließ sich jemand freiwillig auf so etwas ein? Falls sie sich überhaupt daran hielten – man hörte da ja so einiges.

Thore war kein Mitglied der Kirche. Was nicht bedeutete, dass er nicht gläubig war. Vor allem im Wattenmeer spürte er im Kommen und Gehen des Wassers eine Kraft, die größer als alles Irdische war und die das menschliche Vorstellungsvermögen von Zeit und Raum überstieg. Diese Kraft nannte er Gott. Das genügte wohl nicht für die katholische Kirche, denn für die hätte er die Sünde und das Fegefeuer mitkaufen müssen, oder?

Die Anwesenden sangen jetzt «Großer Gott, wir loben

dich». Dann sprach der Pfarrer den Segen: «Der Herr segne dich und behüte dich. Er lasse sein Angesicht leuchten über dir und sei dir gnädig.» Anschließend schritt er zum Ausgang und gab jedem Einzelnen beim Hinausgehen die Hand.

Als alle Messebesucher den Raum verlassen hatten, ging der Priester zurück zum Altar. Der Raum war ansonsten menschenleer. Kein Ralf weit und breit zu sehen. Hinter dem Altar war, wie überall im Krankenhaus, ein Plastikbehälter mit Desinfektionsmittel angebracht. Der Priester drückte den Hebel mit dem Ellenbogen, nahm einen großen Klacks und rieb sich sorgfältig Hände und Unterarme ein.

«Hallo, Herr Priester?», wandte Thore sich unbeholfen an den Mann. Er wusste nicht, wie man ihn am besten ansprach.

«Ja?»

«Ich habe eine Frage.»

Der Priester drehte sich um. «Ja, bitte?»

«Ich suche einen Ralf, kennen Sie den zufällig?»

«Moin, Moin.» Der Mann grinste. «Bist du das Nordlicht von Föhr? Ich bin Ralf.»

Thore schluckte. Jasmins bester Freund war Priester?

15.

«Komm, wir machen uns einen netten Abend», sagte Ralf und grinste verschwörerisch.

Thore konnte sich nicht erinnern, jemals mit einem katholischen Priester geredet zu haben. Obwohl das nichts hieß, denn im protestantischen Norden waren die einfach äußerst selten. Was stellte sich ein Pfarrer wohl unter einem «netten Abend» vor? Würde er ihm in seinem Pfarrhaus aus der Bibel vorlesen und weltfremdes Zeug aus dem Vatikan erzählen?

«Vorher muss ich noch kurz eine Patientin besuchen. Du kannst ruhig mitkommen, sie freut sich über Besuch», sagte Ralf.

Das auch noch!

Als Thore mit Ralf die Gänge entlangeilte, rutschte sein Herz in die Hose: Auf welcher Station würde er gleich landen? Onkologie? Herz? Intensiv? Er wollte nichts davon sehen!

«Jasmin hat mir erzählt, dass du bisher nur an der Küste gelebt hast.» Sein rheinischer Akzent gab Ralf etwas Bodenständiges.

«Stimmt.»

«Das tut mir echt leid.»

«Wieso das?»

«Na ja, jetzt bist du ja im Rheinland, um mal richtige Kultur zu erleben, was?» Er sagte es mit ernstem Gesicht.

«Irrtum», antwortete Thore. «Ich bin als Missionar hierhergeschickt worden, um den Rheinländern die Kultur des Nordens beizubringen.»

Ralf lachte. Thore wusste immer noch nicht, wie er ihn ansprechen sollte.

Sie landeten auf der Herzstation. Der Priester klopfte an eine Tür und winkte Thore mit rein. Ihm wurde richtig schlecht. Was würde ihn erwarten?

In einem Bett lag eine alte Frau, die matt und blass aussah. Ihre Wangen waren eingefallen, sie war an einige Geräte angeschlossen und blickte kaum auf, als sie hereinkamen.

«Tag, Frau Prüß, ich wollte nur noch mal nach Ihnen schauen», sagte Ralf freundlich. «Das ist mein Bekannter Thore von der Insel Föhr, der begleitet mich heute.» Thore gab der Frau die Hand, sie fühlte sich knochig an.

Das Handy des Priesters klingelte, er guckte mit ernstem Gesicht aufs Display. «Ich muss noch mal kurz raus», sagte er zu der Patientin. «Keine Angst, der Thore bleibt bei Ihnen.»

Waaaas?

«Eine Letzte Ölung nebenan», raunte Ralf ihm zu und eilte hinaus.

Die Frau griff nach Thores Hand. Er wusste nicht, was er sagen sollte, und setzte sich auf einen Hocker neben ihrem Bett. Auf keinen Fall wollte er irgendwelche Platituden von sich geben. Frau Prüß sah so aus, als wenn sie sich auf der letzten Strecke ihres Lebens befand, und das wusste sie vermutlich selbst.

«Singen Sie gerne?», fragte er nach einer Weile.

Die Augen der Frau strahlten unter den müden Lidern. «Karneval», flüsterte sie.

«Oh, das tut mir leid, Karnevalslieder habe ich als Nordlicht nicht drauf.»

Unverdrossen begann die Frau zu summen: «Mer losse d'r Dom en Kölle, denn do jehööt hä hin ...»

Thore stieg mit ein. Die Melodie war einfach, und er hatte sie irgendwo schon mal gehört. Sofort sah die Frau viel wacher aus als vorher. Thore stellte sich einfach vor, sie wäre seine Oma. Ihm fiel auf, dass auf dem Nachttisch nichts lag, keine Blumen, keine sonstigen Präsente. Konnte es sein, dass Frau Prüß keine Verwandten und Freunde hatte?

Als Priester Ralf wieder hereinkam, sang Thore Frau Prüß gerade ein plattdeutsches Liebeslied vor: «Dat du mien Leevsten büst, dat du woll weeß, kumm bi de Nacht, kumm bi de Nacht, segg wo du heeßt ...»

Sie hielt die Augen geschlossen. Thore wusste nicht, ob sie müde war oder konzentriert zuhörte. Immerhin ging es in dem Lied um ein Mädchen, das sich heimlich mit ihrem Geliebten zu einer Liebesnacht traf. Vielleicht war das nicht so passend ...

«Es ist nichts Christliches, aber was anderes kann ich gerade nicht», entschuldigte er sich.

«Weiter, bitte ...», flüsterte Frau Prüß.

«Ich muss Frau Prüß nur anschauen, dann weiß ich,

dass es gut ist», sagte Ralf leise und summte die Melodie mit, als Thore weitersang.

«Danke», flüsterte Frau Prüß, nachdem das Lied beendet war. Thore streichelte ihr die Hand. Priester Ralf sprach ein Gebet, in dem er Gott um Beistand für Frau Prüß bat, dann betete er noch ein Vaterunser. Thore umarmte Frau Prüß zum Abschied. Sie tat ihm unendlich leid.

Eine Stunde später verließen Ralf und Thore das Krankenhaus. Sie fuhren mit dem Aufzug in die Tiefgarage, in der eine echte Überraschung parkte: Ralf fuhr ein altes, dunkelblaues Golf-Cabrio! Ein offener Wagen war das Allerletzte, was Thore bei einem Priester vermutet hätte. Am Rückspiegel baumelte ein Kreuz, was sehr lässig wirkte. Über das VW-Zeichen auf dem Lenkrad hatte er ein Heiligenbild geklebt. Ralf startete den Motor und öffnete per Knopfdruck das elektrische Verdeck.

«Ein Cabrio hätte ich nicht erwartet», sagte Thore.

Der Priester lachte. «Was denn? Verbietet die Bibel das irgendwo?»

«Wie soll ich dich oder Sie ansprechen?», fragte Thore. Er war immer noch unsicher.

«Für dich als evangelisches Nordlicht bin ich einfach nur der Ralf.»

«Und für die anderen?»

«Auch.» Er grinste ihn von der Seite an. Dabei puhlte er seinen Stehkragen vom Hals, klemmte ihn in den unbenutzten Aschenbecher am Armaturenbrett und fuhr mit quietschenden Reifen aus der Tiefgarage.

Es war ein perfekter Sommerabend, um offen zu fahren. Ralf zischte in hohem Tempo den Rhein entlang Richtung Süden. Nach kurzer Zeit hielt er an, fischte sich seinen Rucksack vom Rücksitz und führte Thore die Treppen zur Südbrücke hoch. Inzwischen war es dunkel geworden. Die Brücke war nicht so breit wie die Hohenzollernbrücke am Dom. Hier rumpelten ausschließlich Güterzüge zwischen großen, alten Steinportalen und Turmbauten hindurch. Links und rechts der Gleise befand sich ein schmaler Geh- und Radweg.

Sie gingen fast bis auf die andere Seite, wo sich eine kleine Kanzel über einem massiven Pfeiler befand. Ein paar hundert Meter vor ihnen fuhren Autos und Straßenbahnen über die gegenüberliegende Severinsbrücke, am linken Rheinufer waren die Lichter der gläsernen Kranhäuser zu erkennen. In vielen Büros wurde noch gearbeitet.

Ralf blieb stehen, stellte sich neben Thore und fischte zwei Bierdosen aus seinem Rucksack.

«Kriegst du keinen Ärger, wenn dich jemand so sieht?», fragte Thore.

«Nicht im Rheinland.»

«Pass bloß auf, dass dich keiner beim Vatikan verpetzt.»

Ralf lachte. Dann öffneten sie ihre Bierbüchsen im gleichen Moment und stießen an.

«Prost», sagte Ralf.

«Sünjhaid.»

«Was?», fragte Ralf. «Sünde?»

«Ist es nicht Sünde, was wir gerade tun? – Nein, ‹Sünjhaid› ist Föhrer Friesisch für ‹Gesundheit›.»

«Schade, dass es das schon gibt. ‹Sünjhaid› statt ‹Sünde› würde mir gefallen.» Ralfs Handy piepste, er holte es aus dem Rucksack. «Eine SMS von Jasmin. Sie will wissen, ob unser Date geklappt hat.»

«Kannst du mir mal was verraten?», fragte Thore. «Eine Frau in der Bücherei hat heute behauptet, Jasmin ist sehr einsam. Ich kann mir das nicht erklären.»

Ralf überlegte einen Augenblick, bevor er antwortete. «Die Jasmin ist wie eine schöne Perle, die man aber nicht auf den ersten Blick sieht. Überall, wo du gräbst, findest du bei ihr echte Schätze.»

Ein seltsamer Vergleich. War das ein Gleichnis aus der Bibel?

«Was meinst du damit?»

«Ganz einfach: Sie ist ein wunderbarer Mensch.»

«Ich kenne sie gar nicht, wir haben uns auf Föhr nur kurz gesehen.»

«Sie scheint dir auf jeden Fall zu vertrauen, wenn sie dir ihre Wohnung überlässt.»

Er dachte an ihr erstes Treffen am Deich. «Umgekehrt ist es genauso.»

«Sie ist lebendig, witzig und nachdenklich zugleich.»

«Wie kann sie dann einsam sein?», fragte Thore.

«Ich kann dir nicht alles verraten.» Ralf nahm einen großen Schluck aus der Bierbüchse.

«Verstehe, Beichtgeheimnis.»

Ralf schüttelte den Kopf. «Nee, schlimmer: Freundschaft.»

Das klang nach einem loyalen, guten Freund, den sich jeder wünschte.

Ralf blickte an ihm vorbei auf den Rhein. «Du bist auf Jobsuche, sagte Jasmin?»

«Stimmt.»

Ralf sah ihn freundlich an. «Ich hätte da etwas für dich im Krankenhaus. Du wärst die perfekte Besetzung dafür.»

«Was denn?» Hoffentlich sollte er nicht Helfer in der Pathologie werden oder so etwas. Das könnte er nicht.

«Erkläre ich dir nächsten Donnerstag. Wir treffen uns um neun Uhr nach der zweiten Messe in der Krankenhauskapelle, okay?»

«Ich bin nicht katholisch, das weißt du, oder?»

Ralfs Gesicht wurde jetzt sehr ernst. «Ganz ehrlich?»

«Ja?»

«Es ist mir scheißegal.» Er lachte.

Thore hätte Ralf gerne noch nach dem Zölibat gefragt, aber das verkniff er sich jetzt. Er redete ja auch nicht beim Erstkontakt mit anderen Menschen über Sex.

«Ich muss Jasmin noch auf die SMS antworten», sagte Ralf.

«Grüß sie bitte von mir.»

«Nee, das machen wir anders. Sie soll es richtig dicke bekommen.»

Ralf fischte seinen Priesterkragen aus dem Rucksack, zog sein Hemd aus und reichte es Thore. Der gab ihm dafür sein T-Shirt. Sie machten ein Selfie mit Blitz und schickten es Jasmin mit dem Text: *Thore ist konvertiert und geht ins Kloster. Gelobt sei der Herr!*

Dafür gab es von Jasmin ein Dutzend gehobene Daumen zurück und das Bekenntnis:

Endlich ist er so weit. Ich habe ihn von Anfang an auf der Kanzel gesehen. Schwester Jasmin.

Beim Abschied umarmten Ralf und er sich und klopften sich gegenseitig auf die Schulter.

«Den Job hast du», versicherte Ralf ihm. Und Thore wunderte sich, warum er nicht damit herausrückte, was es war.

16.

Jasmin stand vor dem Badezimmerspiegel und zog ihren Lidstrich nach. Sie hatte keine Ahnung, was man auf einer Scheunenparty trug. Der Ort klang rustikal, aber das konnte auch Understatement sein, und in Wirklichkeit war es ein Schickimickitreff. Dann hätte sie verloren, denn aus Köln hatte sie keine schickeren Klamotten mitgenommen. Jeans und ihre Lieblingsbluse mussten genügen, darunter trug sie das türkisfarbene Seidentop aus Svantjes Laden.

Sie blickte auf das Foto von Thore als Priester und musste lächeln. Im Talar wirkte er wie ein echter Pfarrer! Thore hatte sich in seiner Mail, die er ihr nach dem Treffen geschickt hatte, gar nicht einkriegen können, dass man mit einem Priester so viel Spaß haben konnte. Wie schön, dass sich die beiden so gut verstanden. Ralf war wirklich ein Schatz.

Jasmin hatte ihn vor fünf Jahren im Katholischen Krankenhaus kennengelernt und auf Anhieb gemocht. Ralf war einer der wenigen, vielleicht der einzige Mensch, mit dem sie manchmal abends ausging. Mit seinen feinen Antennen spürte er genau, wie es seinem Gegenüber ging. Im Krankenhaus war das ein Segen – und für sie auch. Hoffentlich war sie ihm umgekehrt eine ebenso gute Freundin.

Sie legte einen Hauch dunklen Lidschatten auf. Seitdem Lars vor ihrer Tür gestanden hatte, hatte sie von Dauerschlaf auf Hochspannung umgeschaltet. Da klopfte ein gutaussehender Mann einfach so an ihrer Tür? Und lud sie auch noch zu einer Party ein? So was passierte doch sonst nur im Film. Aber Lars hatte es tatsächlich gegeben. Als sie ihm die Tür geöffnet hatte, war sie noch so verschlafen gewesen, dass sie erst gar nicht richtig geschaltet hatte.

«Jasmin aus Köln?», hatte er gefragt und ihr direkt ins Gesicht geschaut.

«Ja, wieso?»

«Moin, ich bin Lars und wollte dich zur Scheunen-Disco einladen.»

Da fiel ihr auf, dass es einer der Typen von dem Foto auf Thores Kühlschrank sein musste. Und zwar ausgerechnet der, von dem sie gedacht hatte, dass man sich vor ihm in Acht nehmen müsse.

«Es ist nix Großes, wir wollen nur ein bisschen abtanzen.»

«Mit Volkstanz und Trachten?» Ihr Humor meldete sich zuverlässig, als sie etwas wacher wurde.

«Genau so», bestätigte er. «Der DJ legt friesische Volksweisen auf.»

Sie lachte, und Lars versprach ihr, sie am kommenden Samstag um sieben mit dem Rad abzuholen.

Nun war es so weit. Sie war fertig geschminkt, und der gutaussehende Mann klopfte das zweite Mal an der Terrassentür. Immer noch leicht verunsichert, ob alles vielleicht doch nur ein blöder Scherz war, öffnete sie ihm. Und war erst einmal erleichtert, dass Lars in einem ganz normalen T-Shirt und Jeans vor ihr stand.

«Hey, du siehst klasse aus.» Er strahlte sie an. Sie spürte, wie sehr das Kompliment sie freute. Oder war das nur eine Masche? Sie sollte lieber vorsichtig sein.

«Es geht früh los bei euch», sagte sie. Um acht Uhr machte man sich in Köln noch nicht mal zum Ausgehen fertig.

«Wir haben Hauptsaison, die meisten müssen morgen arbeiten. Langes Warten am Abend ist Zeitverschwendung.»

«Sehr praktisch.»

«Ein Rad hast du?», fragte er.

«Ja, das von Thore.»

«Dann los.»

Sie radelten nebeneinander aus Oldsum heraus. Ein feiner Nebel stand über den sattgrünen Wiesen und Weiden. Es war ein warmer Sommerabend, vollkommen windstill. Die Luft roch nach feuchtem Gras, das von einer Meeresbrise mit einem Hauch Salz veredelt wurde. Für die Rücktour hatte sie vorsichtshalber eine dünne Jacke mitgenommen, die sie auf den Gepäckträger klemmte. Die Party sollte auf einem Marschhof hinterm Deich stattfinden.

Sie fuhren an der Oldsumer Windmühle vorbei, deren riesige Flügel von der Abendsonne beschienen wurde. Lars legte ein ganz schönes Tempo vor. Sie wollte nicht unsportlich rüberkommen und hielt tapfer mit.

«Wie bist du überhaupt darauf gekommen, mich zu fragen, ob ich mit zur Party komme?», fragte sie.

«Thore hat mir eine SMS geschickt.»

«Und das reicht aus, damit du nach Oldsum fährst und eine fremde Frau abholst?»

Lars lächelte. «Er hat gemeint, du würdest dich freuen – und ich auch.»

«Das hat er geschrieben?» Sie fühlte sich ein wenig geschmeichelt.

Lars sah weiter geradeaus. «Und dass er deine Wohnung in Köln sehr abgefahren findet und dich für eine Partyqueen hält.»

Sie fiel vor Lachen fast vom Rad. «Eine Partyqueen?»

Er zuckte mit den Achseln. «Seine Worte.»

Wenn die beiden ahnten, wie falsch sie mit ihrer Einschätzung lagen! Sie konnten sich bestimmt nicht vorstellen, wie lang ihr die freien Wochenenden in ihrer Wohnung wurden. Egal, für Lars war sie die Partyqueen, und wenn sie die spielte, würde er nichts merken.

«Was machst du hier auf der Insel?», fragte sie.

«Lehrer für Mathe und Sport.»

«Oje.»

«Schlechte Erfahrungen mit Lehrern?»

«Nee, ich war immer gut in Mathe.» Sie grinste. «Aber Sport wird doch sehr überschätzt.»

«Soll ich langsamer fahren?» Jetzt grinste er auch.

«Sehr witzig.»

So unsportlich war sie gar nicht. Immerhin joggte sie normalerweise zweimal die Woche eine Stunde am Rhein und war mit Thores Rad auf Föhr kilometermäßig bestimmt schon einmal die Tour de France abgefahren. Wobei die Bergetappen hier durch den heftigen Westwind ersetzt wurden.

Irgendwo an einer Kreuzung, mitten im Nichts, stand eine Bank. Dort bog Lars ab, und sie rollten auf einen Hof zu, der direkt hinter dem mächtigen Seedeich lag. Die Gebäude hier waren nichts für Touristen, das schlichte Einfamilienhaus hätte auch in einem Vorort von Köln stehen können. Die Scheune daneben war ein funktionaler Kasten, der mit grün lackiertem Blech verkleidet war und vor dem ein paar Trecker und Autos parkten. Einige Fahrräder lehnten an der Wand. Das große Scheunentor stand offen, von drinnen kam laute Musik, erst «Thriller» von Michael Jackson, dann folgte ein aktueller Titel. Vor der Tür rauchte eine dunkelhaarige Frau in einem blauen Fischerhemd eine E-Zigarette. Jasmin schluckte, sie war ewig nicht mehr tanzen gewesen. Das letzte Mal mit ihrer besten Freundin Alina in einem Hotel auf den Malediven, und das war drei Jahre her.

Zusammen mit Lars betrat sie die Scheune. Im hinteren Teil standen zwei Trecker. Zu beiden Seiten türmten sich Heuballen bis zur Decke, es roch auch danach. Im Gang zwischen den Ballen wurde getanzt. Ein paar bunte Scheinwerfer beleuchteten die bäuerliche Szenerie. Insgesamt waren an die dreißig Leute da. Die meisten trugen wie sie Jeans und T-Shirts, keiner war übertrieben aufgerüscht. Man kam, wie man gerade angezogen war.

Es gab eine DJane namens Esther, eine rotblonde, braun gebrannte Frau in Jasmins Alter, die bestimmt einen Meter neunzig groß war. Sie stand an einem kleinen Pult vor einem Trecker und steuerte auch die beiden LED-Scheinwerfer. Lars führte Jasmin rum und stellte sie diversen Leuten vor. Einige erkannte sie von dem Foto an Thores Kühlschrank. Es stellte sich heraus, dass der «Bankangestellte» im Polohemd Gastgeber Harky war. In Wirklichkeit war er Landwirt, und ihm gehörte der Hof mit der Scheune. So konnte man sich irren.

Nun kam eine gutaussehende Frau auf sie zu, gertenschlank, lange blonde Haare, ein ebenmäßiges, fast symmetrisches Gesicht mit großen blauen Augen. Auf dem Foto hatte Thore seinen Arm um ihre Schultern gelegt. Sie gesellte sich zu ihnen.

«Du wohnst bei Thore, nicht wahr?» Sie musterte Jasmin neugierig. «Hallo, ich bin Keike.»

«Jasmin.» Sie hätte gerne erfahren, wie sie zu Thore stand.

Keike scannte sie von oben bis unten ab. «Thore hat eine schöne Wohnung, oder?»

«Ja, superschön.»

«Besonders toll finde ich das Licht im Schlafzimmer, das von Osten durch das alte Stallfenster fällt.»

Das klang nach intimen Einblicken in Thores Wohnung. Und Jasmin sollte das dringend wissen, das war die Botschaft

«Siehst du ihn bald wieder?», fragte Keike.

«Das müssen wir sehen.» Irgendwie reizte es Jasmin, Keike gegenüber offenzulassen, wie sie zu Thore stand. Sollte die sich ruhig ihre Gedanken machen.

Nun kam ein blasser Seitenscheitelträger dazu und

stellte sich neben Keike. So verklärt, wie er Keike von der Seite ansah, schien er sie zu vergöttern.

«Das ist Alexander. – Jasmin.»

«Ich bin ihr Verlobter», erklärte der Typ und gab ihr die Hand.

Verlobter? Jasmin wusste gar nicht genau, was das bedeutete. Das kam für sie aus der Zeit ihrer Großeltern. Nicht mal ihre Eltern hatten sich verlobt. Wie kam man auf so etwas? Ob es Keikes Idee gewesen war oder die von Alexander?

Bevor sie weitergrübeln konnte, zog Lars sie auf die Tanzfläche. Oje, hoffentlich machte sie keine allzu schlechte Figur. Würde das hier noch funktionieren, oder fiel sie dumm auf? Sie ging es vorsichtig an, mit kleinen Bewegungen, bei denen nichts passieren konnte. Das sah bestimmt langweilig aus, war aber sicher.

Die Musik ging quer durch alle Stile: Soul, R&B, Rap und schließlich die Hymne der Heavy-Metal-Fans, «Highway to Hell», eigentlich nicht so ganz ihr Ding. Doch Lars fing an, eine geniale Luftgitarre zu spielen, was zusammen mit seinem schrägen Grinsen sehr, sehr lustig aussah. Sie zögerte einen Moment: Konnte sie mitmachen? Sie schaute sich um. Einige andere spielten ebenfalls Luftgitarre, aber nur Männer, wie immer. Sollte sie da als einzige Frau einsteigen? Sie kannte hier niemanden, vielleicht würde das komisch aussehen. Schließlich setzte sich doch die Kölnerin in ihr durch: Wenn es was zu feiern galt, sollte man es auch tun! Sie nahm die unsichtbare Gitarre in die Hand und legte los. Lars stellte sich neben sie und spielte mit. Andere kamen dazu, und bald standen an die zehn Typen und Frauen in einer Reihe. Es war ein Riesenspaß.

Danach tanzte sie zu allem, was gespielt wurde. Die Verspannungen der letzten Wochen und Monate flogen mit der Musik weg. Sie riss die Arme hoch und ließ – ja, die Partyqueen raus, ohne dass sie groß darüber nachdachte. Manchmal drehte Lars sie so schnell um ihre eigene Achse, dass ihr schwindelig wurde, wunderbar! Erst nach einer guten Stunde verließen sie die Tanzfläche.

An der Bar tranken sie Flensburger. Lars zeigte ihr, wie man den Verschluss nach Friesenart synchron mit einem «Plopp» öffnete. Er war ein charmanter Begleiter, der sich die ganze Zeit für sie verantwortlich fühlte. Es war wirklich alles wie ein Traum oder ein Film. Mit seinen Leuten sprach Lars Fering, das Föhrer Friesisch, von dem sie kein Wort verstand. Als Erstes brachte er ihr «Sünjhaid» für «Prost» bei. Dann lernte sie den Gesprächseinstieg in die fremde Sprache:

«Hü gongt et?», fragte er. «Wie geht's?»

«Hü gongt et», wiederholte sie.

«Gud, und di?»

Als sie das Bier ausgetrunken hatten, ging es zurück in die Scheune. Jasmin sah hier nur fröhliche Gesichter. Alle waren zum Tanzen gekommen, nicht zum Rumstehen. Wieso hatte Thore hier bloß weggewollt? Er hatte tolle Jobs, wie Lars erzählt hatte, seine Wohnung war traumschön, er hatte nette Freunde. Hier konnte es einem doch nur gutgehen, oder? Bevor sie weiter darüber nachdenken konnte, zog Lars sie wieder auf die Tanzfläche, und sie tanzten bis zum Schluss durch.

Das Ende der Party gestaltete sich sehr überraschend: Gegen Mitternacht wurde es mit der Nationalhymne der Insel Föhr eingeleitet, «Mien Eilun Feer», gesungen vom Männerchor Föhr-West. Das war für sie gewöhnungsbedürftig. Alle sangen aus voller Kehle mit, außer ihr, denn sie verstand kein Wort.

Gegen halb eins sank sie dann zufrieden in Thores Bett. Lars hatte sie netterweise noch in Oldsum rumgebracht und wollte sie bald wiedersehen, das hatte er mehrmals betont. Zum Abschied hatte er ihr ein Küsschen auf die Wange gegeben.

Was für ein Abend! Ob mehr aus Lars und ihr werden konnte? Warum nicht? Dazu musste sie ihn natürlich erst näher kennenlernen. Aber das würde auf Föhr mit Sicherheit passieren. Hier konnte man nicht spurlos im Großstadtsumpf abtauchen. Wie gut, dass sie doch nicht nach Köln zurückgefahren war!

Kurz vor dem Einschlafen blickte sie durchs Stallfenster in den Föhrer Himmel und fragte sich, ob es Thore in Köln wohl genauso wunderbar ging wie ihr.

17.

Am nächsten Vormittag wachte Jasmin davon auf, dass ihr Handy mit diskretem Piepsen eine Nachricht meldete. Das Sonnenlicht schien durch das Fenster direkt auf ihr Gesicht. Verschlafen schaute sie auf das Display. Es war eine SMS von Lars.

Ich fand es sehr nett gestern.

Der war schnell! Sie würde sehen, was daraus wurde. Auf jeden Fall sah er toll aus. Und alles andere – abwarten. Sie legte sich noch einmal unter die Decke und streckte sich lang aus. Sie konnte sich nicht daran erinnern, wann sie sich zum letzten Mal so gut gefühlt hatte. Jetzt war auf einmal alles möglich.

Etwas später frühstückte sie auf der Terrasse Brot mit selbstgemachter Johannisbeermarmelade, die sie in einem Hofladen gekauft hatte. Dann setzte sie sich auf Thores schwarzes Mountainbike und drehte eine Runde durch Oldsum. Es schien zwar die Sonne, aber es war etwas kühler geworden. Zum Glück merkte sie das beim Radfahren kaum, weil ihr durchs Strampeln warm wurde.

Am Ortsausgang saß wie immer Inge Hansen auf ihrer

Bank. Heute trug sie neben der obligatorischen Sonnenbrille knappe Shorts und ein Top mit Spaghettiträgern. Jasmin erinnerte sich an ihr Angebot mit den Männern. Wenn Norddeutsche etwas sagten, meinten sie es auch so, lautete doch das Klischee. Vielleicht war Jasmin noch etwas überdreht von der Scheunenparty, aber sie hatte plötzlich Lust, auf das Angebot einzugehen. Und dann einfach mal abzuwarten, was passierte. Also stellte sie ihr Fahrrad ab und setzte sich zu Inge.

«Moin», sagte sie.

«Moin», kam es freundlich von Inge zurück.

Sie wendete gleich ihre friesischen Sprachbrocken an, die sie von Lars auf der Scheunenparty gelernt hatte:

«Hü gongt et?»

«Gud, un di?»

«Gud. Und hier hört mein Fering auch schon auf.»

«Das ist schon mehr, als die meisten können.» Inge füllte einen Pappbecher mit Mineralwasser und reichte ihn ihr.

«Sünjhaid», sagte Jasmin.

Inge lachte. «Sehr gut! Wer bist du überhaupt?» Offensichtlich hatte Inge sie nicht erkannt.

«Ich bin die, die bei Thore Traulsen wohnt.»

Die alte Dame musterte sie. Wahrscheinlich sprach sie täglich mit so vielen Touristen, dass sie sich nicht mehr an jeden einzelnen erinnerte.

«Es ging um die Verhütung der Verhütung», fügte Jasmin hinzu.

Inge nickte. «Eines der großen Anliegen für die Menschheit im Allgemeinen und die Insel Föhr im Speziellen.»

«Genauer gesagt, ich suche einen Mann.»

«Einen bestimmten?»

«Natürlich einen Traummann. Darunter mache ich es nicht.»

«Das ist 'ne klare Ansage. Jetzt erinnere ich mich, Jasmin aus Krefeld, stimmt's?»

«Köln. Aber Jasmin ist richtig.»

«Ja, ja, die Kerle», seufzte Inge. «Machen nur Ärger. Bloß ohne sie ist's auch öde, nicht wahr?»

«So ist es.»

«Was suchst du denn speziell?»

Jasmin überlegte einen Moment, bevor sie antwortete. «Tja, sportlich sollte er sein, aber wenn er einen kleinen Bauch hat, stört mich das auch nicht besonders. Das Wichtigste ist Humor. Und er sollte aufmerksam sein.»

«Ach, ich wollte, ich wäre in deinem Alter», seufzte Inge. «Das klingt nach wilder Leidenschaft und Sex.»

«Aäh ... Moment!»

«Geht es nicht immer darum?» Inge schob die Brille hoch. «Du bist 'ne schmucke Deern, bei dir sitzt alles da, wo es sitzen sollte.»

Sie lachte. «Danke.»

«Ich habe da jemanden für dich, das passt gut.» Inge zückte ein uraltes Handy mit extragroßen Tasten und tippte im Schneckentempo eine Nummer ein. Jasmin wollte noch einschreiten, da fing Inge schon an loszusprechen:

«Moin, Jens, ich bin's, Inge. Du, Folgendes, du bist doch gerade Single, oder? ... Schwöre es! ... Bei mir sitzt gerade eine traumschöne, tolle Deern, ungefähr dein Alter, die sucht jemanden ... Ja? Ich schicke sie vorbei. ... Sie heißt Jasmin.»

Das war jetzt doch etwas zu direkt. Sie war doch keine Ware, die man vom Lager in den Verkauf schob!

«Jens ist Strandkorbvermieter in Utersum», erklärte Inge. «Ein charmanter Junge. Von den Frauen am Strand wird er hoch begehrt, also Vorsicht! Andererseits ist er nicht so einfach zu haben, wie die meisten denken.»

«Gibt's noch mehr, was ich wissen muss?», fragte Jasmin vorsichtig.

«Er ist ungefähr so alt wie du, geborener Föhringer, hat in Kiel ein bisschen was studiert und ist dann auf die Insel zurückgekommen. Er macht nebenbei was im Internet, womit er gutes Geld verdient. Ach ja, er erwartet dich in Utersum im Vermieterstrandkorb, Abschnitt drei.»

«Ernsthaft?»

Sollte sie diesen Jens wirklich treffen? Sie hatte doch gerade erst Lars kennengelernt. Andererseits hatte sie heute nichts anderes vor, und es war allemal besser, als alleine zu Hause zu bleiben. Wieso also nicht? Sie konnte das Spielchen ja jederzeit abbrechen, wenn es zu peinlich wurde.

Auf dem Weg nach Utersum stieg ihre Anspannung. Wen würde sie gleich treffen? Alles war möglich, vom goldkettchenbehangenen Provinzmacho bis zum lebensfremden Intellektuellen. Sie konnte ja nicht wissen, ob Inge diesen Jens nur deswegen so hoch gelobt hatte, weil er auf Föhr ein unverkäuflicher Restposten war. Ein Teil von ihr hoffte sogar, dass es auf Fremdschämen hinauslief, dann hätte sie Alina und Ralf später richtig was zu erzählen. Ein weitaus größerer Teil von ihr aber setzte selbstverständlich auf den Traumprinzen aus dem Märchenbuch. Wer sagte denn, dass genau der nicht gerade sehnsüchtig auf sie wartete?

Sie stellte ihr Fahrrad am Utersumer Kurhaus ab. Hinter den Dünen begann der Hauptstrand, dort würde sie diesen Jens finden. Sie blieb erst mal einen Moment vor der Plakatwand der Kurverwaltung stehen, um nach der Radtour etwas zu Atem zu kommen. Beim Erstkontakt wollte sie nicht mit Schweißperlen auf der Stirn erscheinen. Auf den Plakaten wurde für ein Orgelkonzert im Nieblumer Friesendom, eine Krimilesung und eine Ausstellungseröffnung geworben. Außerdem wurden die nächsten Wattwanderungen angekündigt, davon eine mit dem Tourismuschef Sönke Riewerts, ihrem Ex-Erzieher und ehemals großen Liebe. Sollte sie die Wattwanderung von damals noch einmal wiederholen? *Jasmin, hör auf mit dem Unfug! Er hat Frau und Kind, das hattest du doch schon geklärt*, schalt sie sich. Nein, vorbei war vorbei.

Sie gab sich einen Ruck und ging langsam zum Deich. Dort ließ sie erst mal den Blick über die phantastische Kulisse kreisen: das Wattenmeer, die Nordspitze von Amrum und die Südspitze von Sylt. Der Strand war bei diesem sonnigen Wetter bestens besucht, überall buddelten Kinder im Sand oder spielten Fußball, während die Erwachsenen meist träge in den Strandkörben lagen und sich sonnten. Andere standen mit den Füßen im Wasser und guckten aufs Meer. Ungefähr fünfzig Meter entfernt wehte eine blaue Fahne mit der Aufschrift «Strandkorbvermietung», daneben stand ein Strandkorb, auf dessen Dach eine Plastikmöwe mit gelbem Schnabel thronte. Jasmin zog sich die Schuhe aus und näherte sich dem Korb von hinten. Als sie um die Ecke bog, sah sie zwei behaarte Beine. Mit Schwung trat sie nach vorne.

Die alte Dame hatte nicht zu viel versprochen: Vor ihr saß ein braun gebrannter, dunkelhaariger Typ, der sich lässig die Sonnenbrille hochschob. Mit seinem Dreitagebart sah er männlich, fast verwegen aus. Das hatte sie jetzt nicht erwartet!

«Moin, Jens», grüßte sie. «Ich komm von Inge.»

«Moin, Jasmin.» Er lächelte sie mit seinen dunklen, unglaublich schönen Augen an und rückte ein wenig zur Seite, um ihr Platz zu machen.

Ihr wurde ganz anders. Leicht benommen setzte sie sich neben ihn. Normalerweise hätten sie vorher telefoniert oder gemailt. Doch hier war alles über Inge gelaufen, die weder eine Partnervermittlung betrieb noch Jasmin näher kannte. Genau deswegen kribbelte es vielleicht noch mehr. Keiner hatte etwas zu verlieren. Einige Frauen blinzelten neugierig zu ihnen herüber. Wer beim braun gebrannten Strandkorbvermieter im Korb saß, bekam wohl automatisch ein Upgrade im Ansehen und konnte sich ihrer Eifersucht sicher ein. Sehr schön!

«Bist du die Jasmin, die bei Thore wohnt?», fragte er.

«Ja – woher weißt du das?»

«Keike hat mir von dir erzählt.»

«Hier kennt wohl jeder jeden.»

Jens grinste. «So ist es.»

«Findest du es nicht seltsam, dass wir uns über Inge kennenlernen?», fragte sie.

Jens lachte. «Sie ist doch klasse. Je älter sie wird, desto verrückter. Entschuldigst du mich einen Augenblick? Ich muss kurz weg, um etwas mit den Rettungsschwimmern zu klären.» Er erhob sich.

«Klar, kein Problem.»

Jasmin lehnte sich zurück und schloss die Augen. Die Sonne wärmte ihre Augenlider und streichelte ihren Bauch. Alles war so leicht, wenn der Ball erst einmal ins Rollen geraten war. Was hier auf Föhr gerade passierte, war Lichtjahre von ihrem Kölner Leben entfernt. Dort hätte sie sich an einem Sommertag wie heute im vierten Stock eingeschlossen, wenn möglich das ganze Wochenende. Ob aus Jens und ihr etwas wurde, war gar nicht so wichtig. Allein dass sie hier saß, war schon ein kleines Wunder. Wobei da auch wieder der Gedanke an Lars ins Spiel kam ...

Als sie die Augen öffnete, merkte sie, dass sie beobachtet wurde. Jemand hatte sich in den Dünen hinterm Strand versteckt. Inge Hansen! Sie lag dort auf dem Bauch, ein Fernglas in der Hand, und hatte den Vermieterstrandkorb genau im Blick. Vermutlich wollte sie persönlich überprüfen, ob ihr Verkupplungsversuch auch funktionierte. Jasmin zeigte ihr den gehobenen Daumen und formte mit dem Mund das Wort «Danke». Inge winkte zurück und legte sich verschwörerisch den Zeigefinger auf den Mund.

Jasmin zückte ihr Smartphone und filmte den Strand. Sie konnte sich nicht vorstellen, dass er hinter der kubanischen Küste irgendwie zurückstand. Gut, Palmen und wild wachsende Kokosnüsse gab es hier nicht, aber sonst fehlte es an nichts.

Jetzt schwenkte sie zu Strandkorbvermieter Jens, der gerade an der Wasserkante mit einem jungen, ebenfalls sehr gutaussehenden Typen von der DLRG sprach. Jens fiel voll in die Latin-Lover-Abteilung und passte damit hundertprozentig in das Beuteschema ihrer Freundin Alina. Den Film schickte sie umgehend in die Passstelle der deutschen Botschaft in Havanna.

Innerhalb einer Minute bekam sie fünf gehobene Daumen zurück. Alina fügte hinzu, dass sie vielleicht bald nach Deutschland kommen werde, um den Strandkorbvermieter mit eigenen Augen zu begutachten. Das waren tolle Aussichten! Jasmin legte das Handy beiseite und streckte sich im Strandkorb aus. Sie wusste nicht, wann diese Glückssträhne endete. Aber solange ihr Leben so lief, würde sie es in vollen Zügen genießen.

18.

Den Weg durch die kahlen Gänge kannte Thore noch vom letzten Mal, daran hatte er sich schon gewöhnt. Er betrat den Aufzug, in den sich eine Handvoll Patienten und Angehörige drängten. Die einen in Bademantel und Pyjama, die anderen in Alltagskleidung. Kurz bevor sich die Tür schloss, kam ein älterer Mann mit gezwirbeltem Bart hereingestürmt. Thore stutzte. Den kannte er: Es war Bernd, der Schweiger aus der Kölsch-Kneipe!

«Mensch, du?», raunzte er Thore an. «Du kannst einen ja vollsabbeln, so wat habe ich selten erlebt.»

Das war mit Sicherheit eine seltene Äußerung eines Rheinländers gegenüber einem Inselfriesen.

«Weißt du», fuhr Bernd fort, «ich komme gerade aus der Hals-Nasen-Ohren-Abteilung. So was wünscht man seinem ärgsten Feind nicht. Ich bin sonst kerngesund, bis auf die paar Gramm mehr Gewicht. Aber da sagt selbst meine Hausärztin: ‹Ach wat.›»

Atempausen kannte Bernd nicht. Thore ahnte, dass der Abend in der Kölsch-Kneipe ohne Bernds Kehlkopfentzündung vielleicht weniger entspannt ausgefallen wäre.

«Sorry, ich muss hier raus. Muss jetzt zu meinem Job», sagte Thore, als sie den vierten Stock erreicht hatten.

«Wie? Du arbeitest hier? Als was denn?»

«Chirurg oder Putzmann, das steht noch nicht fest. Genaueres erfahre ich gleich.»

Da schwieg sogar Vielredner Bernd.

Schnellen Schrittes erreichte er Raum 401, die weiß gestrichene Klinikkapelle. Dort hatte sich wieder die Klinikgemeinde versammelt: Patienten, Ärzte und Krankenschwestern. Als er um die Ecke bog, stand Ralf gerade vor dem kleinen Altar mit dem goldgerahmten Bild und betete das Vaterunser. Thore wusste inzwischen, dass es Jesus im Garten Gethsemane darstellte. Dort war Jesus verraten worden, bevor er gekreuzigt wurde. Hoffentlich war das kein böses Omen.

Thore setzte sich wieder in die letzte Reihe und blickte auf die Madonnenfigur. Ausgerechnet hier sollte sein Jobwunder passieren? Ralf hatte auch Jasmin nichts verraten. Vom Helfer in der Pathologie bis Bettenfahrer war also alles möglich.

Ralf erteilte den Anwesenden Gottes Segen. Kaum vorzustellen, dass er mit diesem Mann mit Bier und Zigarette auf der Rheinbrücke gestanden hatte. Als der Gottesdienst beendet war, verabschiedete sich Ralf wie gewohnt und desinfizierte sich anschließend die Hände.

«Moin, Thore, da bist du ja. Ich habe ein Attentat auf dich vor», sagte er und trocknete sich die Hände ab. Er holte hinter dem Altar eine Aldi-Tüte hervor und fischte zwei rote Nasen heraus, von denen er eine sich selbst und die andere ihm aufsetzte.

«Und weiter?», fragte Thore überrascht und betastete den Fremdkörper auf seiner Nase.

Ralf erhob die Stimme. «Hiermit ernenne ich dich kraft meines Amtes zum Klinikclown.»

Thore zuckte zusammen. «Vergiss es, ich bin Friese.»

«Und der ist ganz tief in seinem Herzen ein Clown», sagte Ralf.

«Wie kommst du darauf? Mann, Ralf, ich habe noch nie im Leben Karneval gefeiert! Das kannst du dir als Rheinländer wahrscheinlich gar nicht vorstellen.»

«Jasmin sagt auch, du bist ein echter Clown.»

Jetzt war Thore verblüfft. So sah sie ihn? «Sie kennt mich doch gar nicht.»

Was nicht ganz stimmte. Sie hatten sich in der letzten Zeit ziemlich häufig gemailt und gesimst. Außerdem wohnten sie in der Wohnung des jeweils anderen, das erzählte doch auch eine Menge über einen Menschen.

Plötzlich sah Ralf sehr ernst aus. «Du glaubst nicht, wie dankbar Kranke sind, wenn jemand sie zum Lachen bringt. Das allein macht sie schon gesund.»

Thore fühlte sich unwohl bei dem Gedanken, dass ausgerechnet er derjenige sein sollte.

«*Wenn* sie jemand zum Lachen bringt», erwiderte er.

«Du kannst das.»

«Spontan vielleicht. Aber gezielt? Nee!»

Ralf ließ sich nicht unterkriegen. «Du musst einfach nur singen, wie bei der alten Frau Prüß, das genügt schon. Sie redet jeden Tag davon, wie du ihre Hand gehalten hast. Du hast einen guten Griff, meint sie.»

Thore schüttelte den Kopf. «Ein guter Griff, was ist das?»

«Nicht zu fest und nicht zu lasch, gerade richtig eben.

Den kann man nicht lernen, auch Ärzte übrigens nicht. So was ist Instinkt – und du hast ihn!»

«Bei Frau Prüß wusste ich nicht, was ich sonst tun sollte, das war alles.»

Ralf lachte. «Nicht jeder nimmt dann die Hand einer Fremden und singt ihr Lieder vor.»

«Aber sind Clowns nicht eher für Kinder da?»

«Die Erwachsenen freuen sich genauso, wenn du ihnen ein kölsches Lied vorsingst.»

«Damit fängt es schon an: Ich kenne kein einziges kölsches Lied.»

«Das werden wir ändern.»

Ralf holte eine Gitarre hinter dem Altar hervor und reichte sie ihm. Was hatte dieser Mann eigentlich noch alles dort versteckt? Tatsächlich hatte Thore auf Sylt und Föhr viel auf seiner Gitarre am Strand geklimpert und war auch manchmal auf Festen damit aufgetreten. Zum Sonnenuntergang hatte er am Meer gerne alte Hippielieder wie «California Dreamin'» und «House of the Rising Sun» gesungen.

«Das kennst du ja schon: ‹Mer losse d'r Dom en Kölle›.» Ralf fing an, die ersten Töne zu singen. Mit seiner roten Nase sah er aus wie ein Clown, der sich als Priester verkleidet hatte. Thore stimmte die Gitarre kurz durch und sang dann leise mit.

«Jeder Kölner kennt die gängigen Karnevalslieder in- und auswendig», erklärte Ralf.

Was für Thore ein weiteres Gegenargument war. «Umso besser muss ich sie draufhaben, sonst wirkt es aufgesetzt.»

«Es zählt allein die Geste. Frau Prüß hat Jahrzehnte niemand die Hand gehalten, geschweige denn sie umarmt. Du warst für sie die größte körperliche Zuwendung seit Jahren.»

Thore sah ihn betroffen an. Frau Prüß war vielleicht seit Jahrzehnten allein und konnte trotzdem immer noch lächeln? Obwohl sie todkrank war und sich vermutlich niemand um sie kümmerte? Und er jammerte wegen ein bisschen Liebeskummer? Er gab nach und beschloss, sich probeweise auf die Clownsgeschichte einzulassen.

«In Ordnung, ich versuch's. Aber wenn es nur ein einziges Mal schiefgeht, höre ich sofort wieder auf!»

Ralfs Augen leuchteten.

Mit dem Kölsch haperte es bei Thore natürlich. Ralf musste ihm die Texte teilweise Wort für Wort übersetzen. Thore nahm die Gitarre, ließ sich die Akkorde ansagen und sang einfach mit, so gut es ging: «Echte Fründe ston zesamme, ston zesamme su wie eine Jott un Pott. Echte Fründe ston zesamme, es och dih Jlück op Jöck un läuf dir fott.»

Er brach ab, weil er sich verspielt hatte. Da rollte von hinten eine alte Frau im Rollstuhl hinein und sang laut mit: «Echte Fründe ston zesamme, su wie eine Jott un Pott.»

Ralf lachte und klatschte begeistert. Zwei weitere Patientinnen in Bademänteln kamen in die Kapelle. Eine schob einen Tropf neben sich her.

«Mensch, bin ich froh, dass ich mir den Bademantel aus dem Kostümverleih geholt habe», erklärte sie grinsend. «Mit dem Tropf sehe ich aus wie eine echte Krankenhauspatientin, oder wat meinst du?»

Thore lachte. Obwohl die Patienten sehr schwach wirkten, verbreiteten sie eine fröhliche Stimmung im Raum.

«Gott segne euch», sagte Ralf. «Und Alaaaf schon mal im Voraus.»

«Bis zum Karneval is et ja noch wat hin», entgegnete eine.

«Falls ich dann noch da bin», seufzte die Frau mit dem Tropf.

«Na, so seid ihr doch auf dem besten Wege!», rief Thore. Das hörten sie wohl gerne, denn es zauberte ihnen sofort ein Lächeln ins Gesicht.

Ralf sah Thore fröhlich an. «Noch Fragen? Ich sag's dir: In Köln rennst du als Clown offene Türen ein! Behalt die rote Nase auf und schau, was passiert. Du kannst nichts planen, jeder Patient ist anders. Mal geht es gut, mal schlechter.»

«Aber brauche ich nicht ein Repertoire an Gags, die ich aus dem Hut zaubern kann?», fragte Thore zweifelnd.

«Komm doch gleich mit auf meine Priestervisite und probier es aus. Ich gehe jetzt auf die Kinderstation.»

Thore bekam einen trockenen Mund. Er wusste nicht, ob er mit schwerkranken Kindern klarkäme. «Das geht mir zu schnell», stammelte er. «Ein bisschen Zeit brauche ich noch.»

Ralf zauberte eine Plastikrose aus seiner Soutane und sprach mit so hoher Stimme weiter, dass er wie Pumuckl klang. «Oh, guck mal, eine Rose, die duftet vielleicht, riech mal!» Er hielt ihm die Blüte hin. «Käsefüße!»

Thore zog ein paar Luftballons aus der Tüte, blies sie auf und baute daraus einen Hund, der etwas krumm und verwachsen aussah. Den Kindern wäre das hoffentlich egal. Dann pustete er Seifenblasen in den Raum und rief:

«Mein Lieblingsessen: Seifenblasen! Wer will mitessen? Noch jemand Seifenblasen zum Frühstück?» Er ließ sie über den Altar fliegen. «Jesus mag Seifenblasen», rief er und sah Ralf dann unsicher an: War das vielleicht ein Sakrileg gewesen?

Gerade als sich die Blasen über dem Altar auflösten, hörten sie eine kräftige Stimme sagen: «Möge der Herrgott die Seifenblasen segnen!» Es war ein bärtiger Mann im Arztkittel, der seinen Kopf in die Kapelle gesteckt hatte. Seine Augen blitzten amüsiert auf.

Ralf behielt seine Pumuckl-Stimme bei: «Lieber Thore, das ist Professor Breitscheid, der o-o-o-o-berste Chef, gleich hinterm li-i-i-ieben Jott.»

Der Professor lachte. «Schön wär's, Herr Greven.»

«Und dat is Thore von der Insel Föhr, unser neuer Klinikclown.»

Professor Breitscheid gab Thore die Hand. «Willkommen, das freut mich sehr! Ihre Arbeit ist für unsere Patienten von immenser Bedeutung. Denn Lachen ist für die Genesung genauso wichtig wie Operationen.»

Da wurde Thore mit einem Mal klar, wie viel man im Krankenhaus von ihm erwartete. Seine Angst vor einer Blamage wurde immer größer. Sollte er nicht doch noch absagen, bevor es zu spät war?

19.

Am weißkörnigen Strand von Utersum war es windstill, und das Thermometer zeigte schon um zehn Uhr dreiundzwanzig Grad an. Die Flut lief seit vier Stunden auf, die Feriengäste kühlten sich in der Nordsee ab. Überall roch es nach Sonnenöl und Meer, sogar der Wind duftete nach Glück. Alle Strandkörbe waren besetzt, dazwischen lagerten Urlauber auf großen Handtüchern. Kinder wühlten voller Hingabe stundenlang im Sand und bauten sich ihre eigenen Welten. Allen ging es gut.

Jasmin aber war die Königin. Kerzengerade thronte sie in ihrem neuen Bikini im Vermieterstrandkorb und betrachtete ihre Untertanen durch die dunklen Gläser ihrer Sonnenbrille. Jens war für eine Woche nach Hamburg gefahren und hatte ihr seinen Job angeboten, was sie erst gar nicht annehmen wollte. Ausgerechnet sie? Aber Jens hatte so lange auf sie eingeredet, bis sie zugesagt hatte.

Ihren Arbeitsplatz hatte sie mit Federboas ausstaffiert, die sie bei Mariink in Oldsum gekauft hatte. Die Fächer und Schubladen im Strandkorb waren mit Kostbarkeiten gefüllt: Obst, Wasserflaschen, Bonbons, Schokolade, Wechselklamotten, Perlen und Schaufeln für die Kinder und ein Erste-Hilfe-Koffer. Während sie so dasaß, zählte sie im Kopf ihr Volk und kam auf rund vierhundert Menschen, für die sie zuständig war.

Die Strandgäste mussten zu ihr kommen, um sich die Schlüssel für ihre Strandkörbe abzuholen – Familien, Paare, Junge, Alte, jede und jeder. Frauen zwinkerten ihr verschwörerisch zu, Ehemänner flirteten mit ihr, um zu sehen, was noch ging. Sie flirtete zurück und staunte über sich selbst. Niemand ahnte etwas von ihrem Leben in Köln. Hier war sie ein komplett anderer Mensch. Und das Schöne war: Es lief alles wie von selbst. Sie musste gar nichts tun, um mittendrin zu sein.

Lustig war, dass alle sie für eine Insulanerin hielten. Zum Beispiel der dickbäuchige Mittfünfziger, der sich nun vor ihrem Strandkorb aufbaute und sich mit Zigarette in der einen und Bierflasche in der anderen Hand in Pose warf. Wusste er, wie das auf Frauen wirkte? Oder hielt er es für verwegen? Andererseits versuchte es eben jeder auf seine Weise, sie ja auch.

«Tachchen, ich habe mal eine Frage an Sie als Einheimische», begann er.

«Moin, Moin», sagte Jasmin. «Klar doch, gerne.» Sie nahm es wie beim Gummersbacher Karneval: Statt wie damals Pippi Langstrumpf, eine Polizistin oder einen Engel zu geben, spielte sie hier eben die Föhrer Strandkorbvermieterin. Dabei musste sie natürlich sehr darauf achten, ihren kölschen Zungenschlag zu verbergen.

«Wie ist das eigentlich hier im Winter?», fragte der Bauchmann. «Öde, oder?»

Sie schüttelte energisch den Kopf. «Nein, dann geht es

auf Föhr erst richtig ab. Im Winter feiern wir praktisch Tag und Nacht, mit Tanzen!»

Damit hatte er nicht gerechnet. «Ernsthaft? Und was tanzt ihr da so?»

«Salsa.»

«Nein!»

Sie hatte von Lars erfahren, dass eine ehemalige Ballettlehrerin auf der Insel Salsa-Kurse gab, die bei den Insulanern äußerst beliebt waren.

«Den Tanz haben die Walfänger aus der Karibik mitgebracht.» Sie fühlte sich gerade in Stimmung für absurde Geschichten.

«Wale in der Karibik?»

Sie war sich nicht ganz sicher, ob es dort welche gab, deshalb ging sie lieber auf Nummer sicher. «Die Föhrer Walfänger haben in der Karibik ihre Schiffe mit Proviant vollgeladen und sind dann weiter nach Grönland gesegelt. Bananen und Apfelsinen gab es damals in Europa ja nicht. Von den Föhrer Seeleuten hat nicht einer Skorbut bekommen – Sie wissen schon, das, wo einem die Zähne ausfallen.»

Der Typ sah sie erstaunt an. «Und so kam der Salsa nach Föhr?»

«Genau so ist es.»

«Das steht aber in keinem Reiseführer.»

«Wir Friesen hängen es nicht gern an die große Glocke. Wenn die Feriengäste glauben, wir sind dröge, wortkarge Menschen, ist uns das recht. Aber mal ganz unter uns: Das ist nur Show, weil es die Urlauber so von uns erwarten.»

«Sagenhaft.»

«Und Sie? Wo kommen Sie her?»

«Köln.»

Das hatte sie gar nicht rausgehört. «Da tanzen die Leute auch viel, oder?»

«Ja, im Karneval sind alle jeck.»

Der Mann verabschiedete sich. Falls er woanders wegen der Karibik nachfragte, würde er sich wundern.

Sie staunte selbst, was sie sich hier alles traute. In ihr steckte anscheinend eine Jasmin, von der sie nie etwas geahnt hatte und die sich jetzt wie von selbst ihren Weg nach draußen suchte. Das fühlte sich manchmal gut an, manchmal kam es ihr vor wie ein Hochseilakt, bei dem sie jederzeit abstürzen konnte. Aber sie folgte einfach ihrem Instinkt. Liebevoll kümmerte sie sich um die großen und kleinen Sorgen ihrer Untertanen, vom Pflaster für das kleine Mädchen, das in eine Muschel getreten war, bis hin zur Beratung eines mittelständischen Unternehmens: Kaum war der Kölner weg, setzte sich nämlich eine schlanke Frau mit graumelierten Haaren zu ihr. Sie mochte um die vierzig sein und hatte sich die Sonnenbrille elegant ins Haar gesteckt. Jasmin erinnerte sich, dass sie heute Morgen einen Strandkorb für sich, ihren Mann und zwei Kinder gemietet hatte.

«Hallo, mein Name ist Kannegießer», stellte sie sich vor.

«Jasmin.»

Die Frau schaute sich prüfend nach allen Seiten um. «Ich habe ein wichtiges Anliegen, Jasmin.»

«Ja?»

«Ich führe ein Unternehmen mit zweihundert Mitarbeitern. Sie sind ja mit Ihren Strandkörben auch so etwas wie eine Unternehmerin, außerdem sind Sie eine Frau. Wir zwei müssen zusammenhalten, oder nicht?»

Jasmin stimmte vage zu, obwohl sie als Aushilfs-Vermieterin nicht gerade zweihundert Angestellte zu führen hatte, aber egal.

«Das Problem ist: Mein Mann ist Beamter und versteht mich einfach nicht. Ich musste ihm schwören, alles Geschäftliche während des Urlaubs ruhen zu lassen. Kein Handy, keine Mails, sonst reicht er die Scheidung ein.»

«So schlimm?»

Frau Kannegießer nickte und schaute zur Wasserkante. «Ah, er ist gerade mit den Kindern schwimmen, sehr gut. Also: Weder will ich mein Unternehmen gegen die Wand fahren, noch die Scheidung. Deshalb würde ich Ihnen gerne mein Diensthandy überlassen.»

«Und was soll ich damit?»

«Ich habe mir das so gedacht: Immer wenn ein Anruf kommt, legen Sie Ihr weißes T-Shirt als Zeichen auf den Strandkorb, und ich komme hoch zu Ihnen und telefoniere dann heimlich. So bekommt mein Mann nichts davon mit.»

«Einverstanden.» Jasmin nahm das Handy entgegen.

«Klingelton ist der Walkürenritt von Wagner.»

Klar, was sonst? Frau Kannegießer wollte ihr noch fünfzig Euro in die Hand drücken.

«Ich bitte Sie, von Unternehmerin zu Unternehmerin», lehnte Jasmin ab und zwinkerte ihr zu. Damit ging Frau Kannegießer federnden Schrittes zu ihrer Familie zurück.

Jasmin war den ganzen Tag im Gespräch, gab Ratschläge zu allen möglichen Themen und hatte ein Ohr für die Weisheiten ihrer Untertanen, von Kochrezepten über Fußball bis hin zur Schönheitspflege. Wie es sich eben für eine echte Strandkönigin gehörte.

Am dritten Nachmittag kam die Schöne von der Scheunenparty an den Strand. Die langbeinige, braun gebrannte Keike trug heute einen knappen roten Bikini und eine überdimensional große Sonnenbrille. Von Lars hatte Jasmin erfahren, dass sie Thores Ex war. Bestimmt verliebten sich die Männer reihenweise in sie. Mit jeder Faser ihres Körpers strahlte sie aus: «Du kannst mich anstarren, wie du willst: Bekommen wirst du mich nie.» Wenn eine Frau diese Nummer wirklich draufhatte, machte es die Kerle komplett verrückt. Jasmin hätte so etwas auch gerne mal abgezogen, aber so viel Perfektion wie Keike hatte ihr der liebe Gott, oder wer immer dafür verantwortlich war, einfach nicht mitgegeben.

Keike steuerte jetzt direkt auf sie zu.

«Oh, Moin, Jasmin. Ist Jens nicht da?» Sie setzte sich ungefragt neben sie.

«Moin, Keike. Nein, der ist für eine Woche auf dem Festland.»

«Wohnst du immer noch bei Thore?»

«Ja, wir fanden ein bisschen räumlichen Abstand gerade mal ganz gut für uns.» Das war ihr spontan so rausgerutscht.

Keike sah sie erstaunt an. «Ach, ihr seid doch zusammen?»

Jasmin bekam sofort ein schlechtes Gewissen. Sie wollte mit ihrem Gequatsche keine Missverständnisse auslösen. «Nein, eigentlich nicht.»

«Aber er wohnt bei dir in Köln?»

Wurde das ein Verhör? «Ja.»

«Und wann will er nach Föhr zurückkommen?»

«Keine Ahnung.»

Keike polierte ihren Verlobungsring an ihrer Bikinihose. «Was macht Thore denn überhaupt in Köln? Hat er einen Job?»

Jasmin wusste nicht, ob es Thore recht war, wenn sie über ihn redete. Sie hatte ja keine Ahnung, in welchem Verhältnis die beiden zueinander standen. Aber es wirkte schon so, dass Keike noch sehr an ihm hing. Würde sie sonst so viel nach ihm fragen?

«Er arbeitet im Krankenhaus.»

«Wirklich? Aber er ist doch weder Pfleger noch Arzt.»

«Nein, Clown.»

Jetzt sah Keike vollkommen baff aus. Kurze Zeit später lachte sie laut los. «Thore? Niemals! – Echt?» Sie konnte es gar nicht fassen. «Wie ist er denn darauf gekommen?»

«War er auf Föhr denn nie lustig?», fragte Jasmin zurück.

«Schon, aber er war kein Clown.» Keikes Miene verdüsterte sich. «Weißt du, ich würde so gerne mal mit ihm sprechen, bloß er drückt mich immer weg, wenn ich anrufe.»

«Keine Ahnung.» Das war eindeutig Thores Sache.

«Vielleicht mache ich gerade alles falsch.» Keike seufzte.

Zweifelte sie daran, ob ihr Verlobter der Richtige war, und wollte zurück zu Thore? Sie sah so traurig aus.

«Aber du hast doch deinen Verlobten.»

«Klar. Aber Alexanders Familie ist so komisch. Ich glaube, die mögen mich nicht. Bis auf seinen Onkel, der hier auf Föhr ein Haus hat.»

«Du sollst ja nicht seine Familie heiraten, sondern ihn.» *Plumpe Sätze wie aus dem Klischeebaukasten, Jasmin. Lass sie einfach weg*, mahnte sie sich. «Wie waren denn Thores Leute zu dir? Waren die netter?»

Keikes Augen begannen zu leuchten. «Thores Vater ist ein grummeliger Fischer, der auf den ersten Blick total abweisend wirkt. Er meint es aber mit allen gut. Ich habe ihn immer sehr gemocht. Und seine Mutter ist Dänin, eine total herzliche Mama. Alexanders Mutter dagegen ist eine Zicke mit viel Geld. Blöderweise haben sie und ihr Sohn ein ziemlich enges Verhältnis.»

Jasmin nickte. Wieso erzählte Keike ihr das alles?

Jetzt betrat Alexander den Strand: blasse Haut, Bermudashorts und ein ausgefranster Sonnenhut, der ihm viel zu groß war. Er schleppte einen großen Karton, den er nun direkt vor dem Strandkorb abstellte.

«Moin.» Er gab seiner Verlobten einen Kuss. «Ist Jens nicht da?»

«Nee.»

«Mist, ich hab den Defibrillator dabei. Ich finde, jeder Strandkorbvermieter sollte einen haben.»

«Wozu das?», fragte Jasmin.

Alexander sah sie streng an. «Gegenfrage: Was würdest du machen, wenn hier jemand einen Infarkt bekommt?»

«112 anrufen und die Jungs von der DLRG holen?», sagte Jasmin. Die Rettungsschwimmer saßen nicht mal fünfzig Meter entfernt.

«Bis die hier sind, liegt vielleicht schon ein Toter am Strand!»

«Und wenn man das Ding falsch bedient, erst recht!», hielt Keike dagegen.

«Da kann gar nichts passieren, es läuft automatisch. Wir können es gleich mal ausprobieren», sagte er. «Leg dich mal hin.»

Keike zeigte ihm einen Vogel und schlug vor, dass *sie* das Gerät an *ihm* ausprobierte. Ihr Verlobter sah sie verblüfft an. Doch dann legte er sich brav auf Keikes Handtuch, streckte sich lang aus und schloss die Augen, um einen Notfall zu simulieren. Keike hockte sich mit dem Defibrillator neben ihn und nahm die beiden Elektroden in die Hand. Sofort gab es einen Menschenauflauf aus halbnackten Badegästen um sie herum.

«Was hat er denn?», wisperte einer.

«Tot», antwortete ein anderer, der es ganz genau wusste.

In diesem Moment dröhnte der Walkürenritt aus Frau Kannegießers Handy. Es zeigte als Vorwahl die 0044 an. Jasmin kannte die Nummer von Geschäftskontakten im Krankenhaus. Wie verabredet legte Jasmin das weiße T-Shirt auf den Strandkorb, kurze Zeit später kam Frau Kannegießer wie eine Irre angerannt.

«Ja?»

«England», sagte Jasmin und reichte ihr das Handy. Frau Kannegießer nahm es entgegen und hockte sich hinterm Vermieterstrandkorb in den Schatten.

Währenddessen kannte Keike keine Gnade. Sie legte die Elektroden auf das Herz ihres Verlobten, ohne zu wissen, was passieren würde. Nichts regte sich.

«Da passiert nichts», schrie ein Mann aufgeregt. «Das Gerät ist hin!»

Hier konnte und sollte nichts passieren, weil Alexanders Herz in Ordnung war, was der Computer im Gerät sofort bemerkte.

«Sehen Sie?», rief Alexander in die Runde. «Will es mal jemand anderes ausprobieren?» Die Meute zog sich entsetzt zurück. «Keike? Vielleicht doch ...?»

Die zeigte ihm erneut einen Vogel. «Wir gehen baden», sagte sie in einem Ton, der keinen Raum für Diskussion ließ.

Alexander legte den Defibrillator in den Strandkorb und ging mit ihr ins Wasser. Er war genau der Typ Klugscheißer, den Jasmin schon in der Schule nicht gemocht hatte. Was wollte eine Klassefrau wie Keike bloß mit ihm?

Während Frau Kannegießer im Hintergrund über Millionenbeträge verhandelte, räkelte Jasmin sich in der Sonne und blickte verträumt aufs Meer. Da piepste ihr Handy.

Wie geht es dir?

Die SMS kam von Thore.

Sie antwortete ehrlich und spontan:

Das Glück liegt im Strandkorb!

Und es sollte bitte nie wieder aufhören, fügte sie still hinzu.

20.

Am nächsten Morgen wachte Thore mit gemischten Gefühlen auf. Die Biene-Maja-Lampe über ihm schien skeptisch auf ihn herabzuschauen. Auf was hatte er sich nur eingelassen? Traute er sich zu, Scherze mit schwerkranken Kindern zu machen und dabei den richtigen Ton zu treffen? Sollte er sich nicht besser einen ganz normalen Job suchen? Gegen neun beschloss er, Jasmin anzurufen. Schließlich hatte sie ihm das Ganze eingebrockt.

«Moin, Jasmin.»

«Hi Thore, wie geht's dir?»

«Du hast Ralf gesagt, dass du mich für einen Clown hältst», begann er. «Wie kommst du darauf?»

Sie überlegte kurz. «Ist nur so ein Gefühl. Dein Humor ... er enthält immer einen Schuss Melancholie. Die braucht man im Krankenhaus auch, die Patienten sind ja nicht zum Spaß dort. Es ist eine echte Gratwanderung. Und du passt dorthin.»

«Ich weiß nicht, ob ich das hinbekomme, Jasmin», sagte er leise.

«Du darfst nicht vergessen, dass du auf keiner Bühne auftreten musst. Die Frage lautet allein: Magst du auf Patienten zugehen und ihnen Mut machen?»

«Das glaube ich schon.»

«Dann probiere es doch einfach aus!»

«Sagt dein Freund Ralf auch.»

«Und der kennt dich besser als ich.»

Stimmte das? Wie gut kannte sie ihn denn inzwischen?

«Und wenn es schiefgeht?», fragte er.

«Da kann nichts schiefgehen. Wenn ein Clown kommt, freuen sich Kinder immer – und Erwachsene auch. Frag sie einfach, wie es ihnen geht. Und falls es sich ergibt, singst du ihnen ein Lied vor. Oder du stolperst über deine eigenen Beine.»

Er seufzte. «Okay, ich überleg's mir.»

Sie plauderten noch eine Weile über dies und jenes, dann musste sie los zum Strand.

Jasmins Worte hatten Thore etwas beruhigt. So konnte es vielleicht gehen. Er stand auf und schnappte sich die künstliche Apfelsine, dazu nahm er eine Plastikbanane und einen Löffel in die Hand. Ob er das mit dem Jonglieren noch hinbekam? Als Schüler hatte er im Sommer am Sylter Strand geübt und war eine Zeitlang ganz gut gewesen. Er war sogar hin und wieder auf privaten Festen damit aufgetreten.

Der Neuanfang war erst mal ziemlich frustrierend, denn immer wieder fiel alles zu Boden. Aber nach erstaunlich kurzer Zeit war er wieder drin. Falls ihm im Krankenhaus ein Ball runterfiel, konnte er immer noch einen Witz darüber reißen. Ein Clown musste nicht perfekt sein. Scheitern war erlaubt.

Als Thore gegen Mittag das Krankenhaus betrat, kam es ihm vor, als wäre er selbst krank und auf direktem Weg in den Operationssaal, seine Überlebenschance läge bei fünfzig zu fünfzig. Aber er durfte seine Patienten nicht enttäuschen. Sie sollten ihm auf keinen Fall anmerken, dass er ein Anfänger war, denn dann würden sie das Gefühl bekommen, dass man nicht mehr viel in sie investiere. Thore hatte zwar den ganzen Vormittag geübt und sich sogar ein kleines Programm zurechtgelegt, aber auf eine Frage wusste er nach wie vor keine Antwort: Wie brachte man einen Menschen, der unter Umständen nicht mehr lange zu leben hatte, zum Lachen?

Ralf erwartete ihn bereits am Altar der Klinikkapelle. «Hallo, mein Lieber!» Er umarmte Thore zur Begrüßung.

«Moin, Ralf», murmelte Thore.

Ralf hatte ihm ein buntes Hemd, eine viel zu weite Hose mit Hosenträgern und eine Ukulele mitgebracht. Die rote Nase hatte Thore selbst dabei. Jetzt wäre der letztmögliche Moment, um auszusteigen. Aber er gab sich einen Ruck. *Verdammt, Thore, jetzt trau dich doch einfach mal! Jasmin hat auch gesagt, du kannst es!* Und damit war es entschieden.

Er zog das Kostüm an, stellte sich neben Ralf und machte mit ihm ein Warm-up mit Springen, Klatschen und Einsingübungen.

«Das ist wichtig», rief Ralf ihm zu.

Auf einmal waren alle Karnevalslieder, die Thore sich draufgeschafft hatte, in seinem Kopf gelöscht. Ihm fiel nur noch «Alle meine Entchen» ein. Aber nach und nach kam seine Stimme auf Betriebstemperatur. Das fühlte sich schon etwas besser an. Sie stimmten gemeinsam ein paar Lieder an, und mit einem Mal waren auch die Texte wieder da.

«Los geht's!», rief Ralf und spuckte Thore nach altem Theaterbrauch über die linke Schulter.

«Ist das ein christlicher Segen oder Aberglaube?», fragte Thore verwundert.

«Doppelt hält besser», sagte Ralf, ohne eine Miene zu verziehen.

«Rette mich, wenn es danebengeht, ja?» Thore sah ihn flehend an.

«Ich bin doch dabei. Es wird klappen, ich weiß es.»

Ralf setzte sich nun auch die rote Pappnase auf und führte Thore über verwinkelte Gänge zur Kinderstation. Als sie dort ankamen, bekam Thore weiche Knie. Die Eingangstür der Station war vollgehängt mit bunten Bildern, die die Kinder selbst gemalt hatten: Elefanten, Tiger, Prinzessinnen und Ärzte mit Flügeln. Daneben hing das Plakat einer Kölner Kinderhilfsorganisation: «För unse kranke Pänz.» Thore hatte keine Ahnung, was das heißen könnte.

Ralf öffnete galant die Tür, da hörten sie schon eine aufgeregte Kinderstimme rufen: «Der Clown kommt!» Ein Mädchen mit langen schwarzen Haaren und dunklen Augen rannte strahlend auf sie zu.

«Jetzt gibt es kein Zurück», flüsterte Ralf.

«Denn man too», sagte Thore laut auf Plattdeutsch und schluckte. Sein Herz lief auf Hochtouren. Die Kleine, die vor ihm stand und ihn neugierig anschaute, war höchstens vier.

«Bist du der Arzt?», fragte Thore mit verstellter Stimme.

«Nein», rief das Mädchen und lachte. «Ich bin ein krankes Kind.»

«Wie heißt du denn?»

«Sibel Özdemir.»

Thore klatschte laut in die Hände. «Dann bist du die berühmte Frau Doktor Professor Sibel Özdemir?»

«Nein», rief das Mädchen und verschluckte sich fast vor Lachen. «Ich bin ein Mädchen.»

«Nein, du bist die Frau Doktor! Weißt du nämlich, woran man die Frau Doktor Sibel erkennt?»

«Woran?»

Er setzte ihr blitzschnell eine rote Nase auf. «Daran!»

Sibel rannte zu einem Spiegel im Flur und jauchzte vor Lachen, als sie sich darin sah.

In dem Moment bog die Stationsschwester mit einem jungen Arzt um die Ecke.

«Super, dass ihr da seid», sagte sie zu Thore und Ralf und gab ihnen herzlich die Hand. «Die Kinder warten schon die ganze Zeit auf euch.»

Sibel stellte sich mit ihrer roten Nase neben sie. «Ich bin Doktor Professor Özdemir.»

«Das weiß ich doch, Frau Doktor Professor», sagte die Schwester und strich ihr lachend über den Kopf.

Jetzt öffnete Ralf die Tür zu einem Zimmer, in dem zwei kleine Jungen im Vorschulalter lagen. Ihre Arme waren bandagiert und an einem Gestell über dem Bett befestigt. Das bedeutete, dass sie nicht aufstehen konnten, was für Kinder in dem Alter die Höchststrafe sein musste. Ralf blieb an der Tür stehen und ließ Thore machen.

«Hallo, Jungs», sagte Thore, «ich bin der neue Arzt.» Er fasste dem einen Jungen vorsichtig an den bandagierten Arm und drückte mit der anderen Hand ein verstecktes Quietschkissen. «Hast du etwa einen Quietsch-Arm? Oje!» Dann quietschte er gleich noch mal.

Der Junge lachte Tränen und zeigte dabei seine sämtlichen Zahnlücken. Dann wurde sein Bettnachbar untersucht, und auch dessen Arm quietschte. Bald hörte Thore auf, darüber nachzudenken, was er hier eigentlich tat. Er spielte im Grunde nur ein bisschen mit den Kindern, das war alles.

Als sie bei den Jungen fertig waren und zum nächsten Zimmer gingen, sah er Sibel im Flur auf ihn warten. Er hätte sie gerne mitgenommen, aber das war wegen Infektionsgefahr nicht erlaubt. In dem Zimmer nebenan lagen zwei Mädchen, die beide an einen Tropf mit mehreren Flaschen angeschlossen waren. Ralf reichte Thore die Gitarre, und Thore sang Rolf Zuckowskis Lied «Wie schön, dass du geboren bist, wir hätten dich sonst sehr vermisst». Danach bastelte er den Mädchen aus Luftballons zwei kleine Hunde. Obwohl keine von ihnen Geburtstag hatte, wurde es ein Festtag für sie.

Nach dem dritten Zimmer ließ Ralf ihn alleine weiterziehen. Einige schwerkranke Kinder waren sehr geräuschempfindlich. Dann schlich Thore ins Zimmer und sprach ganz leise. Wenn er den Kindern behutsam eine rote Nase aufsetzte und einen Spiegel vorhielt, konnten sie oft nichts sagen, weil sie zu schwach waren. Ihre Augen strahlten jedoch herzzerreißend. Manchmal saßen ihre Eltern mit im Raum, denen er gerne mal einen kleinen Kopfverband plus Indianerfeder bastelte. Für die Kinder wurde das der Höhepunkt ihres Tages.

Jasmin hatte recht gehabt: Es reichte, da zu sein, eine Hand zu halten und ein Lied zu singen. Doch jetzt folgte die Station, vor der er sich am meisten fürchtete: Die meisten Kinder hier hatten Leukämie.

Er schlich leise ins erste Zimmer, und die Kinder riefen mit strahlenden Augen: «Der Clownie ist da!» Sie machten es ihm sehr leicht. Es war wie auf den anderen Stationen auch, nur dass die Kinder hier sehr viel kranker waren und man ihnen das auch ansah. Er ließ ihre Arme quietschen oder den Tropf singen und setzte ihnen rote Nasen auf. Die Luftballon-Hunde kamen am besten an, wenn er sie zum Bellen brachte. Obwohl Sommer war und der Karneval bekanntlich erst im November begann, sang er ein paar Karnevalslieder, die jedes Kölner Kind mitsingen konnte. Wenn er mal im Text stockte, halfen sie ihm aus.

Nach drei Stunden ohne Pause ging Thore zur Klinikkirche zurück und setzte sich so, wie er war, vor den Altar. Er war fix und fertig, aber auch glücklich. In seinem Kopf schwirrten Gesichter und Bilder: Kinder, erwachsene Patienten, Krankenschwestern. So viel Leid und Glück auf kleinstem Raum hatte er noch nie erlebt.

«Da bist du ja wieder!» Ralf war hereingekommen. «Und? Wie war's?»

Thore starrte auf das Gemälde vom Garten Gethsemane. «Die Kinder sind klasse», flüsterte er und merkte erst jetzt, wie heiser er war.

«Du bist ein toller Klinikclown, Thore.»

Thore schüttelte den Kopf. «Die Patienten schicken mir die Welle, auf der ich surfen kann. Dafür muss ich gar nichts tun. Vielleicht klingt das kitschig, aber es stimmt.»

«Willkommen im Katholischen Krankenhaus», rief Ralf. Er schlüpfte in seinen Talar, während Thore sich seines Kostüms entledigte und sich vor einem kleinen Spiegel abschminkte.

«Und? Kommst du wieder?»

«Klar», seufzte Thore.

Bevor er nach Hause ging, machte er noch einen Umweg zu Frau Prüß. Dass sie von seinem schlichten Handhalten geschwärmt hatte, war ihm nicht aus dem Kopf gegangen. Es war für ihn so einfach gewesen und hatte ihr so viel bedeutet. Er klopfte vorsichtig an ihre Tür und öffnete sie. Doch in dem Zimmer lag eine ganz andere, viel jüngere Frau und starrte ihn verwundert an.

«Guten Tag, wer sind Sie?»

«'tschuldigung», murmelte Thore und eilte zur Stationsleitung, die sich hinter einem gläsernen Kasten in der Mitte des Flures befand. Dort saß eine junge Krankenschwester mit blondem Pferdeschwanz, die er auch beim ersten Gottesdienst in der Klinikkapelle gesehen hatte.

«Entschuldigen Sie», sagte er. «Wo finde ich Frau Prüß aus Zimmer 15?»

Die Schwester sah ihn leicht betreten an. «Sind Sie ein Angehöriger?»

«Nein, ich bin der neue Klinikclown.»

Sie erklärte ihm, das Frau Prüß am Tag zuvor friedlich eingeschlafen sei. Da huschte Thore schnell in die nächste Wäschekammer und musste laut heulen.

21.

In der nächsten Nacht fiel die Temperatur um zehn Grad, und der Wind blies in sechs Stärken von Westen. Es war Windjackenwetter, was die Urlauber nicht davon abhielt, ihre Strandkörbe in Beschlag zu nehmen. Bezahlt war bezahlt, und außerdem kannten die Stammgäste so ein Wetter schon. Die Luft war frisch, und braun wurde man auch an solchen Tagen.

Jasmin machte der Wetterumschwung ebenfalls nichts aus. Wehmütig blickte sie ein letztes Mal auf ihr Volk. Die Woche war um, heute kam Jens wieder zurück. Soweit sie erkennen konnte, ging es allen am Strand gut. Frau Kannegießer hockte mal wieder hinter dem Vermieterstrandkorb und telefonierte. Sie war in den letzten Tagen zweimal von ihren Kindern erwischt worden. Dafür, dass sie ihrem Vater nichts verrieten, zahlte sie ihnen sechs Kugeln Eis mit Sahne. Seitdem ließen die Kinder sie nicht mehr aus den Augen, wussten sie doch genau, dass sich bald Folgegeschäfte machen ließen. Der Apfel fiel eben nicht weit vom Stamm.

Nach einer Weile lugte die Sonne wieder hinter den Wolken hervor, und im geschützten Korb wurde es trotz des Windes hochsommerlich warm. Genau für solches

Wetter war der Strandkorb mal erfunden worden, genial! Sie zog die Windjacke aus und cremte sich ein. Dann seufzte sie. Am liebsten wäre sie für immer hier geblieben.

Von weitem sah sie eine Gestalt auf sich zukommen. Es war Lars. Selbst wenn er im weichen Sand bis zu den Knöcheln einsank, machte er eine *bella figura*, das musste sie schon sagen. An seiner sportlichen Architektur gab es nichts zu mäkeln. Die kurze Hose brachte seine durchtrainierten Beine voll zur Geltung.

«Moin!», sagte er und gab ihr ein Küsschen links, ein Küsschen rechts und setzte sich neben sie in den Strandkorb.

«Na, wie sieht's aus?», fragte sie.

«Bestens. Seit heute habe ich Sommerferien.»

«Und? Keine Pläne?»

«Warum sollte ich wegfahren? Ich wohne da, wo andere Urlaub machen.» Er grinste sie an.

Er blieb doch nicht etwa ihretwegen auf Föhr?

«Stimmt.»

«Hast du zufällig heute Abend Zeit?», fragte er. «Ich würde dich gerne zum Essen ins Klein-Helgoland einladen.»

«Super, das kenne ich.» Das Restaurant lag direkt am Außendeich des Wyker Sportboothafens. Jasmin hatte dort vor ein paar Tagen den zweitleckersten Apfelkuchen ihres Lebens gegessen, was auch für die Abendkarte einiges versprach. (Den besten backte immer noch ihr Vater, der mehrfach prämierter Konditormeister war.)

Jetzt näherte sich eine weitere Gestalt dem Strandkorb: Jens. Er sank bei jedem Schritt tief im Sand ein und hielt sich nicht ganz so athletisch wie Lars. Trotzdem strahlte er Kraft aus. Dazu kam sein sexy Dreitagebart. Jasmin fand ihn ziemlich attraktiv, aber er war einer der Typen, bei dem man nicht so recht wusste, woran man war. Lars schien ihr da irgendwie geradliniger zu sein.

«Moin!» Jens baute sich vor seinem Strandkorb auf und blickte kühl auf Lars, der keine Anstalten machte, seinen Platz zu räumen.

«Na, wie war's auf dem Festland?», fragte Jasmin. Küsschen links, Küsschen rechts.

«Alles gut. Danke, dass du mich vertreten hast. Das hast du super gemacht. Ich würde gerne heute Abend was Feines für dich kochen. Ich habe in Hamburg eingekauft, inklusive Hummer und Champagner.»

«Ich glaube nicht», mischte Lars sich ein, «dass Jasmin heute Abend Zeit hat. Sie hat nämlich schon was anderes vor.»

Das stimmte. Allerdings hatte sie Lars noch nicht zugesagt.

Jetzt baute Jens sich direkt vor Lars auf. «Als Erstes verlässt du mal schön meinen Platz.»

Was wurde das denn für ein Hahnenkampf? Sie kam sich vor wie im falschen Film.

«Ich kann ja auch aufstehen», sagte sie und erhob sich aus dem Strandkorb. Dieser Friedensversuch musste erwartungsgemäß fehlschlagen, denn nun hätte sich Jens neben Lars setzen müssen. Stattdessen stand Lars auch auf und stellte sich direkt vor Jens.

«Komm mal mit, wir regeln das unter uns», fauchte Jens. Er packte Lars am Oberarm und zog ihn Richtung Wasserkante. Jasmin blieb allein im Strandkorb zurück.

Ihr Handy piepste, es war eine Nachricht von Ralf. Er schickte ihr ein Bild von Thore als Klinikclown. Sie vergrößerte es und musste lachen. Thore sah urkomisch aus in der mehrfach geflickten XXXL-Hose und dem wurstigen Riesenhemd, dazu die rote Clownsnase. Seine Augen strahlten. Vor ihm saß ein kleines, dunkelhaariges Mädchen im Krankenbett, das gleichzeitig lachte und Tränen in den Augen hatte.

Unwillkürlich musste Jasmin zum Hörnumer Leuchtturm herüberschauen. Thore stammte von dort drüben. Sie war noch nie auf Sylt gewesen, aber sie war sicher, dass es dort auch wunderschön war. Gespannt drückte sie Thores Nummer.

«Moin, Queen Jasmin, wie geht's?», kam es fröhlich aus dem Hörer.

«Hallo Thore-Clown. Gut, und dir?»

«Bestens.»

«Das sehe ich. Ralf hat mir gerade ein Foto geschickt. Du siehst super aus in deiner Arbeitskleidung!»

«Findest du?»

«Und die Kinder sind schwer beeindruckt, schreibt er.»

«Die Kinder sind das Schönste an dem Job», sagte Thore.

«Hört sich so an, als ob du in Köln richtig angekommen bist.»

«Dank deiner Hilfe.»

«Ich habe doch gar nichts getan.»

«Das stimmt nicht. Du hast mich überredet, zu Ralf zu gehen, und das war gut so.»

«Und wie geht's jetzt weiter bei dir?», fragte sie.

«Also, ich kann mir schon gut vorstellen, erst mal in Köln zu bleiben.»

«Als Klinikclown?»

«Na ja, viel Geld gibt es nicht. Aber du bekommst jedes Mal einen Riesenenergieschub.» Er schien wirklich begeistert zu sein. «Aber was ist überhaupt mit dir, Jasmin? Ist deine Dienstkleidung immer noch der Bikini?»

«Was dagegen?»

«Ich überhaupt nicht, und Jens bestimmt noch weniger. Der steht total auf Bikini.»

«Gut so.»

«Oder ist es doch Lars geworden?»

Sie lachte. «Kein Kommentar.»

«Also knabbern beide noch an dir rum?»

«Wie kommst du darauf?»

«Na ja, ich kenne meine Leute auf der Insel, und ich kenne dich. Ein bisschen zumindest. Lars und Jens wären schön blöd, wenn sie dich links liegen lassen würden.»

War das jetzt ein Kompliment? Sie spürte, wie ihr die Farbe ins Gesicht stieg. Gut, dass sie nur telefonierten.

«Mach dir keine Sorgen, alles ist gut», sagte sie.

Das stimmte zwar gerade nicht so ganz, denn an der Wasserkante stritten Jens und Lars immer noch, das konnte sie von hier oben aus sehen. Aber das musste Thore nicht unbedingt wissen.

«Falls ich hierbleibe, sage ich auf jeden Fall Bescheid», meinte Thore.

«Ich umgekehrt auch.»

Ihr wurde erst in diesem Moment klar, wie gerne sie

wirklich geblieben wäre. Sie hatte es sich schon manchmal vorgestellt, aber das war nur ein Traum.

«Alles Gute», sagte er.

«Dir auch!»

Sie legte auf und sah zu den beiden Männern. Das Leben war absurd: Erst passierte jahrelang gar nichts, dann schlugen sich zwei Männer fast um sie. Sie kam sich vor wie ein Burgfräulein, das gnädig abwarten sollte, bis einer der Ritter das Turnier gewann und sie heiraten durfte. Aber diese Zeiten waren zum Glück vorbei. Sie erhob sich aus dem Strandkorb und stiefelte zu den beiden hin. Als sie vor ihnen stand, sagte sie:

«Damit das klar ist: Ich gehe in den nächsten Tagen mit keinem von euch essen.»

Sie starrten sie verblüfft an.

«Was ...?», fragte Lars.

«Wieso ...?», sagte Jens.

Damit drehte sie sich um und ging zu ihrem Fahrrad zurück.

Vielleicht war der ganze Föhr-Zauber mit dem Streit zwischen Jens und Lars vorbei, und sie würde nie wieder zu einer Scheunenparty eingeladen werden. Es bestand aber auch die Hoffnung, dass die beiden sich bald wieder beruhigten. Auf jeden Fall hatte sie sich nichts vorzuwerfen. Sie musste jetzt erst mal einen klaren Kopf bekommen. Ihr Job im Strandkorb war beendet, und sie musste schauen, wie es weiterging.

Sie radelte auf dem Deich Richtung Dunsum. Der Fahrtwind war erfrischend, und das Meer an ihrer linken Seite tat sein Übriges. Wenn sie ehrlich war, konnte sie sich momentan überhaupt nicht mehr vorstellen, nach Köln zurückzukehren und ihr altes Leben wiederaufzunehmen. Dafür hatte Föhr zu viel mit ihr gemacht. Nachdenklich sah sie zum Hörnumer Leuchtturm hinüber. Thore dachte also ernsthaft darüber nach, in Köln zu bleiben. Er traute sich den Absprung zu.

Und sie? Was hatte sie zu verlieren? Auf Föhr ging es ihr so gut wie seit Jahren nicht mehr. *Trotzdem*, ermahnte sie sich, *zum Überleben brauchst du einen Job. Aber wo soll der auf der Insel herkommen?* Strandkörbe wurden im Winter nicht vermietet, mal abgesehen davon, dass das für sie auf Dauer nichts gewesen wäre. Und in Thores Wohnung würde sie auch nicht ewig bleiben können. Über kurz oder lang müsste sie sich etwas Neues suchen. Aber das war auf der Insel schwer bis unmöglich.

22.

Im Nachbarort Dunsum hielt sie an und schlenderte auf die Deichkrone. Von hier aus starteten die Wanderungen zur Nachbarinsel Amrum. Am liebsten wäre sie jetzt auch weit hinaus ins Watt gegangen. Dort draußen auf dem Meeresboden zu stehen, strahlte bestimmt eine ganz besondere Energie aus. Aber alleine traute sie sich nicht.

Als wenn jemand ihre Gedanken erraten hatte, tauchte plötzlich ein Mann am Deichsaum auf, der ein Schild mit der Aufschrift «Wattwanderung» hochhielt. Offensichtlich ein Wattführer, der auf seine Gruppe wartete. Sie ging auf ihn zu, vielleicht konnte sie sich ihm anschließen. Als sie näher kam, zuckte sie zusammen: Es war ihr ehemaliger Erzieher Sönke! Er trug einen großen Rucksack auf dem Rücken und sah von nahem deutlich älter aus als auf dem Foto im Internet. Kaum zu glauben, dass er der Grund gewesen war, warum sie überhaupt nach Föhr gekommen war. All die Jahre war er immer wieder in ihren Gedanken und Träumen aufgetaucht. Aber seit sie an seinem Haus vorbeigeradelt war, hatte sie kaum noch an ihn gedacht. Es war so viel passiert.

«Moin, Sönke», sagte sie. «Kann ich mit auf die Wattwanderung?»

«Moin.» Er sah sie irritiert an. «Kennen wir uns?»

«Du warst mein Erzieher im Wyker Kinderkurheim. – Jasmin aus Gummersbach.»

Er überlegte weiter. «Oh, das ist lange her.»

«Ich war damals fünfzehn.»

Er musterte sie noch einmal, konnte sich aber offensichtlich nicht an sie erinnern. Wie auch? Auch sie hatte sich verändert.

«Du hast mich damals durchs Watt getragen, weil ich mir den Knöchel verletzt hatte.»

«So was kam andauernd vor», seufzte er. «Was ich in dem Sommer alles an Kindern geschleppt habe ...»

«Ich muss dir ein Geständnis machen», sagte sie. «Ich hatte mich damals gar nicht verletzt. Das habe ich nur vorgetäuscht, damit du mich trägst.»

Hatte sie das jetzt wirklich gesagt?

«Echt? Wie durchtrieben.» Sönke grinste.

«Eher hilflos. Wir Mädchen waren damals alle in dich verknallt. Ich wusste nicht, wie ich anders an dich rankommen sollte.»

Er lachte. «Ich hoffe, deine Strategie hat sich inzwischen verfeinert.»

«Keine Ahnung, wird man denn je erwachsen?», entgegnete sie.

Es war nett, ihm gegenüberzustehen, gleichzeitig aber auch ernüchternd: der Sönke-Zauber, der jahrzehntelang angehalten hatte, war vollkommen verschwunden.

Nach und nach gesellten sich ein Dutzend Menschen zu ihnen; junge, alte, zwei Kinder waren dabei. Alle trugen Wetterjacken, kurze Hosen und kleine Rucksäcke. Sönke begrüßte jeden Einzelnen mit Handschlag. Es stellte sich heraus, dass dies seine Gruppe für die Wattwanderung war. Er hob die Stimme und erklärte, wo es langgehen würde. Kurz vor Amrum würde ein Priel kommen, das sie durchwaten müssten. Er plante, mit ihnen auf der Nachbarinsel Amrum bis nach Norddorf zu laufen und dann mit Bus und Schiff nach Föhr zurückzufahren.

Am Deichsaum zogen sich alle Schuhe und Strümpfe aus, dann ging es los. Der Schlick spritzte zwischen den nackten Zehen hindurch, dass es eine Freude war. Wo sie gerade langgingen, würden in wenigen Stunden wieder Fische schwimmen, dachte sie. Seit der Nachtwanderung mit fünfzehn war sie nicht mehr im Watt gewesen. Ein bisschen musste sie noch die Angst aus dem Kopf bekommen, dass die Flut sie überraschen könnte. Was Unsinn war, wie sie wusste. Sie hielt sich an Sönke, der furchtlos voranschritt.

Alles hier war größer als sie und ihr kleines Leben. Man bewegte sich zwischen Kommen und Gehen. Unter dem riesigen Himmel musste sich jeder Einzelne unbedeutend vorkommen. Alles Überflüssige im Kopf flog weg, weil es im Watt nirgendwo Platz fand. Gleichzeitig war die Landschaft hier unsagbar schön, und es war ein beruhigendes Gefühl, ein organischer Teil dieser Welt zu sein.

Sönke führte sie um eine Muschelbank herum, die mitten im Meer lag. Vor ihnen lag die Nordspitze von Amrum mit ihren hellen Dünen. Wenn man dahinter immer weiter geradeaus fuhr, landete man in Mittel-England.

«Jetzt erinnere ich mich wieder daran, wie ich dich damals durchs Watt getragen habe», sagte Sönke. Er ging neben ihr. «Auf der Hallig Hooge warst du auch auf meinem Rücken, stimmt's?»

Also doch! «Ja, das war ich.»

Vor sich blickten sie auf den Leuchtturm von Hörnum auf Sylt, irgendwann bogen sie nach links ab. Ihre Füße wurden die ganze Zeit durchmassiert von den Riffelungen im Meeresboden, die die Wellen geschaffen hatten. Dann passierte etwas Unfassbares.

Sie passte nicht richtig auf, sank mit dem Fuß in ein Loch im Wattboden und – knickte um! Sie ging zu Boden und schrie laut auf vor Schmerz.

«Was ist denn?», rief Sönke.

«Ich kann den Fuß nicht mehr aufsetzen», stöhnte sie. Es tat so weh wie nichts zuvor in ihrem Leben.

Er kniete sich neben sie und betastete vorsichtig ihren Knöchel. «Von außen ist nichts zu erkennen.»

Sie biss die Zähne vor Schmerz zusammen. «Es ist nicht auszuhalten.»

Wahrscheinlich hielt er sie für eine Irre, die es zwanghaft immer wieder auf diese Tour probierte. Peinlich. Aber dieses Mal war es nicht gespielt, leider!

«Wir sind näher an Föhr als an Amrum. Ich bringe dich zurück», sagte Sönke kurzentschlossen.

«Ich packe mit an», bot ein kräftiger Mann mit grauem Bart an.

«Es tut mir echt leid», beteuerte Jasmin.

«Das muss dir nicht leidtun», beruhigte sie Sönke.

Sönke und drei weitere Männer fassten sie unter Schultern und Beinen und schleppten sie Richtung Deich. Dort warteten ein Krankenwagen mit Blaulicht und ein Feuerwehr-LKW.

«Was ist denn da passiert?», fragte sie.

«Die sind wegen dir da», sagte Sönke keuchend. «Ich habe sie gerufen. Sie kommen uns mit einer Trage entgegen.»

«Ist das nicht etwas übertrieben?»

«Die Alternative wäre ein Hubschrauber.»

Das klang dramatisch. Aber ohne Hilfe kam sie tatsächlich nicht aus dem Watt heraus. Da kamen ihnen bereits sechs Feuerwehrleute mit einer Trage entgegen.

«Moin», grüßten sie zackig.

«Moin», stöhnte sie zurück.

«Ich kenn dich», sagte ein großgewachsener Feuerwehrmann, der unter seinem riesigen Helm kaum zu erkennen war.

Wieso trugen die eigentlich im Watt einen Helm? Was sollte ihnen denn auf den Kopf fallen? Jetzt erkannte sie ihn auch. Sie hatte mit ihm auf der Scheunenparty Luftgitarre gespielt. Die Männer legten sie auf die Trage, und Sönke setzte seinen Weg mit der Gruppe fort.

Durch einen schmalen Spalt an der Fensterscheibe des Rettungswagens konnte Jasmin hinausschauen. Meistens sah sie den Himmel, manchmal raste ein Baum vorbei. Auf dem Weg durch Wyk erkannte sie im Rebbelstieg die Eilun Feer Skol und die Feuerwehrwache. Sie bekam es mit der Angst zu tun: Würde sie gleich das erste Mal in ihrem Leben operiert werden? Das Krankenhaus kannte sie nur als Angestellte, sie selbst hatte noch nie in einer Klinik gelegen. Und sie wusste ja besser als viele Laien, was dort alles passieren konnte …

Das Inselkrankenhaus wirkte gegen ihre Arbeitsstelle in Köln wie die Bonsai-Ausgabe einer Klinik. Es war ein einstöckiges Gebäude und lag in einer Seitenstraße mit Einfamilienhäusern. Die Feuerwehrleute trugen sie direkt in die Notaufnahme. Ihr Knöchel schmerzte immer noch höllisch und war inzwischen stark angeschwollen. Der Pfleger, der sie in Empfang nahm, blickte sie mit freundlichen Augen an. Den konnte nichts aus der Ruhe bringen.

Sie starrte auf die Neonlampen über sich. Wieso passierte ausgerechnet ihr so etwas Dummes? Kurze Zeit später betrat ein dunkelhaariger Mann, etwa Mitte vierzig, den Raum.

«Moin, ich bin Dr. Dettke.»

Der Arzt hatte einen Assistenten im Schlepptau. Moment mal … kannte sie den nicht auch?

«Alexander?», sagte sie. Es war der Verlobte von Keike!

«Na, wen haben wir denn da?», begrüßte Alexander sie großspurig, als sei er der Chef.

«Moin. Ja, du siehst ganz richtig, ich bin die Strandkorbvermieterin, der du deinen Vibrator geben wolltest.»

Dr. Dettke grinste seinen Assistenten süffisant an. «Interessant.»

Alexander wurde knallrot. Jetzt erst wurde Jasmin klar, dass sie sich versprochen hatte.

«Sie meinte den Defibrillator», erklärte Alexander hastig.

«Nein, ich meinte, was ich gesagt habe», behauptete sie steif und fest. «Das ist doch nichts Schlimmes, oder?» Alexander konnte jetzt nicht mehr widersprechen, ohne unglaubwürdig zu wirken ... Ihre Frotzelei lenkte sie etwas von den Schmerzen ab.

Dr. Dettke betastete nun vorsichtig ihren Knöchel. «Können Sie ihn bewegen? Mal nach oben? Ja, sehr gut. Nach unten ... Das müssen wir röntgen, Frau Höffgen, dann wissen wir mehr.»

Den Schmerzen nach zu urteilen, fühlte es sich nach einem Trümmerbruch an. Der Knöchel ließ sich kaum noch bewegen.

Der freundliche Pfleger rollte sie nun zum Röntgen in den Nebenraum. Dort half er ihr auf einen harten Tisch.

«Was machen Sie beruflich?», fragte der Arzt, während er das Gerät über ihrem Fuß einstellte.

«Materialbeschaffung und Organisation im Katholischen Krankenhaus Köln.»

Dr. Dettke war wie elektrisiert. «Wirklich?»

«Wieso, ist das so bemerkenswert?», fragte sie.

«Schon. Ehrlich gesagt, so jemanden könnten wir hier gut gebrauchen. Katholisches Krankenhaus Köln, sagten Sie?»

«Ja.»

«Da ist doch Professor Breitscheid der Chef.»

«Mit dem arbeite ich eng zusammen.»

Dr. Dettke strahlte sie an. «Breiti war mein Doktorvater. Streng bis zum Abwinken, aber ich habe eine Menge von ihm gelernt. – Sie wollen nicht zufällig nach Föhr wechseln?»

«Wenn Sie mich ernsthaft fragen, denke ich drüber nach.»

Er beugte sich etwas näher zu ihr. «Ich meine es vollkommen ernst. Wir haben gerade eine Stelle in Ihrem Bereich frei. Bewerben Sie sich bei uns!»

«In Ordnung, ich überlege es mir.»

Dann verließ er das Zimmer, und die Röntgenbilder wurden gemacht. Fünf Minuten später kam der Oberarzt wieder herein.

«Glück gehabt», erklärte er. «Nichts gebrochen, nur verstaucht.»

«Gott sei Dank.»

«Tut leider genauso weh wie ein Bruch, heilt aber schneller.»

«Hoffentlich.»

Sie wusste noch gar nicht, wie sie sich in Thores Wohnung versorgen sollte, wenn sie nicht laufen konnte. Bis zum Supermarkt waren es bestimmt dreihundert Meter – würde sie das auf einem Bein schaffen?

«Ich habe übrigens eben mit Professor Breitscheid telefoniert. Er bestellt Ihnen herzliche Grüße und gute Besserung.»

«Oh, danke schön.»

«Und er hat mir gedroht: Wenn ich Sie abwerbe, kommt er persönlich vorbei und bringt mich um. Also, wie sieht's aus?» Er zwinkerte ihr zu.

Jasmin beschloss, das kleine Spiel mitzuspielen. Sie fühlte sich schon etwas besser. «Na ja, wenn das Gehalt stimmt ...»

«Sie bekommen ungefähr ein Drittel weniger als in

Köln, dafür eine günstige Dienstwohnung in Wyk, keine hundert Meter vom Südstrand entfernt. In acht Wochen können Sie loslegen.»

Sie sah ihn an und überlegte: War das die Chance ihres Lebens?

23.

«Guten Morgen, Herr Frings.» Thore betrat das Zimmer eines etwa achtzigjährigen Patienten.

«Hallo, Papa», sagte der alte Mann und umarmte ihn. Er war schwer dement.

Thore deutete auf sein Kostüm und hielt seine Gitarre hoch. «Ich bin ein Clown.»

Herr Frings sah ihn zunächst erstaunt an und freute sich dann. «Seit wann bist du im Zirkus, Papa?»

Thore war gerne bei den dementen Patienten. Ein Arzt hatte ihm erklärt, wie einsam sich viele von ihnen fühlten. In ihrer Welt lernten sie jeden Tag neue Menschen kennen, denn die, die sie schon kannten, erkannten sie nicht. Ein Clown löste stets ein gutes Gefühl in ihnen aus, das saß ganz tief drinnen. Thore sang mit ihnen kölsche Lieder, aber auch Songs aus ihrer Jugendzeit wie «Hoch auf dem gelben Wagen» oder «Love Me Tender». Er war jedes Mal aufs Neue beeindruckt, dass Menschen, mit denen kaum ein zusammenhängendes Gespräch möglich war, text- und melodiesicher singen konnten. So wie Herr Frings: Er richtete sich beim Anfang von «Wenn die bunten Fahnen wehen» kerzengerade auf und schmetterte das Lied lauthals mit.

Wenn jemand Thore auf Föhr prophezeit hätte, dass er eines Tages als Clown in einem Krankenhaus auftreten würde, hätte er ihn ausgelacht. Nun liebte er diesen Job jeden Tag mehr. Schon seit zwei Wochen war er auf allen Stationen unterwegs, acht Stunden am Tag. Und auch wenn er dasselbe Karnevalslied hundertmal sang, wurde es ihm nicht über, denn seine Patienten waren ihm unendlich dankbar.

Es klopfte an der Tür. Der Chef persönlich steckte seinen Kopf herein.

«Hallo, Herr Traulsen», sagte Breitscheid. «Ich habe Sie schon überall gesucht.»

«Eigentlich bin ich ja kaum zu übersehen.» Thore deutete auf sein Kostüm.

Thore verabschiedete sich von Herrn Frings und ließ sich von dem Professor in einen freien Besprechungsraum führen. Sie setzten sich an die Stirnseite eines langen Tisches.

«Sagen Sie, Sie sind doch über Jasmin Höffgen zu uns gekommen, richtig?», sagte Breitscheid.

«Ja.» Worauf lief das hinaus?

Der Professor trommelte nervös mit den Fingern auf der Tischplatte. «Ich habe mit ihr telefoniert.»

«Gibt es Komplikationen mit ihrem Knöchel?» Sie hatte ihn vom Krankenhaus aus angerufen und erzählt, was passiert war.

Der Professor winkte ab. «Das wird. Es gibt ein viel größeres Problem: Sie hat angedeutet, dass sie vielleicht nicht wieder zurückkommen wird. Ein ehemaliger Assistent von mir will sie für das örtliche Inselkrankenhaus abwerben.»

«Ja, davon habe ich gehört.»

«Es wäre ein harter Schlag für uns. Frau Höffgen ist nicht zu ersetzen. Sie hat sich hier um alles gekümmert, ich konnte mich immer voll auf sie verlassen. So eine Mitarbeiterin bekommen wir nicht wieder.» Der Professor rückte seinen Stuhl näher an Thore heran. «Sagen Sie, könnten Sie nicht mal mit ihr reden? Sie kennen unser Haus inzwischen doch auch ein bisschen. Sie soll mich anrufen. Am Gehalt wird es nicht scheitern.»

«Ich kann es probieren.»

Der Professor lächelte. «Ihre Auftritte kommen übrigens hervorragend an, wie ich höre. Seit wie viel Jahren machen Sie das?»

Thore räusperte sich. «Es ist das erste Mal.»

«Wirklich?»

Es klopfte, und Ralf kam mit wehender Soutane herein. Vermutlich kam er direkt aus dem Gottesdienst.

«Und?», fragte Breitscheid und sah Ralf erwartungsvoll an.

«Ich habe mit dem Bischof gesprochen, der im Aufsichtsrat sitzt. Sie werden Frau Höffgen einen Management-Posten anbieten – obwohl sie nicht studiert hat.» Ralf hatte anscheinend bereits seine Kontakte in der Kirche bemüht, um Jasmin in Köln zu halten.

«Frau Höffgen kann ohnehin viel mehr als eine Studierte!», sagte Breitscheid vehement.

Ralf nickte. «Wie wahr.»

Damit erhoben sich die Männer und verließen den Raum.

Jasmin blieb Thore ein Rätsel. Alle im Krankenhaus

lobten sie in den höchsten Tönen, jeder schien sie als gute Fee zu sehen. Trotzdem wirkte es so, als ob sie kaum persönlichen Kontakt zu ihren Kollegen hatte – bis auf Ralf natürlich. Wie konnte das sein?

Zu Hause begann Thore, Jasmins Wohnung zu putzen, das stand dringend an. Die Biene-Maja-Lampe musste entstaubt werden, und er hatte Farbe besorgt, um den Wasserschaden im Bad zu überstreichen. Schnell wurde ihm klar, dass er sich eine Jahrhundertaufgabe vorgenommen hatte. Die unzähligen kleinen Gegenstände und Bücher, die sie angesammelt hatte, würden hintereinandergelegt wohl eine Strecke von Köln nach Föhr ergeben, jedenfalls fühlte es sich so an. Er entdeckte in den Regalen und auf den Schränken immer neue Flamingos, Brotboxen in Erdbeer- und Zitronenform, kleine Bananenkissen und Windlichter. Jedes Teil musste einzeln hochgehoben und gesäubert werden.

Am späten Nachmittag war er immer noch nicht durch. Er holte sich unten bei Toni ein Brötchen, legte sich damit aufs Himmelbett und machte erst mal Pause. Gerade als er den ersten Bissen nehmen wollte, klingelte es. Wahrscheinlich ein Nachbar, dachte er, oder der Vermieter wegen des Badezimmers. Er öffnete die Tür. Vor ihm stand ein bulliger Mann mit Glatze und großen Bernhardineraugen. Er war um die sechzig und wirkte fast erschrocken, als er Thore sah.

«Ist meine Tochter da?», brummte er.

«Sie sind Jasmins Vater?», fragte Thore.

«Und wer sind Sie?»

Thore gab ihm die Hand. «Thore Traulsen.»

Jasmins Vater sah erstaunt aus. «Sie hat mir gar nicht erzählt, dass sie einen Freund hat.»

«Ich bin nicht ...»

Herr Höffgen hob abwehrend die rechte Hand. «Geht mich auch nichts an.»

«Wir haben nur die Wohnungen getauscht.»

Erst jetzt fiel ihm auf, dass Herr Höffgen ein kleines Holztablett in der Hand hielt, das mit Papier bedeckt war. Er bat ihn ins total unaufgeräumte Wohnzimmer.

«Entschuldigung, ich bin gerade dabei zu putzen. Es ist ziemlich unordentlich», entschuldigte sich Thore.

«Das ist es immer», antwortete Jasmins Vater, ohne dass es ihn zu stören schien. «Wo ist Jasmin denn eigentlich?»

«Auf Föhr.»

Herr Höffgen machte große Augen. «Föhr? Da war sie mal zur Kur.» Er räumte eine ananasförmige Lunchbox vom Stuhl, setzte sich und sagte nichts weiter. Thore erinnerte dieses Schweigen sofort an seinen eigenen Vater. Als Friese kam er damit bestens klar, das war für ihn quasi die Kür.

«Kaffee?», fragte er.

«Gerne.»

«Espresso oder Latte?»

«Filterkaffee ohne alles, wenn es geht.»

Thore ging in die Küche, um die Kaffeemaschine anzuwerfen. Jasmins Vater kam hinterher, stellte das Tablett auf die Arbeitsfläche und nahm das Papier weg: zwei weiße Porzellanteller mit je einem Stück Käsekuchen mit Sahne.

«Selbstgebacken?», fragte Thore.

«Hmm.»

«Sieht lecker aus.»

«Können wir den Kaffee auch frisch aufbrühen?», fragte Jasmins Vater.

Thore fand im Schrank einen Wasserkessel mit Pfeife und stellte ihn auf den Herd. Herr Höffgen ließ seinen Blick durch die Küche kreisen.

«Ich war gerade in der Gegend und dachte, schau mal vorbei.»

«Gute Idee.»

«Vielleicht lerne ich ja auch mal *Ihre* Eltern kennen. Wo wohnen die?»

«Auf Sylt.» Musste er ihm jetzt noch einmal erklären, dass er gar nicht mit Jasmin zusammen war? Und bevor Jasmins Vater bei «Sylt» sofort an Multimillionäre dachte, sollte er das vielleicht klarstellen: «Mein Vater ist Fischer in Hörnum.»

«Passt perfekt zusammen: Fisch als Hauptspeise, als Nachtisch Kuchen. Was machen Sie beruflich, wenn ich das fragen darf?»

«Zurzeit Klinikclown.»

Herr Höffgen nickte. «Ah ja.»

Sie gingen zurück ins Wohnzimmer und warteten dort schweigend, bis der Wasserkessel nebenan pfiff.

«Wasser ist fertig», bemerkte Herr Höffgen. Thore ging in die Küche, goss den Kaffee mit einem Handfilter in eine Kanne und suchte zwei Kuchengabeln. Er fand nur welche, auf denen Biene Maja eingraviert war, aber das kannte Herr Höffgen wahrscheinlich schon.

Thore wusste, dass sein Schweigen keine Ablehnung bedeutete. Jasmins Vater würden sich mit seinem eigenen bestens verstehen, die beiden könnten stundenlang nebeneinander im Hörnumer Hafen sitzen und stumm aufs Meer schauen. Alle zehn Minuten würde einer von ihnen eine Wortmeldung abgeben, danach hätten beide das Gefühl, sich mal richtig ausgesprochen zu haben.

Der Käsekuchen war der beste, den Thore je gegessen hatte. Selbst der von seiner Mutter, den er bisher für unübertreffbar gehalten hatte, kam da nicht mit.

«Ihr Kuchen ist eine Sensation!»

«Danke.»

«Was ist das Geheimnis?»

«Es kommt ein Hauch Marzipan rein. Nicht viel, nur wie ein fernes Echo.»

«Klingt poesievoll.»

«Das ist das Konditorhandwerk auch. Ich war unter den Konditoren Deutschlands auf dem zweiten Platz, europaweit auf Platz drei.»

«Beeindruckend.»

«Es ist auch der traurige Grund, warum ich hier bin.»

«Sie wollten mit Jasmin übers Backen reden?»

«Sozusagen.»

Thore nahm eine weitere Gabel von dem Kuchen. Herr Höffgen hatte sein Stück noch gar nicht angerührt.

«Nachdem Jasmins Mutter gestorben ist, habe ich mich voll auf meinen Beruf gestürzt», sagte Höffgen. «Vielleicht habe ich es auch nur als Ausrede genommen. Mich hat die Situation damals ziemlich überfordert, wenn ich ehrlich sein soll.»

«Und Jasmin?»

Er starrte leer vor sich hin. «Die Kleine wurde quasi von ihrer Oma großgezogen.»

«Hat sie gar nicht erzählt.»

Herr Höffgen holte tief Luft. «Ich möchte, dass Sie Jassi überreden, auf Föhr zu bleiben.»

Jassi? Auf Föhr bleiben?

«Wieso sollte ich das tun?»

«Sie hat nie was gesagt, aber ich glaube, in Köln ging es ihr nicht gut. Sie braucht einen Tapetenwechsel. Auch wenn sie dann viel zu weit weg von mir wohnt, ich werde ja nicht jünger.»

«Sie ist ein erwachsener Mensch, das muss sie selber wissen.»

«Papperlapapp, richtig erwachsen wird man niemals.»

«Auch wieder wahr.» Das Krankenhaus wollte von ihm, dass er Jasmin zur Rückkehr bewegte, ihr Vater das Gegenteil. Besser, er hielt sich da raus.

«Bitte retten Sie Jasmin. Sie ist so ein wunderbares Mädchen. Hier arbeitet sie sich tot und hat null Privatleben.»

«Im Katholischen Krankenhaus ist sie hoch anerkannt», widersprach Thore.

«Ja, weil sie wie eine Irre schuftet. Aber bezahlt wird sie wie eine kleine Angestellte.»

«Das mit dem Geld wird gerade geändert.»

«Kann sie nicht auch auf Föhr in einer Klinik arbeiten?»

«Da wird sie aber keine Karriere machen.»

«Am Ende zählt das sowieso nicht. Als Klinikclown bekommt man ja auch keine Millionen.»

«Das ist nicht mein eigentlicher Beruf. Normalerweise verwalte ich Ferienimmobilien.»

«Clown klingt netter», sagte Herr Höffgen.

«Wie Käsekuchen mit Marzipan?»

«So ist es.»

So saßen sie noch zusammen, bis sie den Kaffee ausgetrunken hatten. Dann verabschiedete Jasmins Vater sich, und Thore begleitete ihn zur Haustür. Er stellte sich ans Fenster und sah zu, wie Herr Höffgen in seinen Uralt-Kombi mit dem Kennzeichen GM für Gummersbach stieg und davonfuhr.

Verwirrt sah er sich in Jasmins Wohnung um. Würde sich eine einsame Frau wirklich so viel Buntes hier reinholen? Ihre Wohnung verkörperte für ihn die reine Lust am Leben, und von ihren Telefonaten und Mails kannte er sie als witzigen, aufmerksamen Menschen. Wie war das noch mit dem Wohnwagen gewesen, der im Gewerbegebiet an einem Badesee stand und in dessen Nähe sich ein Heim für Krankenschwestern befand? Wie kam sie bloß auf so einen herrlichen Unsinn?

Thore setzte sich an den Schreibtisch und schrieb ihr eine kurze Mail:

Hatte Besuch von deinem Vater. Ich soll dich überreden, auf Föhr zu bleiben.

Keine zehn Sekunden später rief sie an.

«Mein Vater war da?», fragte sie mit aufgeregter Stimme. «Und er will, dass ich nach Föhr ziehe? Was ist da los?»

«Er macht sich große Sorgen um dich, weil er denkt, dass es dir in Köln nicht gut geht.»

«Das hat er gesagt?»

«Ja. Woraus schließt er das?»

«Keine Ahnung.» Sie atmete tief ein.

Thore spürte, dass ihr das Thema unangenehm war, daher beschloss er, nicht weiter zu fragen. Es ging ihn auch nichts an.

«Er ist ein ziemlich sensibler und nachdenklicher Mensch», sagte er.

«*Mein* Vater?»

«Ja, den Eindruck machte er auf mich. Aber von außen sieht man so was immer anders.»

«Wie sind denn deine Eltern so?», fragte sie.

«Meine Mutter quatscht wie ein Wasserfall, und mein Vater ist stur wie ein Bock.»

Jasmin holte erneut Luft. «Das würde man von außen wohl auch anders sehen.»

«Glaube ich nicht.»

Sie schien einen Moment zu überlegen. «Was sind deine drei besten Erlebnisse mit deinem Vater in den letzten Jahren?»

«Gibt es nicht, wir haben uns zu selten gesehen.»

«Nicht mal eins?»

Thore überlegte. «Er hat auf der Trauerfeier für seinen jüngsten Bruder spontan angefangen zu tanzen», sagte er schließlich. «Alle waren entsetzt. Far, so nennen wir ihn auf Dänisch, also Far steht auf, dreht die Musik im Restaurant lauter und fängt an, mit der Witwe zu tanzen. Er meinte, seinem Bruder hätte das gefallen. Eike sei immer ein total lebenslustiger Mensch gewesen, und Tanzen würde bei der Trauer helfen. Das nehmen ihm einige in der Familie bis heute übel. Ich fand das richtig gut.»

«Klingt ungewöhnlich.»

«Nein, das täuscht. Mein Vater ist ansonsten so was von normal.»

«Und deine Mutter?»

«Sie ist in Kopenhagen aufgewachsen und vermisst auf Sylt das mondäne Leben ihrer Kindheit.»

«Da ist sie doch auf Sylt goldrichtig.»

«Nein, die Leute auf Sylt sind für sie alles Neureiche. Der alte Geldadel in Kopenhagen würde nie einen roten Ferrari fahren.»

«Ist sie denn reich?»

«Nein. Ihr Vater ist pleitegegangen, da war die Villa dann weg. Jetzt ist sie Fischverkäuferin und liebt den Kontakt zu ihren Kunden. Wie dein Vater das Backen.»

«Mir fällt gerade auf, dass du meinen Vater länger gesehen hast als mich», sagte Jasmin amüsiert.

«Willst du auf Föhr bleiben, Jasmin?», fragte Thore ganz direkt.

Sie zögerte einen Moment. «Wenn's nach meinem Vater geht, ja, hast du ja gehört. Ich bin noch nicht sicher.»

«Ich werde dich nicht überreden.»

«Dabei wüsstest du die besten Argumente dafür und dagegen.»

Beide schwiegen einen Moment. «Vielleicht sehen wir uns ja mal», sagte er.

«Sehr gerne», sagte Jasmin. «Du bist jederzeit herzlich eingeladen. Weißt du, ich habe da eine superschöne Wohnung auf Föhr. Und die Insel bietet wirklich eine Menge, da könnte ich dir so einiges zeigen.»

«Zum Beispiel?»

«Den Menschenschlag, die Reetdachhäuser und – nicht zu vergessen – das Wattenmeer.»

«Das Wattenmeer? Um Gottes willen, damit will ich nichts zu tun haben! Wenn ich mich da reinbegebe, hätte ich immer Angst, mir den Knöchel zu verknacksen.»

Sie lachte. «Nur, wenn du dich doof anstellst.»

«Meine Wohnung in Köln ist aber auch nicht ohne», sagte Thore. «Also, falls du Lust hast ...»

«Ich überleg's mir. Dann noch einen schönen Tag bei den Rheinländern.»

«Und dir bei den Friesen.»

Sie lachten.

«Tschüs.»

«Tschüs.»

Ja, der Wohnungstausch tat ihm gut. Und wenn Jasmin tatsächlich auf Föhr bleiben würde, war sogar die Wohnungsfrage geklärt.

24.

Gegen acht Uhr morgens saß Jasmin auf der Terrasse und lagerte ihren Knöchel auf einem Stuhl. Abgesehen von ihrer Verstauchung ging es ihr gut, und auch die wurde Tag für Tag besser. Lars und Jens hatten sich für die Auseinandersetzung am Strand entschuldigt und kümmerten sich nun rührend um sie. Beide halfen ihr, wo sie nur konnten, und auch die anderen Freunde aus Thores Clique schauten regelmäßig bei ihr vorbei. Wenn ihr der Unfall in Köln passiert wäre, hätte sie von so viel Unterstützung nicht mal träumen dürfen. Wer hätte da schon kommen sollen – außer Ralf?

Jens schlenderte mit einer Tüte Brötchen um die Ecke. Er frühstückte jeden Morgen mit ihr. Danach nahm er sie mit an sein Revier am Utersumer Strand. Ihretwegen ließ er sogar sein Fahrrad stehen und fuhr mit dem Auto. Die Vormittage im Vermieterstrandkorb waren immer noch ein Traum. Sie war zwar keine Königin mehr, aber die Badegäste kannten sie noch und quatschten den ganzen Vormittag mit ihr, was sie sehr unterhaltsam fand.

Der dicke Mann mit der Bierflasche hatte inzwischen auch herausbekommen, dass eine ehemalige Balletttänzerin auf Föhr Salsakurse für Touristen gab, und einen mit seiner Frau belegt. Frau Kannegießer war aufgeflogen, ihr Mann hatte sie hinter dem Vermieterstrandkorb erwischt. Erstaunlicherweise beschwerte er sich nicht bei ihr, sondern bei Jasmin: «Wie können Sie die Arbeitssucht meiner Frau unterstützen? Als Strandkorbvermieterin müssen Sie neutral bleiben!»

Jens verteidigte Jasmin: «Es gibt auf den nordfriesischen Inseln uralte Gesetze für Strandkorbvermieter. Nach denen müssen wir alles tun, was die Gäste wollen. Es sei denn, es ist kriminell oder verstößt gegen den Küstenschutz.»

Herr Kannegießer fand das gar nicht witzig. «Gestrandete Schiffe ausrauben galt hier jahrzehntelang als normale Einkommensquelle, so viel zu Ihren Gesetzen!»

«Stimmt», bestätigte Jens trocken, als hätte der Mann gerade herausgefunden, dass auf der Erde die Schwerkraft wirkte.

Mit anderen Worten: Sie hatten viel Spaß zusammen.

Nach Schulschluss holte Lars sie dann am Strand ab und fuhr mit ihr nach Wyk. Dort saßen sie auf der Promenade in den schönsten Cafés der Stadt oder sonnten sich auf dem Deich hinter dem Südstrand. So ging es seit einer Woche. Abends saß sie meist auf ihrer Terrasse, roch den Duft der feuchten Marschwiesen, hörte dem Wind zu und las eins der vielen Bücher aus Thores Regal. Vorgestern war sie Dr. Dettke auf dem Sandwall begegnet, der noch einmal betont hatte, wie sehr er sich über eine Zusammenarbeit freuen würde.

Aber so schön ihr Leben im Augenblick war, hing sie doch ziemlich in der Luft. Einerseits zog sie gerade nichts nach Köln, andererseits merkte sie, dass sie vor dem definitiven Sprung nach Föhr Angst hatte. Eines Morgens kam die Erlösung in Form einer Mail aus der Hauptstadt Kubas:

Muss übermorgen kurzfristig ins Auswärtige Amt nach Berlin. Knapse mir einen Tag Föhr ab. Hast du Zeit?
LG Alina

Das war die Rettung! Ihre Freundin kannte sie am besten, sie waren zusammen zur Schule gegangen und hatten immer zusammengehalten. Die erste Liebe, der erste Herzschmerz, Siege und Niederlagen – es gab nichts, was sie nicht miteinander geteilt hatten. Die weitgereiste Alina würde wissen, was jetzt zu tun war.

Drei Tage später war es so weit. Jasmin konnte schon wieder einigermaßen ohne Stützen gehen und fuhr mit dem Bus von Oldsum zum kleinen Flughafen, der zwischen Wyk und Nieblum lag. Als Alina aus der viersitzigen Maschine kletterte und ihr zuwinkte, kam Jasmin sich vor wie eine Insulanerin, die eine Festländerin abholte. Alina hatte eine neue Frisur, einen Bob. Sie trug einen matrosenblauen Hosenanzug und am Hals eine dünne Silberkette. Sie sah phantastisch aus, wie immer. Aber dafür, dass sie in der Karibik lebte, war sie erstaunlich blass. Vermutlich bewegte sie sich dort überwiegend in klimatisierten Räumen statt in Strandbars. Es war eben kein Urlaub, den sie dort verbrachte.

Die Freundinnen fielen sich in die Arme und drückten

sich fest. Jasmin konnte es nicht fassen, dass sie sich wiederhatten – wie lange hatten sie sich nicht gesehen!

«Wir haben nur eineinhalb Tage», sagte Alina als Erstes.

«Dann müssen wir schneller reden und auf Schlaf verzichten», schlug Jasmin vor.

«Es muss ALLES zur Sprache kommen.»

«Na klar, wie immer!»

Alina sah sich suchend um. «Gibt es hier am Flugplatz kein Taxi?»

Das lief auf Föhr etwas anders. Sie mussten eines herbeitelefonieren, das sie dann zur Autovermietung in Wyk brachte.

«Du darfst keine unnötigen Wege laufen», sagte Alina. «Spar dir das für unsere Shoppingtour.»

Am Tresen der kleinen Autovermietung knallte Alina ihre Kreditkarte auf den Tisch und mietete einen Smart mit offenem Verdeck, mit dem sie aus Wyk herausbrausten. Der Westwind fegte durch die sonnige Marsch und bog Büsche und Bäume. Zwischendurch schoben sich strahlende Wolken über den Himmel, die bizarre Schatten auf die Felder warfen. Alina schaute verwirrt durch die Frontscheibe.

«Mann, Mann, Mann ...», sagte sie.

«Was ist?»

«Ich sehe keinen Berg und keinen Hügel. Hier ist einfach nichts.»

«Dafür ist der Himmel größer, und der Wind ist wie Musik», verteidigte Jasmin «ihre» Insel.

Alina grinste. «Und die Kerle?»

«Vorhanden.»

«Was dabei?»

«Mmmh.»

«Los, komm schon, erzähl!»

«Später», versprach Jasmin und fügte hinzu: «Deine neue Frisur steht dir übrigens super.»

«Danke.»

An der Windmühle bogen sie von der Landesstraße nach Oldsum ab. Die Reetdachhäuser dösten zufrieden in der Mittagssonne, und die Straßen dazwischen sahen aus wie glänzende Kanäle, durch die goldenes Sonnenlicht floss.

«Ein Traum», seufzte Alina.

Das sagte immerhin eine Frau, die mehr von der Welt gesehen hatte als die meisten Menschen. Jasmin spürte, dass sie stolz darauf war, wie phantastisch Oldsum sich präsentierte.

Sie dirigierte Alina zu Thores Reetdachhaus. Auch davon war ihre Freundin sehr beeindruckt. Sie stiegen aus und betraten die Wohnung. Der Raum unter dem Reet mit Chesterfield-Sofa und Kamin war für Jasmin schon alltäglich geworden. Alina schaute sich neugierig um.

«Das hat was», stellte sie fest. «Was ist das für ein Typ, der hier wohnt?»

«Nett.»

«Wie nett?»

Jasmin stupste sie an die Schulter. «Sei nicht so neugierig.»

Alina protestierte empört. «Ich bin deine beste Freundin!»

«Stimmt.»

«Also?» Sie ließ nicht locker.

«Sportlich, gutaussehend, spontan, hat nette Freunde, kann anpacken, hat Humor.»

Alina verdrehte die Augen. «Mehr geht ja wohl nicht. Telefonnummer?»

Jasmin lachte. «Du spinnst, ich kenne ihn kaum.»

«Ich wiederhole noch mal zum Mitschreiben: sportlich, gutaussehend, spontan, hat nette Freunde, kann anpacken, hat Humor. Und er wohnt bei dir in Köln, das habe ich doch richtig verstanden?»

«Ja.»

«Und wieso fährst du dann nicht dorthin und schnappst ihn dir?»

«Weil ich nichts mit ihm habe.»

«Das kann sich ja ändern.»

«Klar. Aber wie gesagt, ich kenne ihn so gut wie gar nicht.»

Dann setzten sie sich auf die Terrasse und quatschten stundenlang über Havanna, Botschaftsempfänge bei Russen und Pakistanis – und Scheunenpartys. Die Storys unter Palmen vermischten sich mit denen aus dem Wattenmeer, die friesische Karibik traf die kubanische. Anschließend fuhren sie zum Shoppen in die Wyker Altstadt und ließen kaum einen Laden aus. Bei den T-Shirts wurde Alina sofort fündig, die Wetterjacken hingegen waren für die Karibik eher ungeeignet, und gefütterte Parkas würde sie erst brauchen, wenn sie nach Island zog.

Selbstverständlich zog Jasmin ihre Freundin auch zu Svantjes Hemd & Höschen, wo sie einen Großeinkauf machten. Egal, wo sie hingingen, überall traf Jasmin Bekannte: Lars, ein paar Leute von der letzten Party, den Pfleger aus der Inselklinik. Vor der Wyker Buchhandlung kam ihnen Sönke mit einem Eis in der Hand entgegen. Kurz machte Jasmins Herz einen Sprung. Sie behielt jedoch für sich, dass sie ursprünglich seinetwegen nach Föhr gekommen war. Sie hatte es fast schon vergessen.

Fünf Minuten später stießen sie beinahe mit Jens zusammen, der sich sofort in Pose warf: durchgedrücktes Kreuz, kerzengerade Haltung. Er lud sie zur Scheunenparty in der Marsch ein. Nach wenigen Metern kam das nächste «Moin» von Inge Hansen, die wieder ihre verspiegelte Sonnenbrille trug.

«Wie steht es um die Fortpflanzung auf der Insel?», fragte sie. Jasmin sah amüsiert, wie Alina die alte Dame mit offenem Mund anstarrte.

«Ist in Arbeit», antwortete Jasmin vergnügt.

«Sehr gut!» Inge ging weiter.

«Was war *das* denn?», flüsterte Alina.

«Inge vermittelt den Singlefrauen auf Föhr Männer.»

Alina sah sie skeptisch an. «Im Ernst? Meinst du, ich könnte mich auch mal an sie wenden?»

«Du musst einfach nur hierherziehen, und schon bist du dabei.»

«Ich staune, wen du hier alles kennst», stellte Alina fest. «Mehr als in Köln und Gummersbach zusammen.»

Als sich nach einer Weile Jasmins Knöchel meldete, beschlossen sie, nach Hause zu fahren und ein Päuschen auf der Terrasse einzulegen, bevor es später zur Party gehen würde.

Am Abend standen sie gemeinsam mit einem Glas Prosecco vor dem großen Spiegel. Jasmin musste ihre Freundin erst mal über den Dresscode aufklären. Alina hatte nämlich irgendwelche raffinierten Designerklamotten aus ihrem Koffer gekramt.

«Das ist kein Botschaftsempfang. Es ist eine einfache Scheune. Du musst nicht nebenbei noch Frieden zwischen verfeindeten Großmächten schaffen.»

Eine Stunde später hatten sie sich in Thores Badezimmer fertiggeschminkt und sprangen in den Miet-Smart. Jasmin hatte Mühe, den Weg zu finden, denn letztes Mal hatte sie sich ganz auf Lars verlassen, und immerhin stand das Haus mitten in der Marsch. Aber dann entdeckte sie wieder die Bank im Nichts. Vielleicht war sie nur zur Orientierung hierhergesetzt worden.

«Hier?», fragte Alina, als sie vor der schmucklosen Landwirtschaftsscheune standen. Es musste ein Schock für eine Frau sein, die prachtvolle Botschaftsvillen zum Feiern gewohnt war.

«Es ist halt die *friesische* Vertretung, die sieht etwas anders aus. Ich hatte dich gewarnt.»

«Stell dir vor, ich wäre hier im Designer-Chichi erschienen.» Alina musste grinsen.

«Es wäre ein ziemlicher Faux-pas geworden, Frau Botschafterin.»

Das große Scheunentor stand offen, und komischerweise spielten sie wie beim letzten Mal «Thriller» von Michael Jackson. Zwischen den Heuballen hatten sich an die vierzig Leute eingefunden, von denen die meisten tanzten. Die braun gebrannte Esther stand vor einem

Trecker an ihrem Pult und dirigierte die bunten LED-Scheinwerfer. Alle anderen vom Gruppenfoto an Thores Kühlschrank waren auch da. Nur Keike und Alexander waren nirgends zu sehen. Neben Lars stand Jens, der Alina sofort in ein Gespräch verwickelte. Jasmin war ein bisschen beleidigt: Galt sie jetzt gar nichts mehr? Aber bevor sie sich weiter Gedanken machen konnte, kam Lars auf sie zu und drückte ihr einen Manhattan in die Hand, den er gerade von der Bar geholt hatte. Es war das Nationalgetränk der Insel, das im Wesentlichen aus Whiskey und zwei Sorten Vermouth bestand.

Da Tanzen mit dem Knöchel noch nicht ging, saß Jasmin die meiste Zeit auf einem Trecker, schaute den Tanzenden zu und fand alles wunderbar. Später sah sie, wie Alina mit Gastgeberbauer Harky tanzte. Noch etwas später küsste sie ihn. Darauf trank Jasmin einen weiteren Manhattan. Alles fühlte sich in diesem Moment einfach nur richtig an.

Abends lagen die Freundinnen in Thores Schlafzimmer und blickten gemeinsam auf den Mond.

«Gehöre ich nun hierher oder nach Köln, was meinst du?», fragte Jasmin.

«Das kannst wahrscheinlich nur du sagen. Ich glaube einfach, dass du es hier beruflich schwer haben würdest. Was kann man auf Föhr schon arbeiten?»

«Ob du's glaubst oder nicht, ich habe ein Angebot von der Inselklinik bekommen. Sogar in meinem Bereich! Etwas weniger Geld, dafür eine Dienstwohnung in Strandnähe.»

«Sei bloß vorsichtig. Ein Umzug aus einer Urlaubseuphorie heraus ist immer so eine Sache. Wenn es schiefgeht, wird es hier noch einsamer als in Köln. Denk an den Winter, dann ist hier absolut tote Hose.»

«Und wenn es gutgeht?», fragte Jasmin.

«Das könnte natürlich auch passieren», sagte Alina. Sie mussten beide lachen.

«Schade, dass es auf Föhr kein deutsches Konsulat gibt. Dann würde ich den Klinikjob sofort annehmen: Du arbeitest in der Passstelle, und wir würden zusammenwohnen.»

«Ja, das wäre perfekt.» Alina seufzte. «Ansonsten rate ich dir von Föhr eher ab. In Köln hast du viel mehr Möglichkeiten.»

«Nur gemacht habe ich nichts daraus.»

«Mal ehrlich, warum nutzt du nicht einfach den Schwung, den du hier bekommen hast, und krempelst dein Leben in Köln um? Es wird auf keinen Fall so frustrierend werden wie vorher, dafür hast du dich schon zu sehr verändert. Du bist hier wirklich eine andere geworden. So locker und fröhlich habe ich dich seit Jahren nicht erlebt.»

«Echt?»

«Und wer kennt dich länger als deine gute alte Alina?»

«Du hast recht, es wäre wahrscheinlich das Beste zurückzugehen.»

Ja, sie sollte vernünftig bleiben. Ihr Alltag auf Föhr würde niemals so sein wie ein Urlaub. Daher sollte sie sich nicht kopflos in ein Abenteuer stürzen.

25.

Nach seiner letzten Runde auf der Demenzstation ging Thore zurück in die Klinikkapelle, um Ralf zu treffen. Sie waren für den Abend verabredet und wollten wieder ein Bier auf der Südbrücke trinken. Es kam Thore vor, als ob er schon ewig im Krankenhaus arbeitete, alles war ihm so vertraut. Die Schwestern und Ärzte grüßten ihn freundlich, wenn sie ihn sahen. Aber er musste sich schon bald mal überlegen, wie es weitergehen sollte. Spätestens wenn Jasmin zurück in ihre Wohnung wollte, musste er sich entscheiden, ob er das Reetdachhaus in Oldsum endgültig aufgeben wollte und einfach hierblieb. Oder sie bewarb sich tatsächlich im Inselkrankenhaus, er blieb in Köln, und der Wohnungstausch würde zum Dauerzustand.

Ralf stand vor dem Altar. Sie hatten in den letzten Wochen einiges unternommen, unter anderem wunderschöne Ausfahrten mit dem Cabrio in die Eifel und nach Belgien. Thore verstand sich prächtig mit Ralf. Eine Freundschaft zu einem Priester hätte er sich vorher niemals vorstellen können. Er schämte sich, wie dumm seine Vorurteile gewesen waren.

«Und kommst du gut klar im Krankenhaus?», fragte Ralf.

«Wie meinst du das?»

«Na ja ... Du siehst hier viel Leid.»

«Aber auch viel Glück. In erster Linie werden die Menschen ja geheilt.»

«Trotzdem verzweifele ich manchmal», sagte Ralf leise.

Das kam für Thore überraschend. «Wegen Gott?»

Ralf nickte. «Ich verstehe ihn manchmal nicht. Aber ich muss ihm vertrauen.»

«Was ist passiert?»

Ralf blickte zur Decke. «Der kleinen Sibel geht es schlecht, sie muss heute noch operiert werden.» Sein Gesicht sah düster aus. «Bei der OP wird sich entscheiden, ob sie durchkommt.»

«Aber es ging ihr doch schon so viel besser!», sagte Thore etwas zu laut, um den Kloß in seinem Hals wegzubekommen. «Verdammt, es kotzt mich an.»

Er hätte schreien können vor Verzweiflung.

«Glaubst du eigentlich an Gott?», fragte ihn Ralf.

Thore überlegte kurz. «Auf meine Art schon.»

«Willst du ein Gebet für sie sprechen?»

«Das kannst du besser.»

«Nein, das können wir beide.»

«Es fällt mir schwer, daran zu glauben. Aber wenn es Sibel hilft ...»

Ralf betete laut ein Vaterunser. Auch wenn Thore keiner Kirche angehörte, hoffte er, dass das Gebet Sibel helfen würde.

«Vielleicht gehen wir heute doch nicht auf die Rheinbrücke», sagte Ralf. «Ich glaube, ich möchte lieber alleine sein.»

Dass ein gestandener Krankenhausseelsorger wie Ralf verzweifeln konnte, hätte Thore nie gedacht. Betrübt lief er durch die Gänge zur Kinderintensivstation. Inzwischen kannte er sich gut aus, inklusive geheimer Abkürzungen. Als er Sibels Zimmer betrat, stockte sein Atem. Sie war an unzählige Geräte angeschlossen, lag mit halbgeöffneten Augen in ihrem Bett.

«Hallo, Sibel», sagte Thore leise und legte ihr einen kühlenden Waschlappen auf die Stirn. «Ich freue mich, dich zu sehen.»

«Hallo, Clownie», krächzte sie. Sprechen war für sie äußerst anstrengend. Trotzdem leuchteten ihre Augen, als sie ihn erkannte.

«Du brauchst nichts zu sagen.» Er nahm ihre Hand, die sich ganz heiß anfühlte. «Ich werde dir eine Geschichte erzählen, okay?»

Sie nickte fast unmerklich und schloss die Augen. Was sollte er ihr nur erzählen? Er hatte keine Idee, aber irgendetwas würde ihm schon einfallen.

«Ich komme von einer Insel ganz weit im Norden», begann er. «Weil es im Winter sehr kalt wird, leben dort sogar Eisbären. Im Sommer haben wir jede Menge Schokopudding, der sich wie Nektar in den Blüten der Blumen ansammelt. Stell dir vor, du kannst eine Straße langgehen, eine Blume in die Hand nehmen und den Pudding einfach aufsaugen. Und die Flüsse und Teiche in meiner Heimat sind aus Vanillesauce. Weißt du, was die Kinder dort machen? Sie nehmen ein paar Puddingblumen, tauchen sie in die Teiche und essen das Ganze dann: Pudding mit Vanillesauce.»

Dann erzählte er noch von dem Wind, der von der Insel bis nach Köln wehte, über die Puddingblumen hinweg, und alle kranken Kinder heilte. «Ganz besonders stark weht er am Rhein. Hierher zum Krankenhaus kommt er am besten.»

Sibel lächelte selig. Die Geschichte wirkte anscheinend beruhigend auf sie und trug sie hinüber in den Schlaf. Thore blieb noch eine Weile bei ihr sitzen. Sibel war seine erste Patientin gewesen, sie hatte ihm alle Türen geöffnet, im wörtlichen wie im übertragenen Sinne. Er verdankte ihr so viel. Hoffentlich würde sie es schaffen. Bitte, bitte, bitte!

Es klopfte an der Tür. Professor Breitscheid steckte den Kopf herein. Er trug grüne Chirurgenkleidung und stellte sich neben Thore an Sibels Bett. «Wir tun alles für die Kleine», sagte er. «Ich operiere in einer Stunde.»

«Bekommt man eigentlich irgendwann so etwas wie professionellen Abstand zum Leiden?», fragte Thore leise.

Der Professor sah ihn nachdenklich an. «Ganz ehrlich? Nein. Als Arzt reiße ich mich zusammen, aber das kostet eine Menge Kraft. Manchmal hilft auch Ablenkung, das wird von außen oft nicht verstanden.» Eine offene Antwort für einen erfahrenen Chefarzt.

Jetzt kamen zwei Pfleger hinein, um Sibel in den OP zu schieben. Thore strich ihr zum Abschied über die Stirn und verließ dann den Raum. Er zog sich in der Klinikkapelle in dem Zimmer hinter dem Altar um und ging dann Richtung Ausgang. Professor Breitscheid würde Sibel retten, darauf setzte er. Und wenn nicht? Dafür hatte er keinen Plan.

Auf dem Weg zum Hauptausgang klingelte sein Handy. Er schaute aufs Display. Es war wieder mal Keike. Sie hatte in den letzten Tagen mehrmals angerufen, und immer hatte er sie weggedrückt. Was sollten die Anrufe? Er war hier, um sie zu vergessen, und das gelang ihm eigentlich ganz gut. Aber heute gab er nach. Vielleicht würde ihn das Gespräch von Sibel ablenken.

«Moin, Thore», kam es fröhlich aus dem Hörer. «Hü gungt et?»

«Gud, un di?»

«Auch.»

Normalerweise sprachen sie kein Friesisch miteinander, weil es Keike als geborene Wykerin kaum verstand. Das Absurde war, dass er als Sylter es gelernt hatte. Aber er wohnte auch draußen in Oldsum, wo alle Insulaner Fering miteinander sprachen.

«Gibt's was Wichtiges?», fragte er.

«Ich bin gerade in Köln und dachte, wir könnten uns mal treffen.»

Wie bitte, Keike war in Köln? Nach diesem furchtbaren Tag war das eine merkwürdige Wendung.

«Wo steckst du?»

«Vor dem Katholischen Krankenhaus. Da arbeitest du doch, oder?»

Er war schwer verwirrt: Keike stand vor der Tür?

«Woher weißt du das?», fragte er.

«Jasmin hat es mir verraten.»

Er hatte ganz vergessen, dass die beiden sich ja auf Föhr kennengelernt hatten. Thore war sich immer noch nicht sicher, ob er sie sehen wollte. Dann gab er sich einen Ruck. «Ich komme zum Haupteingang», sagte er nach einer kurzen Pause.

Tatsächlich: Dort stand Keike neben dem Pförtnertresen. Makellos braun, sommerlich gekleidet, mit kurzem Rock und einem dunkelroten T-Shirt, die Haare zu zwei langen Zöpfen geflochten. Sie umarmte ihn zur Begrüßung.

«Schön, dass es spontan geklappt hat», hauchte sie. Sie roch nach dem Moschus-Parfüm, das er so sehr an ihr gemocht hatte. «Wollen wir ein Stück gehen?»

«Klar. Was machst du überhaupt hier?», fragte Thore.

«In Köln ist gerade Goldschmiedemesse. Ich gucke mir an, was die anderen so zusammenbasteln.»

Seinetwegen war sie also nicht hier. Oder vielleicht doch?

Sie gingen los in Richtung Musikhochschule. Die Nachmittagssonne war überraschend warm. Im klimatisierten Krankenhaus merkte man gar nicht, dass Sommer war, dort war die Temperatur immer gleich.

Es fühlte sich seltsam an, mit Keike durch sein Veedel zu gehen. Aus den Räumen der Musikhochschule drangen Flöten, Violinen und ein Klavier. Sie schlenderten an Toni Schuhmachers Büdchen vorbei. Toni grüßte Thore freundlich wie immer und beäugte Keike neugierig. Er hätte Keike Jasmins Wohnung zeigen können, aber die ging sie nichts an. Also liefen sie weiter zum Eigelsteinviertel.

«Du, es tut mir immer noch leid, wie es mit uns gelaufen ist», sagte Keike, als sie vor der Eigelsteintorburg mit dem Rettungsboot standen. Das Boot sollte an einen im Ersten Weltkrieg untergegangenen Kreuzer namens «Cöln» erinnern, wie Thore inzwischen wusste.

Sie nahm seine Hand und blickte ihm fest in die Augen. «Es hätte echt was werden können mit uns», fügte sie hinzu. «Aber das sollte wohl nicht sein.»

Was waren das denn für Töne? Lief es gerade nicht so gut mit ihrem Alexander, oder was war da los? Aber das war jetzt überhaupt nicht sein Thema, denn er war gedanklich die ganze Zeit bei Sibel.

Sie gingen an «Et Fesch Hus» vorbei und blickten in die Schaufenster der vielen kleinen Geschäfte.

«Wie läuft's denn so für dich in Köln?», fragte Keike.

«Sehr gut.»

«Und, wirst du bleiben?»

Er wollte schon antworten, dass sie das nichts anging, aber dann fuhr er innerlich etwas herunter. Bestimmt war es nicht fair, ihr Böses zu unterstellen. «Ich weiß es noch nicht», sagte er.

Der Clownsjob war so intensiv wie nichts zuvor in seinem Leben. Ob das auf Dauer funktionieren würde? Was war, wenn er mal einen schlechten Tag hatte? Als Clown konnte er nicht mit halber Kraft vor die Patienten treten. Er dachte wieder an Sibel. Was passierte, wenn sie es nicht schaffte?

«Ich kann mir dich gar nicht als Clown vorstellen», sagte Keike.

«Wieso nicht?»

«Du wirkst so ernst. Jetzt auch.»

Kein Wunder. Professor Breitscheid operierte in diesem Moment Sibel. Bestimmt wusste er, was er tat.

Trotzdem war er natürlich kein Gott. «Ich hatte einen anstrengenden Tag», sagte er ausweichend.

Sie waren vor einem türkischen Brautmodeladen stehen geblieben. Die üppigen Kleider waren auf kopflose Puppen gesteckt und an Kitsch nicht zu überbieten. Keike warf einen neugierigen Blick darauf.

«Na, ihr seht so aus, als wenn ihr bald so weit seid», rief der türkische Verkäufer mit dem gezwirbelten Schnurrbart und zwinkerte Thore zu. «Die Braut muss entscheiden, nicht du!» Er winkte sie rein.

Keike nahm ein Kleid vom Ständer und hielt es sich vor den Körper. «Was meinst du?»

«Ich bin aus dem Spiel!», sagte er.

«Deswegen frage ich dich ja», sagte Keike ungerührt. «Du kannst es objektiv beurteilen.»

Das meinte sie jetzt nicht ernst, oder? Sein Handy klingelte, es war Ralf. Ihm wurde ganz anders. *Bitte nicht*, betete er still. Seine Hand begann leicht zu zittern. Er wusste nicht, ob er eine schlechte Nachricht verkraften würde. Keikes Anwesenheit stresste ihn zusätzlich. Sein Magen wurde hart wie ein Betonblock und krampfte.

«Ja?», sagte er tonlos ins Telefon. Er rechnete mit dem Schlimmsten.

«Sibel ist über den Berg!», rief Ralf.

Thore hielt eine Sekunde inne, bis das durchgerutscht war, dann schrie er einfach nur «Ja!». Anschließend warf er sein Smartphone in die Luft und fing es wieder auf. Keike hatte sich das weiße Kleid mit den Glitzersteinen übergezogen und sah ihn irritiert an. Er umarmte sie überschwänglich, als hätten sie gerade geheiratet.

«Komm, wir trinken Champagner am Rhein!», rief er.

Sie lächelte überrascht. «Okay.»

Sie zog sich schnell wieder um, und sie kauften in einem Eigelsteiner Büdchen eine gekühlte Flasche Champagner. Dann setzten sie sich ans Rheinufer in den Schatten einer Platane. Touristen aus aller Welt schlenderten an ihnen vorbei, es erinnerte ein bisschen an den Föhrer Sandwall, nur in Groß, verstand sich. Thore erzählte Keike von Sibel, Herrn Frings und seinen anderen Patienten. Er sang ihr kölsche Lieder vor, die sie kaum verstand. Seine Begeisterung riss Keike mit, sie strahlte ihn die ganze Zeit an.

«Köln tut dir gut», sagte sie.

Abends gingen sie Pizza essen und sahen danach auf der Domplatte einem Jongleurpärchen aus der Schweiz zu, das sieben Bälle gleichzeitig in der Luft hielt und dabei Liebeslieder sang. Gegen die spielte er als Jongleur in der untersten Amateurliga, was vollkommen in Ordnung war.

«Wo wohnst du überhaupt?», fragte Thore, als es langsam dunkel wurde.

«Ich habe noch kein Hotel», sagte Keike leise. «Mein Gepäck ist im Schließfach.»

Dann war sie also doch seinetwegen nach Köln gekommen? Er wusste selbst nicht, warum er ihr anbot, bei ihm zu schlafen. Eigentlich war er in Köln, um Abstand von ihr zu bekommen. Und das hier war das genaue Gegenteil davon.

«Hier wohnt Jasmin?», sagte Keike, als sie die Wohnung betraten. «Genauso schrill habe ich mir ihr Zuhause auch vorgestellt.»

«Inwiefern?»

«Es ist alles so fröhlich und abgefahren wie sie.»

Ob es Jasmin überhaupt recht war, dass er bei ihr Besuch empfing?

«Du schläfst im Bett», sagte Thore.

«Und du?»

«Nebenan auf der Couch.»

«Sei nicht albern.»

«Ich habe keine Lust auf komplizierte Geschichten.»

«Das ist okay, ich auch nicht», sagte sie. «Aber wir können ruhig nebeneinander schlafen.»

Das taten sie dann auch, mit großem Abstand zueinander. Zum Glück war Jasmins Bett riesig, außerdem hatte Keike einen Schlafsack dabei. Sie roch sehr vertraut und in Jasmins Wohnung doch so fremd. Kurz bevor er einschlief, blickte Thore hinaus auf seine Lieblingspappel, die von den Straßenleuchten matt beschienen wurde. Hoffentlich hatte er jetzt keinen Fehler gemacht.

Doch Keike hielt sich an ihr Versprechen, und es passierte nichts.

Am nächsten Morgen musste sie früh raus, um nach Föhr zurückzufahren. Sie wollte nachmittags wieder in ihrer Wyker Werkstatt stehen. Es reichte gerade für einen schnellen Kaffee um halb sechs Uhr morgens.

«Es wäre besser, wenn Alexander hiervon nichts erfährt, geht das?», sagte sie. «Er ist nämlich krankhaft eifersüchtig.»

«Okay.»

«Mailst du mir, wenn du nach Föhr kommst? Ich hol dich von der Fähre ab.»

Meinte sie das ernst? Natürlich würde er das *nicht* tun. Sie umarmten sich, Keike drückte ihn noch einmal extrafest, gab ihm einen Kuss auf die Wange und verschwand dann mit ihrem kleinen Koffer.

Als sie weg war, ging Thore in Jasmins Wohnung auf und ab. Es hatte gutgetan, Keike zu sehen. Er fühlte sich leicht wie seit Wochen nicht mehr, denn er wusste nun ganz sicher: Sie irritierte ihn nicht mehr. Und zwar überhaupt nicht. Sein Problem war nicht Beziehungsunfähigkeit, was sie ihm damals vorgeworfen hatte. Keike war einfach die falsche Frau gewesen, er hatte es nur nicht erkannt. Wahrscheinlich hatte er sich deshalb auf Föhr so mit Arbeit zugeschüttet – um seine Schuldgefühle zu verdrängen und nicht die ganze Zeit über eine vermeintlich falsche Entscheidung nachzugrübeln. Davon war er jetzt erlöst.

Sein Handy klingelte. Es war Jasmin.

«Hey, wie geht's?», sagte er. Es war schön, sie zu hören.

«Alles gut. Sogar mein Knöchel lässt mich immer mehr in Ruhe.»

Er überlegte kurz, ob er Keikes Besuch erwähnen sollte, entschied sich dann aber dagegen. Vermutlich führte das nur zu Missverständnissen, und die lange Version war ohnehin zu kompliziert. «Und, was machen Jens und Lars?»

«Sie sind immer noch reizend zu mir.»

«So soll es auch sein.»

«Und Köln?», fragte sie.

«Auch alles gut.»

«War mein Vater mal wieder da?»

Thore grinste. «Ja, wir haben zusammen Fußball geguckt und sind dann in die Sauna gegangen.»

Sie lachte. «Mein Vater hasst nichts mehr als Sauna. ‹Wenn ich schwitzen will, stelle ich mich vor den Backofen› war immer sein Spruch.»

«Und? Hast du dich nun endlich für Föhr entschieden?» Sein Herz pochte.

«Es ist so schwer, ich weiß es immer noch nicht. Und du?»

«Ich weiß es auch nicht.» Nachdem er nun sicher war, dass er über Keike hinweg war, gab es für ihn eigentlich keinen Grund mehr, in Köln zu bleiben.

«Falls wir da bleiben, wo wir gerade sind, haben wir jedenfalls beide schon mal eine Wohnung», sagte Jasmin.

«Aber nur, wenn wir *beide* bleiben», entgegnete er.

«Wir schauen einfach, ja?»

«Klar.»

«Tschüs, Thore.

«Tschüs, Jassi.»

Thore legte auf und merkte in diesem Moment, wie sehr es ihn zurück an die Nordsee zog.

26.

Jasmin saß im Fährhafen auf einem Poller und ließ sich den Wind um die Nase wehen. Die Fahnen der Fährreederei flatterten fröhlich in der Sonne, am Kai vor ihr legte ein Ausflugsschiff an, das Urlauber zu einer Tagestour nach Hörnum auf Sylt bringen sollte. Dr. Dettke hatte schon zweimal angerufen, lange würde er nicht mehr warten. Sie hatte sich auch schon die Dienstwohnung vom Krankenhaus in Wyk angesehen. Die Räume waren viel größer als ihre Höhle gegenüber der Kölner Musikhochschule: zwei schöne Zimmer mit nagelneuer Küche in einem Mehrfamilienhaus. Und nicht zu vergessen: Von dort wären es zu Fuß zehn Minuten sowohl zum Strand als auch zum Krankenhaus, beides lag also um die Ecke. Sie wusste trotzdem nicht, wie sie sich entscheiden sollte.

Sie kam gerade aus der Wyker Altstadt zurück. In ihrem Rucksack befand sich ein Paket mit einer Fotokamera aus Thores Wohnung. Thore hatte sie gebeten, sie ihm zu schicken. Er hatte sich die Kamera vor ein paar Jahren von seinem Vater geliehen. Der wollte sie nun wiederhaben, um Fotos von seinem Kutter zu machen, den er in absehbarer Zeit verkaufen wollte.

Dass Thore *ihren* Vater kennengelernt hatte, fand sie immer noch merkwürdig. Erstaunlich, was er Thore alles über sie erzählt hatte. Dabei hatte sie nie groß mit ihrem Vater über ihr Kölner Leben geredet. Das hatte er offensichtlich herausgehört, wenn sie über andere Sachen sprachen. Sie hätte nicht vermutet, dass er so ein feines Gespür besaß. Trotzdem hatte er sich immer zurückgehalten und sich nie mit klugen Ratschlägen in ihr Leben eingemischt. Bis jetzt. Sie hatte mehrmals versucht, ihn zu erreichen, aber es ging immer nur der Anrufbeantworter ran. Wahrscheinlich war er im Urlaub oder auf einer seiner Touren durch französische Landbäckereien, mit denen er immer wieder Rezepte austauschte.

In Wyk war ihr eine Idee gekommen: Wie wäre es, einfach mal einen Tag von der Insel zu verschwinden, um etwas Abstand zu gewinnen? Womöglich würde sie dann klarer sehen. Sie beschloss, einen Ausflug nach Sylt zu machen und die Gelegenheit zu nutzen, das Paket mit der Kamera persönlich bei Thores Eltern vorbeizubringen. Immerhin würde sie dann auch mal *seinen* Vater kennenlernen – Thore würde nicht schlecht staunen, wenn er davon erfuhr. Spontan war sie zurück zum Hafen geeilt und hatte ein Ticket gelöst.

Das Ausflugsschiff war voll mit Feriengästen, obwohl jetzt, Anfang September, die Hauptsaison zu Ende ging. Die Fahrt ging aus dem Wyker Hafen heraus, und der Seegang wurde immer heftiger. Jasmin hatte nicht damit gerechnet, dass das Schiff wegen der Tide an der Westseite Amrums durch die offene, raue See fahren würde. Das Geschaukel war fürchterlich und hörte nicht auf. Sie war kurz davor, sich zu übergeben. Als das Schiff endlich anlegte, machte sie drei Kreuze.

Der Hörnumer Hafen war mit starken Molen gegen Sturmfluten gesichert. Als Jasmin von Bord ging, war sie zunächst überrascht: Auf den ersten Blick war dies ein unscheinbarer Ort mit hohen Dünen. Neben dem Anhänger hing ein Plan, auf dem sie das Fischgeschäft der Traulsens schnell fand. Es lag in der Nähe des Hafens.

Nach zweihundert Metern stand sie vor einem kleinen, feinen Laden mit Imbiss. Sie zückte ihr Handy, machte ein Foto und schickte es Thore. Keine halbe Minute später kam eine SMS zurück.

Hey, Jassifriesin, was machst du denn in Hörnum?

Hey, Thoreclown! Ich bringe deine Kamera zurück.

Wieso schickst du sie nicht per Post?

Darf ich deine Familie nicht sehen?

Doch. Aber das kommt jetzt sehr überraschend.

Sie sah einer Möwe zu, die sich auf eine weiße Pollerspitze setzte und mit dem Schnabel in die Luft hackte.

Darf ich mir vielleicht in eurem Laden ein Fischbrötchen kaufen, wenn ich die Kamera zurückbringe?

Ich übernehme keine Verantwortung.

Sind die Fische bei euch vergiftet, oder was?

Das nicht, war nur Quatsch. Grüß alle herzlich von mir!

Mach ich. Tschüs, Thore.

Tschüs, Jasmin.

Sie steckte ihr Handy weg und betrat neugierig den Laden. Hinter dem gläsernen Tresen lagen Dutzende Fische auf Eis, vor allem Butt und Makrele, alle fangfrisch, wie auf einem handgemalten Schild zu lesen war. Ein braun gebrannter älterer Mann stand mit Schürze an einem Metalltisch. In Windeseile nahm er einen Fisch aus. Sein Messer schien extrem scharf zu sein, jeder Schnitt saß präzise. Eine Frau mit blondgefärbten Haaren, deren Alter schwer zu schätzen war, kam auf sie zu.

«Moin, was kann ich Gutes für Sie tun?»

Leichter dänischer Akzent? Das musste Thores Mutter sein. Ihre braunen Augen blickten ihr freundlich entgegen.

«Moin», grüßte Jasmin. «Ich bin Jasmin Höffgen und komme von Thore. Ich bringe die Kamera zurück.»

Frau Traulsen sah sie perplex an. Auch Herr Traulsen ließ sein Messer sinken und drehte sich neugierig zu ihr um. Jetzt sah man, dass Thore seinem Vater wie aus dem Gesicht geschnitten war. Umständlich fummelte sie das Paket mit der Kamera aus ihrem Rucksack und legte es auf den Verkaufstresen.

«Ich wohne zurzeit auf Föhr in Thores Wohnung.»

Die Traulsens warfen sich einen kurzen Blick zu: Die Kamera gehörte ihnen, aber wer war diese Frau?

«Ihr lebt zusammen?», fragte Thores Mutter.

«Nein, er wohnt bei mir in Köln.»

«Ach, ist das für länger? Davon hat er beim letzten Telefonat gar nichts gesagt.» Sie überlegte kurz. «Was will er denn da unten, wenn du hier oben bist?»

«Wir haben die Wohnungen für einige Zeit getauscht.»

Sie sah sie irritiert an. «Macht man das jetzt so?»

«Im Augenblick arbeitet er ja im Katholischen Krankenhaus als Klinikclown. Aber das wissen Sie wahrscheinlich schon.»

Herr Traulsen lachte laut los. «Thore? Katholisch? Clown? Ich dachte, er macht da Urlaub!»

«Clown» und «katholisch» waren eindeutig zwei zu viel für ihn.

«Die Leute in der Klinik sagen, er ist ein Naturtalent.»

«So was habe ich mal im Fernsehen gesehen», sagte Thores Mutter. «Das ist eine gute Sache.»

«Aber Thore?», murmelte Herr Traulsen und schüttelte den Kopf. «Kann ich mir nicht vorstellen.»

Diese Neuigkeiten mussten wohl erst mal bei Thores Eltern sacken. Alle drei schwiegen einen Moment und blickten durch die Schaufensterscheibe hinaus aufs glitzernde Meer und den weiten, blauen Himmel darüber. Jasmin war die Stille unangenehm, deswegen sagte sie:

«Ich muss dann wieder. Schönen Tag noch.»

«Tschüs», sagten Thores Eltern unisono.

Sie verließ den Laden und beschloss, am Strand entlang zur Südspitze Sylts, der Hörnum-Odde, zu wandern. Dieser Teil der Insel, so hatte sie gelesen, wurde jedes Jahr von der Sturmflut angegriffen und nach und nach weggespült. In dem Naturschutzgebiet gab es keine Häuser und Straßen, daher war Jasmin alleine mit Dünen und Heide – und der Nordsee, die auf der Westseite mit schaumigen Brechern auf den Strand zurollte.

Sie legte sich in die Sonne, schloss die Augen und hörte den Wellen zu. Das regelmäßige Rauschen wirkte sehr beruhigend. An diesem Strand war Thore als Kind und Jugendlicher bestimmt oft gewesen.

Sie musste an den Besuch bei seinen Eltern denken. Die Traulsens waren freundlich, aber auch ein bisschen distanziert gewesen. Was ihr sehr vertraut war, ihr Vater war ja auch nicht besonders umgänglich. Zum Beispiel, wenn er auf Familienfeiern kaum etwas sagte. Als Kind hatte sie das gehasst. Inzwischen wusste sie es zu nehmen, aber ganz allgemein kam sie mit Menschen besser klar, die redeten.

Sylt war ganz anders als Föhr, obwohl die Inseln ja nur ein paar Kilometer voneinander entfernt waren. Leider hatte sie viel zu wenig Zeit. Aber bevor sie das Schiff zurück nahm, wollte sie sich noch etwas genauer umsehen.

Als sie endlich den Ort erreicht hatte, stellte sie sich als Erstes in die Schlange vor einem Eisladen am Strand. Noch während sie überlegte, ob sie einen Erdbeerbecher mit Sahne oder ein Spaghetti-Eis mit heißen Kirschen nehmen sollte, hörte sie hinter sich eine tiefe Stimme, die ihr bekannt vorkam.

«Moin, Jasmin, ich hab dich überall gesucht.»

Jasmin drehte sich um. Thores Vater stand vor ihr.

«Mich?»

«Hunger?», fragte er.

«Ehrlich gesagt, ja.» Eigentlich hatte sie vorgehabt, ein Fischbrötchen am Anleger zu kaufen.

«Magst du Fisch?»

«Klar.»

«Denn komm mal mit.» Er zeigte in Richtung seines Geschäfts. «Ich bin übrigens Rickmer.»

Anscheinend hatte sie den Aufnahmetest bei den Traulsens doch bestanden, auch wenn sie nicht wusste, warum. Sie gingen gemeinsam zurück zum Laden. Dort bot ihr Thores Mutter auch sofort das Du an:

«Ich bin Jette-Marie.»

Jette-Marie und Rickmer dirigierten sie am Verkaufstresen vorbei in eine kleine Küche, deren Wände mit alten friesischen Kacheln bedeckt waren. Einige waren mit Schifffahrtsmotiven in Dunkelblau bemalt, andere kunstvoll gemustert. Ein Mann stand vor ein paar Pfannen und Töpfen am Herd, in denen es brutzelte und blubberte. Er trug einen schwarzen Anzug und darunter ein T-Shirt, dazu weiße Turnschuhe. Es roch nach Fisch und frischem Gemüse. Mit seiner grauen Künstlermähne und der schwarzen Designerbrille erinnerte der Mann an einen Filmschauspieler, der in die Jahre gekommen war. Trotz seiner mondänen Erscheinung sah er Rickmer sehr ähnlich.

«Das ist mein Bruder Johann», sagte Rickmer trocken, «er kocht heute für uns das Mittagessen.» Dann stellte er sie vor: «Und das ist Jasmin, die Freundin von Thore.»

«Geschmack hat der Junge, das muss ich ihm lassen.» Johann gab ihr lächelnd die Hand.

«Ich bin nicht besonders charmant», sagte Thores Vater. «Das hast du ja schon gemerkt. Den Part übernimmt bei uns mein Bruder.»

Was er sehr charmant lächelnd rüberbrachte. Johann sah aus wie einer, der geschmeidig in der Sylter Society mitschwamm. Kein kantiger Fischer wie sein Bruder, was ihr aber viel besser gefiel. Obwohl Johann auf seine Art auch sympathisch wirkte.

«Und? Bin ich deswegen ein schlechter Mensch, oder was?», kokettierte Johann.

«Johann ist eigentlich Makler», erklärte Jette-Marie.

«In erste Linie *verwalte* ich Ferienwohnungen, ich verkaufe selten was, leider.»

«Thore hat bei ihm gelernt.» Jette-Marie übernahm das Kochen. «Und später hat er jahrelang bei ihm gearbeitet.»

«Johann hat ihm die Fischerei abspenstig gemacht», grummelte Rickmer. «Seiner Meinung nach sollte Thore lieber im weißen Hemd rumlaufen.»

«Nun übertreib mal nicht. Dein Junge ist ganz von selbst zu mir gekommen», protestierte der Bruder.

«Nun lasst das mal, wir haben Besuch.» Jette-Marie wandte sich an Jasmin. «Magst du die nordfriesischen Inseln?»

«Ja, ich finde Föhr traumschön.»

«Und Sylt?»

«Ich bin das erste Mal hier, viel mehr als euren Fischladen und den Strand habe ich noch nicht gesehen.»

«Die Käufer, die sich Sylt nicht mehr leisten können, weichen jetzt nach Föhr aus», erklärte der Maklerbruder. «Bei denen schießen die Preise gerade richtig hoch.»

«Damit das auf Föhr genauso schlimm wird wie bei uns?», brummte Rickmer.

«Mein Bruder besitzt hier auf Sylt ein paar echte Sahnegrundstücke», sagte Johann. «Wenn er die verkaufen würde, könnte er die Fischerei an den Nagel hängen. Aber nein, er tuckert lieber raus aufs Meer und schuftet sich kaputt.»

Rickmer verdrehte die Augen.

«Thore war übrigens ein toller Verwalter», fügte Johann hinzu. «Der kann mit den Leuten.»

Thores Mutter meldete sich zu Wort. «Ich finde es schön, dass Thore wieder jemanden hat. Er war zwischendurch so unglücklich, der Junge, ich habe mir solche Sorgen gemacht.»

Jasmin hätte das jetzt klarstellen können. Aber dass Thore nicht mehr allein war, tröstete Jette-Marie scheinbar sehr, das wollte sie ihr nicht nehmen.

Sie aßen Kabeljau auf Curry-Reis, was unglaublich gut schmeckte. Kein Wunder, war der Fisch doch vom Fang am selben Morgen. Frischer ging es nicht. Sie quatschten beim Essen über die Fischerei, das Meer, das neue Thermo-Mix-Gerät von Jette-Marie, über Gott und die Welt.

Zum Nachtisch gab es Vanilleeis mit heißer Himbeersoße. Als alle fertig waren, passierte etwas Eigenartiges: Thores Mutter fing ohne Ankündigung an, «Super Trouper» von ABBA zu singen, und alle stimmten sofort mit ein. Aber wie! Thores Vater übernahm den Bass, Johann den Tenor. Jasmin war vollkommen überrascht. Als ABBA-Fan kannte sie das Lied natürlich bestens und stieg in die Melodiestimme ein. Daraufhin wechselte Jette-Marie in den Alt. Sie sangen vierstimmig, was in der gekachelten Küche grandios klang: *Tonight the Super Trouper lights are gonna find me. Shining like the sun. Smiling, having fun. Feeling like a number one.* Thores Mutter strahlte glücklich in die Runde. Es folgte «Mamma Mia», wo Jasmin nicht ganz so textsicher war, aber wenigstens konnte sie die Melodie auf «nanana» mitsingen. Es stellte sich heraus, dass alle Traulsens sowohl Mitglieder in einem Chor als auch fanatische ABBA-Fans waren.

Viel zu spät sah Jasmin auf ihre Uhr. «Mist, ich habe mein Schiff verpasst.»

«Wir haben gerade Flut, ich kann dich eben rüberbringen», sagte Rickmer.

«Ach was, ich nehme den Zug.»

«Du weißt nicht, wovon du da redest: Dann müsstest du erst mal nach Westerland, mit der Bahn nach Niebüll, umsteigen nach Dagebüll und danach noch auf die Fähre. Das ist eine Weltreise. Glaub mir, bei Flut kann man direkt rüber nach Utersum fahren. Die See ist jetzt ruhig.»

Jasmin musste nicht lange überlegen. Die Hinfahrt um Amrum herum hatte ihr vom Seegang her gereicht. «In Ordnung, vielen Dank.»

Draußen schien die Nachmittagssonne warm vom Himmel herab. Jasmin folgte Rickmer auf den kleinen Kutter im Hörnumer Hafen. An Bord roch es nach Fisch und nassen Tauen. Sie blickte misstrauisch aufs Wasser. War es wirklich eine gute Idee gewesen, Rickmers Angebot anzunehmen? Nicht, dass sie doch noch seekrank wurde. Aber jetzt war es ohnehin zu spät. Er warf den Diesel an, löste die Leinen, und schon tuckerten sie hinaus.

Das Meer war friedlich, nichts schaukelte – genau, wie Rickmer es angekündigt hatte. Die Temperatur war angenehmer als an Land, und der Blick auf die drei Inseln, Föhr, Amrum und Sylt, war ein Traum. Thores Vater stand in der kleinen Kajüte am Ruder und sah aus, als wenn auch er den Anblick in vollen Zügen genoss. Obwohl er sein ganzes Leben hier verbracht hatte, hatte seine Faszination für diese Landschaft offensichtlich nicht nachgelassen.

Jasmin stellte sich neben ihn und überlegte, ob sie etwas sagen sollte. Doch das war überflüssig, die Nordsee in der Sonne sprach für sich. Sie nahm die Kamera, die auf dem kleinen Kartentisch lag, und fotografierte Rickmer am Ruder. Jede Falte seines wettergegerbten Gesichts wurde von der Abendsonne genau herausgearbeitet. Sechzig Jahre Nordsee waren hierin gespeichert, und zwar bei jedem Wetter. Von Fischer Rickmer und dem Meer im Abendlicht würde sie später unbedingt einen Abzug haben wollen.

«Ich mach die Fischerei nächstes Jahr dicht», sagte er. «Aber das braucht Thore noch nicht wissen, ja? Erst mal muss ich mit ihm reden. Es war nicht alles richtig, was ich damals zu ihm gesagt habe. Weißt du, ich habe gedacht, Johann will mir den Jungen abschnacken. Aber das war Quatsch. Thore ist einfach kein Fischer.»

Jasmin staunte, dass sich Rickmer ausgerechnet bei ihr seine Sorgen von der Seele redete. Sie stand neben dem kleinen Führerhaus und blickte auf das sprudelnde Nordseewasser und die drei Inseln, die in der Sonne leuchteten. Sie kamen ihr vor wie aus einer anderen Welt.

Rickmer sah sie mit ernstem Gesicht an: «Hast du eine Ahnung, was im Wattenmeer passiert, wenn ich nicht mehr fischen gehe?»

«Nee, was?»

Er griente. «Gar nichts! Ebbe und Flut kommen und gehen wie immer.»

Jasmin griente zurück und schaute nach vorne. Föhr kam immer näher. Sie wusste nicht, wieso, aber in diesem Moment war ihre Entscheidung gefallen. Sie würde bleiben.

27.

Fast zwei Wochen später stellte sich Thore auf der Südbrücke genau an die Stelle, an der er mit Ralf gestanden hatte, und starrte auf den Rhein. Er würde zurück nach Föhr gehen, das war ihm nach Keikes Besuch klargeworden. Sie war der Grund gewesen, weshalb er nach Köln gegangen war. Aber nun gab es keinen Grund mehr zu bleiben. Im Rückblick konnte er kaum noch nachvollziehen, was nach der Verlobung mit ihm losgewesen war. Er wusste es einfach nicht mehr. Daher stand sein Entschluss fest.

Und dennoch fiel ihm der Abschied schwer: von Ralf, der ihm ein Freund geworden war, von seinen Patienten im Krankenhaus, von den Schwestern, Pflegern und Ärzten. Und von Toni, die von Anfang an so herzlich zu ihm gewesen war.

Zum Glück war für seine Nachfolge schon gesorgt: Mit Ralfs Hilfe hatte er in Wuppertal eine tolle Clownin fürs Krankenhaus gefunden. Anke war genauso wie er kein Profi, sondern hatte bis dahin im Vertrieb eines IT-Konzerns gearbeitet. Sie war es gewohnt, sich mit jeder Faser ihres Körpers auf die Kunden einzustellen. Nur dass sie jetzt keine Software mehr verkaufen, sondern ihr Talent anders nutzen wollte. Auch als Clown musste man spüren, was in seinem Gegenüber vorging, ob der andere sich auf das Spiel einließ. Anke war gestern schon mal mit ihm im Krankenhaus mitgelaufen. Die beiden hatten sich perfekt ergänzt, und er konnte ihr mit gutem Gewissen seinen Job überlassen.

Jetzt verließ Thore die Brücke, ging am Rhein entlang zurück, dann unter der Zoobrücke hindurch bis in den Jugendpark am Mülheimer Hafen. Dort sah es ein bisschen aus wie zu Hause. Es gab Werften, Bootshallen, aufgeslippte Boote mit abgeblätterter Rumpffarbe und einen Lagerplatz für Bojen. Nur mit den Heimathäfen an sich konnte er sich immer noch nicht anfreunden: Köln, Wesel oder Duisburg waren für ihn Orte tief im Binnenland und keine echten Seehäfen. Er überquerte noch einmal den Touristenhotspot vorm Dom, auch den würde er vermissen, genauso wie die Liebesschlösser.

Er wollte bereits am nächsten Morgen los, deshalb verabschiedete er sich schon heute von Toni im Büdchen. Als er reinkam, hielt sie wie immer ihre obligatorische, nicht angezündete Zigarette in der Hand.

«Toni», sagte er, «ich muss zurück zu den Fischen im Norden.»

«Sag bloß, er hat dir bei uns nicht gefallen!»

«Doch, und vor allem bei dir. Charmante Kölner Frauen wie du sind natürlich niemals zu ersetzen.»

Sie lachte. «Du weißt, wie es geht, mein Lieber. – Machst du im Norden weiter den Clown?»

«Vielleicht nebenbei. Ansonsten suche ich mir wieder einen Job mit Ferienwohnungen.»

«Aber zum Karneval bist du hier, oder? Das muss!»

«Versprochen. Komm, wir rauchen eine zusammen.» Er zückte ein Feuerzeug und hielt es ihr hin. Sie hielt ihre Zigarette dagegen. Aus Höflichkeit nahm er auch eine. Toni genoss wirklich alles am Rauchen. Jede Geste und jede Bewegung sah elegant, ja, ein bisschen verführerisch aus. Er bewunderte, welch kunstvollen Kringel sie in die Luft blies. Schade, dass Rauchen so schädlich war, es konnte so etwas Zauberhaftes haben. Er war richtig traurig, als sie ihre Glimmstängel ausdrückten.

«Komm her, lass dich drücken.» Sie nahm ihn in die Arme. «Ich wünsch dir was, Thore.»

Später folgte der Abschied im Krankenhaus, vor dem er sich am meisten gefürchtet hatte. Hinter dem Altar in der Kapelle zog er ein letztes Mal sein Clownskostüm an und ging auf die Kinderstation. Das Plakat am Eingang mit der Aufschrift «För unse kranke Pänz» konnte er inzwischen übersetzen: «Pänz» waren auf Kölsch Kinder.

Er ging zur kleinen Sibel, die immer noch sehr erschöpft von der OP war. Ihre Augen strahlten, als er sich neben ihren Vater an ihr Bett setzte. Er hatte extra ein türkisches Lied für sie eingeübt, es hieß «Üsküdar'a Gideriken». Er hoffte, dass seine Aussprache einigermaßen verständlich war, jedenfalls gab er sein Bestes. Sibels Vater sang mit.

Als er fertig war, winkte Sibel ihm mit zwei Fingern zu, denn zum Klatschen war sie noch zu müde. Sibels Vater umarmte ihn.

«Meine Tochter redet nur von Clown. Clown ist Freund. Danke.»

Thore strich Sibel über die Stirn. «Ich fahre jetzt wieder zu den Puddingblumen in den Norden. Ich grüß sie von dir, okay?»

Er schenkte ihr einen Spielzeugclown und schrieb unter die Füße seine Föhrer Adresse und Telefonnummer. Dann bat er ihren Vater, ihm zu schreiben oder anzurufen, sobald Sibel entlassen wurde.

Als er die Tür zu ihrem Zimmer schloss, fühlte er sich traurig. Erschöpft ging er weiter zu Herrn Frings. Die Kruzifixe an den Wänden, die Betten in den Fluren, die Geräte, die überall herumstanden, all das war ihm so vertraut geworden. Für den dementen älteren Herrn war Thore der einzige Mensch auf der Welt, den er erkannte und freudig begrüßte. Thore sang ein letztes Mal mit ihm «Wenn die bunten Fahnen wehen».

Als er die Tür öffnete, um hinauszugehen, staunte er: Im Stationsflur standen neben Ralf sämtliche Pfleger und Schwestern sowie alle Kinder, die aufstehen durften, im Halbkreis. Sie trugen eine rote Nase, auch Professor Breitscheid, der jetzt auf ihn zukam und ihn in den Arm nahm. Die Kleinen hatten bunte Bilder gemalt. Thore war so gerührt, dass er kein Wort herausbrachte. Er musste sich schwer zusammenzureißen, um nicht laut zu schluchzen.

«Du willst mich nur weinen sehen», beschwerte er sich mit brüchiger Stimme bei Ralf.

«Das ist ja wohl das Mindeste, was du verdient hast», antwortete der.

Ralf und er fuhren ein letztes Mal mit dem Golf-Cabrio durch die Kölner Südstadt, mit offenem Verdeck, obwohl es eigentlich zu kühl dafür war. Irgendwann bog Ralf auf den Hof einer Taxizentrale ab, hinter der sich ein Lager für gebrauchte Möbel befand. Er stellte den Motor ab.

«Wir sind da.»

Thore stieg mit ihm aus. Was sollten sie hier? Doch die Frage beantwortete sich von selbst, als er neben der Taxizentrale ein kleines Firmenschild mit der Aufschrift «Hamam» entdeckte. Thore war noch nie in einem türkischen Dampfbad gewesen.

Am Eingang erwartete ihn eine Überraschung: Den Mann an der Kasse kannten sie, es war Achmed, der Vater von Sibel! Er umarmte sie überschwänglich.

«Der Clown ist da», rief er und freute sich wie wahnsinnig. Dass sie Eintritt zahlen wollten, wurde von ihm als Beleidigung angesehen. «Sibel bringt mich um, wenn ich sage, Clown war in Hamam.»

Der Hamam war nicht riesig, mit seinen hohen Decken wirkte er auf Thore eher wie eine Kapelle oder eine Moschee. Wände, Decke und Boden waren mit winzigen weißen Fliesen gekachelt, in die filigrane orientalische Ornamente eingearbeitet waren.

Kurze Zeit später traten Ralf und er mit flauschigen Handtüchern um die Hüften aus der Umkleidekabine. Zwei kräftige, glatzköpfige Männer baten sie auf einen niedrigen Tisch aus Steinen. Dort wurden sie mit harten und weichen Schwämmen eingeseift und massiert. Thore schloss die Augen und versank tief in seine Innenwelt. Es war fast noch schöner, als am Strand in der Sonne zu liegen. Alles in ihm wurde weich.

Köln lag auf einmal an der Nordsee, Toni stand in

einem Büdchen in Oldsum, Holgi verkaufte Hochzeitskleider auf der Hohenzollernbrücke, die bis zum Festland führte. Alle tauschten ihre Plätze und fühlten sich gut.

Als die Massage beendet war, blieb Thore noch einen Moment liegen und dämmerte leicht weg. Man sollte auf Föhr auch einen Hamam bauen, fand er.

Anschließend gingen Ralf und er in die Dampfsauna, die ebenfalls mit wunderbaren Mosaiken ausgestaltet war. Immer wieder goss Ralf eiskaltes Wasser aus einem kleinen Becken über Thores Rücken, wofür der sich postwendend bei ihm revanchierte.

«Die letzten Wochen zählen zu den besten Erfahrungen meines Lebens», sagte Thore. «Und das habe ich dir zu verdanken, Ralf.»

«Warum gehst du bloß zurück?», fragte der.

«Ich muss.»

«Ist es wegen deiner Keike, die dich besucht hat?»

Thore hatte ihm kurz von ihr erzählt. «Nein, die spielt zum Glück keine Rolle mehr.» Er stellte seine Füße in einen Bottich mit warmem Wasser.

Ralf goss ihm mehr kaltes Wasser über den Rücken. «Willst du es dir nicht noch mal überlegen? Was gibt es denn schon auf dieser einsamen Insel? Salziges Wasser und Sand, das ist doch keine Zivilisation!»

Thore lachte. «Du musst mich einfach mal besuchen kommen.»

«Ja, das sagt man immer so.»

«Nee, ich meine das nicht so, wie man es in der Kölsch-Kneipe sagt, sondern auf Norddeutsch: Ich lade dich hiermit offiziell zu mir nach Oldsum ein. Das gilt!»

Ralf lachte. «Dann komme ich tatsächlich.»

«Ich bitte darum.»

Ralf sah ihn ernst an. «Und bitte kümmere dich um Jasmin. Ich möchte, dass sie bald zurückkommt.»

«Ich rede mit ihr.»

«Ich verlass mich auf dich.»

«Aber keine Garantie.»

«Schade.»

Er verriet Ralf lieber nicht, dass er bei den letzten Telefonaten mit Jasmin eher das Gefühl bekommen hatte, sie wollte auf Föhr bleiben. Er schloss die Augen. Und war sofort auf Föhr in der Marsch und am Strand.

Gleichzeitig hatte er Angst vor der Rückkehr: Wo würde er Arbeit finden? Und wie würde es mit dem Wohnen werden? Er hatte sich noch nicht bei Jasmin gemeldet. Fürs Erste könnte er bestimmt mit ihr zusammen in seinem kleinen Häuschen wohnen, aber auf Dauer würde es eng werden.

28.

Jasmin hatte den Wecker früh gestellt und ging bereits um sieben Uhr mit einem Kaffee in der Hand im Wohnzimmer auf und ab. Sie stellte die Tasse auf der Kommode ab und griff nach einem unterarmlangen Stück Treibholz. Es war unglaublich leicht und sah sehr verschrumpelt aus. Wie lange es wohl im Meerwasser gelegen hatte?

Sie blickte auf das Aquarell über dem Kamin, das Thore selbst gemalt hatte. Immer wieder ließ sie ihren Föhr-Film von vorne abspielen: die Fahrradpanne auf dem Deich, die ersten Eindrücke von Thores Wohnung, Lars, der wie vom Himmel gefallen war, die Scheunenparty, Jens im Strandkorb, ihr Auftritt als «Queen of Utersum Beach», Alinas Besuch. Nun wollte sie für immer hierbleiben. Ein bisschen schummrig wurde ihr schon bei dem Gedanken.

Nach dem Frühstück ging sie zur Bushaltestelle, um nach Wyk zu fahren. Heute war ihr erster Tag im Inselkrankenhaus. Im Morgennebel waren die Reetdachhäuser kaum zu erkennen. Nur an einer Stelle im Osten war ein heller Lichtschein zu sehen, dort würde in kurzer Zeit die Sonne durchbrechen.

Am Vorabend war der Pflegeleiter der Inselklinik persönlich bei ihr vorbeigekommen, um sie zu fragen, ob sie spontan bereit wäre, eine Vertretung zu übernehmen. Dabei hatte sie im Inselkrankenhaus noch gar nicht offiziell zugesagt. Die Verwaltungschefin war wegen schwerer Grippe ausgefallen, und bevor sie jemanden vom Festland als Ersatz holten, wollten sie Jasmin gerne schon mal einarbeiten. Sie nahm es als Probelauf für ein mögliches Leben auf Föhr.

Inge saß schon um diese Zeit auf ihrer Bank am Ortsausgang, eingehüllt in eine Decke. Sie trug wieder ihre verspiegelte Sonnenbrille, was bei diesem Wetter keinen Sinn machte.

«Moin», grüßte Jasmin.

«Na, mien Deern, hü gungt et?», fragte Inge.

«Gud, und di?»

«Okay.»

Leider war keine Zeit, um länger zu reden, denn der Bus kam bereits angerollt. Außer Jasmin stiegen noch ein paar andere Oldsumer ein, die sie inzwischen vom Sehen kannte. Man grüßte sich mit einem freundlichen «Moin».

«Viel Glück», rief Inge ihr noch hinterher.

«Danke, das kann ich gebrauchen. Selber auch.»

Über die Marschdörfer ging es nach Wyk. Sie stieg am Friesenmuseum aus und ging zum Inselkrankenhaus im Rebbelstieg, das in der Morgensonne lag. An der Notaufnahme ging es vorbei in die Räume der Verwaltung. Alles war hier so viel kleiner als im Katholischen Krankenhaus in Köln. Nirgends hing ein Kruzifix, was fremd für sie war.

Als Erster kam Dr. Dettke auf sie zu. Er hatte ein Lächeln im Gesicht. «Schön, dass Sie da sind, Frau Höffgen.»

«Moin.»

«Wenn Sie jetzt wirklich bei uns anfangen, beantrage ich wohl besser Polizeischutz.»

Sie wusste erst nicht, was er damit meinte, dann erinnerte sie sich wieder und grinste. «Professor Breitscheid ist ziemlich kräftig.»

«Und er meint es ernst.»

Offiziell bummelte sie jetzt ihre Überstunden im Kölner Krankenhaus ab. Sie hatte noch gestern ihre Stelle gekündigt.

Als Nächstes kamen alle Pfleger und Krankenschwestern, die gerade Dienst hatten, zu ihr, um sich vorzustellen. Eine Schwester führte Jasmin in ein Büro, das direkt neben einer Station lag. So klein das Inselkrankenhaus sonst war, das Zimmer erschien ihr im Vergleich zu Köln wie eine Halle, es war bestimmt dreißig Quadratmeter groß.

Am Fenster stand ein Schreibtisch mit PC, an der Wand hinter ihr war eine Garderobe angebracht. Viel leerer Raum, der Luft zum Atmen ließ. Wenn sie das Fenster öffnete, roch es nach Meer. Den Soundtrack zur Arbeit lieferten die Rufe der Seemöwen und Austernfischer von der nahe gelegenen Nordsee.

Die Kollegen hatten ihr netterweise Kekse und einen Korb mit Obst neben den PC gestellt, der als Bildschirmschoner den Wyker Leuchtturm zeigte. Sie fuhr den Computer hoch und loggte sich ein. Das Verwaltungsprogramm war identisch mit dem in Köln. Sie lud ein paar Updates herunter, dann legte sie los.

Nach einer Weile klopfte es an der Tür. Dr. Dettke steckte seinen Kopf herein. «Sie kommen zurecht?», fragte er.

Es war erst vierzehn Tage her, dass er sie behandelt hatte. Eigentlich erstaunlich, dass sie jetzt hier in ihrem eigenen Büro saß und für ihn arbeitete.

«Alles bestens», antwortete sie. «Die Abrechnung habe ich bis übermorgen durch.»

Und das würde sie sogar vorerst mit sechs Stunden am Tag schaffen. Nachtschichten waren in der Verwaltung des Inselkrankenhauses nicht notwendig. Was ihr nach Köln sehr entgegenkam. Sie wollte erst einmal langsam wieder einsteigen.

«Großartig.»

Besser konnte ein Einstieg nicht laufen.

Gegen Mittag kam eine Nachricht von Thore auf ihr Smartphone.

Komme mit der 18:00-Fähre an. LG

Thore kündigte an, dass er heute Abend nach Föhr kommen würde?

Einfach so?

Kurz darauf kam die nächste SMS.

Können wir ein paar Tage gemeinsam in meiner Wohnung in Oldsum leben?

Das überrollte sie jetzt komplett. Wie stellte er sich das vor? Wo würden sie schlafen? Würde er ihr das Bett überlassen und auf dem Chesterfield-Sofa schlafen? Oder umgekehrt? *Mach dich locker, Jasmin, irgendwie wird es schon gehen*, mahnte sie sich.

Wenn sie ehrlich war, freute sie sich auf die nächsten Tage mit ihm. Thore war ein netter Mensch. Er war sogar ein sehr netter Mensch. Und gutaussehend obendrein ... Jetzt ging ihre Phantasie mit ihr durch, und sofort mahnte sie sich zur Vernunft.

Klasse!, schrieb sie zurück und legte dann das Handy beiseite.

Um drei Uhr war sie für heute fertig. Es war ein richtig guter Arbeitstag gewesen, in der Mittagspause hatte sie zusammen mit Pflegern, Schwestern und Ärzten am Surfrestaurant Pitschis gegessen, das direkt am Südstrand lag. Schöner ging es nicht. Sie fuhr den PC runter, sagte den Kollegen Tschüs und verließ zufrieden das Krankenhaus. Dann schlenderte sie auf der Promenade Richtung Altstadt. Das würde wohl ihr täglicher Spaziergang werden. Oder sie wanderte zur anderen Seite auf dem Deich in Richtung Nieblum.

Sie besorgte sich in der Buchhandlung «Bubu» einen Stapel Zeitschriften, trank bei Sylke vor der Confiserie einen Kaffee am Stehtisch und probierte bei Svantje im Hemd & Höschen eine schwarze, ziemlich gewagte Dessous-Kombi aus. Wie immer betrachtete sie ihre Figur kritisch im Spiegel. Sie fand ihren Körper an einigen Stellen durchaus in Ordnung, an anderen eher zum

Weggucken, obwohl sie auf Föhr weder zu- noch abgenommen hatte.

«Meinst du, ich kann das tragen?», fragte sie Svantje und trat aus der Umkleidekabine.

Svantje stellte sich neben sie und bemerkte nach einem kurzen professionellen Blick: «Das muss genau so.»

«Echt?»

«Aber ja!»

Es kam so überzeugend, dass Jasmin es sofort glaubte. Ob sie sich auch trauen würde, dieses Teil zu tragen, wenn sie das nächste Mal mit einem Mann zusammen war? Was wäre, wenn Thore es zufällig an ihr sehen würde? Das konnte ja passieren, wenn man sich eine Wohnung teilte ... *Dafür hast du es dir doch gekauft, Jasmin! Natürlich wirst du es tragen, gleich heute Abend.*

Als sie mit der kleinen Tüte aus dem Laden ging, vergaß sie erst mal das Figurthema und aß im Café neben dem Kino ein dickes Eis. Anschließend ließ sie sich bei Friseur Pohlmann die Spitzen schneiden. Wenn man dort, wie sie jetzt, auf einem bequemen Stuhl mit Blick aufs Meer saß, kam man sich vor wie eine V.I.P. aus Hollywood. Nebenbei wurde der neueste Inseltratsch ausgetauscht, bei dem sie schon gut mitreden konnte.

Mit ihrer neuen Frisur, etwas kürzer und an den Seiten gestuft, ging sie in die Altstadt. Als sie auf die Uhr sah, geriet sie leicht in Panik. In einer Stunde würde Thore schon mit der Fähre ankommen. Sie beschloss, noch kurz in ein, zwei Geschäfte zu gehen und dann aufzubrechen. Warum hatte sie so ein komisches Gefühl im Bauch?

29.

Thore saß am Steuer seines VW-Busses und trat das Gaspedal voll durch. Er wollte so wenig Zeit wie möglich auf der Piste verschwenden. Föhr zog ihn an wie ein übergroßer Magnet.

Hinter Hamburg wurde das Land flach und das Licht klarer, wie er es gewohnt war. Der Westwind zerrte an der Karosserie, er musste das Lenkrad mit beiden Händen gut festhalten. Endlich zu Hause! Lächelnd stellte er die Musik im Auto lauter. Schnelle Rhythmen peitschten ihn gegen den Wind zur Fähre. Das letzte Wegstück führte ihn über den Hauke-Haien-Koog nach Dagebüll.

Als er über den Deich zum Hafen fuhr, glitzerte die Nordsee in der Sonne, und Föhr lag in Sichtweite. Nach kurzer Wartezeit fuhr er auf die Fähre. Autos mit Nordfriesland-Kennzeichen wurden bevorzugt abgefertigt, als Insulaner war man Stammgast und kannte die Leute an Bord. Ob Jasmin es schaffen würde, ihn abzuholen? Vielleicht fand sie die Vorstellung, mit ihm in seiner kleinen Wohnung zu wohnen, aber auch unangenehm. Notfalls müsste er dann zu Lars ziehen.

Die Fähre legte ab. Es kam ihm vor wie die Überfahrt von einem alten in ein neues Leben.

«Moin, Thore!» Die rothaarige Esther, die immer die DJane auf den Scheunenpartys machte, stand vor ihm an Deck. Die Fähre war wie ein Treffpunkt für Insulaner. Irgendwen kannte man hier immer.

«Moin, Esther.» Sie umarmten sich. Wobei er jedes Mal aufs Neue staunte, dass sie sich körperlich fast auf Augenhöhe begegneten. Das war mit seinen 1,87 Metern selten, jedenfalls bei Frauen.

«Und?», fragte sie.

«Alles klar, und bei dir?», fragte er zurück.

«Ich habe letzte Nacht in Magdeburg aufgelegt.»

«Du kommst echt rum, super.»

Eigentlich war Esther Physiotherapeutin, verdiente aber als DJane viel mehr Geld.

«Ich ziehe bald aufs Festland», sagte sie. «Ist praktischer für mich. Dann muss ich nicht immer mit meinem Wagen und all dem DJ-Kram auf die Fähre. Das ist nämlich trotz Insulanerrabatt auf die Dauer ziemlich teuer.»

Komisch, wie sie sich hier begegneten: er auf dem Rückweg nach Föhr, sie kurz vor dem Abbruch auf der Insel.

«Schade, und wer legt dann bei uns auf?» Er hatte ihre Musik immer sehr gemocht.

«Ihr könnt mich ganz offiziell einladen, dann komme ich auch auf die Insel.»

Er lächelte. «Machen wir bestimmt. – Sag mal, hast du bei den letzten Scheunenpartys zufällig auch Jasmin kennengelernt?»

«Die bei dir wohnt? Sehr nette Frau, macht immer gute Laune. Und trotzdem nicht aufdringlich.»

Esthers Telefon klingelte, sie machte ein entschuldigendes Zeichen und verschwand. Thore blickte verträumt vom oberen Deck aufs Wattenmeer. Überall waren Sandbänke zu sehen, es roch nach zu Hause. Die Insel Langeneß lag gegenüber, und er konnte auf Föhr schon die Bäume und Büsche der Vogelkoje hinter dem Deich erkennen.

Im Wyker Hafen fuhr er langsam von Bord und suchte die Wartenden am Kai ab. Keine Jasmin zu sehen. Warum auch? Plötzlich kam er sich lächerlich vor, dass er überhaupt mit ihr gerechnet hatte. Stattdessen winkte ihm Keike zu – wieso Keike? Die wollte bestimmt jemand anderen abholen. Seit ihrem Besuch in Köln hatten sie keinen Kontakt mehr gehabt. Aber sie lief auf ihn zu und klopfte an seine Scheibe. Er ließ sie runter.

«Schön, dass du wieder da bist», sagte sie. «Jasmin hat mir erzählt, dass du heute ankommst. Ich hab sie vorhin zufällig in der Goldschmiede gesehen. Übrigens wollte ich dir noch mal sagen, wie toll ich es fand, was du in Köln im Krankenhaus gemacht hast.»

In diesem Moment musste Thore an Sibel denken. Ralf hatte ihm gemailt, dass sie heute das erste Mal aufgestanden war.

«Wo ist Jasmin jetzt?», fragte er.

«Keine Ahnung, vielleicht im Krankenhaus? Sie arbeitet da ja seit heute.»

«Ich weiß.»

«Wir können doch mal wieder was zusammen unternehmen», schlug Keike vor. «Ich meinte, als gute Freunde. Das würde ich mir jedenfalls wünschen.»

«Ja», sagte Thore. «Ich muss dann mal.»

«Ich habe nachgedacht, Thore», fuhr Keike unbeirrt fort, «über damals. Ich glaube, ich habe etwas von dir verlangt, was du nicht konntest. Das kann ich dir nicht vorwerfen.»

Das war bestimmt alles wahr, nur wollte er gerade nicht darüber reden!

«Ein andern Mal, Keike», sagte er und ließ die Fensterscheibe hoch. Mit aufheulendem Motor fuhr er in Richtung Inselkrankenhaus.

Dort angekommen, ging er schnellen Schrittes durch die Notaufnahme zu den Verwaltungsräumen. Im Stationszimmer traf er jedoch nur Alexander, den Seitenscheitel-Verlobten von Keike, der gerade etwas in den PC tippte. Sein weißer Arztkittel wirkte viel zu groß für ihn. Es war schon seltsam. Das letzte Mal hatte er ihn auf seiner Verlobung mit Keike in Kohfahls Villa gesehen.

«Moin», grüßte Thore.

«Moin», grüßte Alexander kühl zurück. Als Ex stand er bei ihm nicht hoch im Ansehen, aber das war ihm egal.

«Ist Jasmin da?»

«Nee, die ist schon weg. Ist aber schon ein bisschen her.»

«Weißt du, wohin?»

«Wohl nach Hause.»

«Mit dem Rad?»

«Ja.»

Ohne sich zu verabschieden lief Thore hinaus. Langsam wurde er halb wahnsinnig. Jetzt war er endlich auf Föhr, und Jasmin war nirgends zu finden.

Er fuhr so schnell er konnte aus Wyk heraus und suchte

die Marsch ab. Welchen Weg hatte sie wohl genommen? Den kürzesten oder den schönsten? Er fuhr erst die Landesstraße entlang, dann kreuz und quer über die Feldwege. Schließlich kletterte er aufs Dach seines Busses, als sei er auf einer Safari, und suchte die Landschaft ab. Eigentlich war in der flachen Marsch alles mehr oder weniger in Sichtweite, Jasmin war trotzdem nirgends zu entdecken. Er drehte um und fuhr Richtung Oldsum. Wie es wohl sein würde, wenn sie sich trafen? Würden sie sich umarmen? Auf die Wange küssen?

Dann entdeckte er sie doch noch, kurz vor Toftum auf einer Nebenstrecke. Sie saß auf seinem Rad und kämpfte sich gegen den Westwind voran. Endlich!

Er hupte, überholte sie und hielt an. Sie stoppte ebenfalls, stieg aber nicht vom Rad. Toll sah sie aus, ihre Haare wehten im Wind. Sie waren kürzer als beim letzten Mal, was ihr gut stand. Er stieg aus. Sie guckte ihn ernst an und streckte ihm steif die Hand entgegen.

«Moin», sagte sie kühl. Sie schien nicht besonders erfreut zu sein, ihn wiederzusehen.

«Moin», sagte er leise.

«Ich konnte nicht zur Fähre kommen.»

Immerhin schien sie das vorgehabt zu haben.

«Macht nichts. Schmeiß dein Fahrrad hinten bei mir rein, ich nehme dich mit.»

«Ich will nur meine Sachen in Oldsum holen und dann abhauen.»

Sie schaute ihn kaum an. Wo war der freundliche, unbeschwerte Ton geblieben? Die bunten Themen, die zwischen ihnen nur so hin- und herflogen?

«Du musst nicht wegziehen», sagte er.

Was war nur los mit ihr? Nichts, aber auch gar nichts von ihrer Fröhlichkeit und Wärme war noch zu spüren. Er warf ihr Rad hinten in den Bus, sie setzte sich neben ihn. Während der Fahrt schwiegen sie. Als ob sie sich nichts zu sagen hätten. Dabei hatten sie sich seit dem Wohnungstausch fast jeden Tag gehört. Sollte er sie direkt fragen, was los war?

In seiner Wohnung wollte sie nicht mal einen Tee mit ihm trinken. «Ich möchte gleich weiter», erklärte sie. Dann packte sie in Windeseile ihre Sachen und drückte ihm den Wohnungsschlüssel in die Hand.

«Vielen Dank noch mal für alles», sagte sie förmlich. «Der Kühlschrank ist voll.»

«Vielen Dank sage *ich*», antwortete er genauso steif. «Ich kann dich fahren.»

Jasmin nahm ihren Koffer in die Hand. «Danke, ich nehme den Bus.»

«Nein, ich bringe dich.»

Sie zögerte einen Moment, stieg dann aber doch in sein Auto. Er hoffte immer noch, dass der Knoten vielleicht doch noch platzte, irgendetwas passierte. Vielleicht war ihre Oma gestorben, oder etwas anderes war geschehen. Oder sie hatte jemanden kennengelernt. Lief da doch was mit Jens, oder mit Lars?

Schweigend fuhr er sie in die Pension, die sie in Wyk gefunden hatte. «Du musst nicht ausziehen», erklärte er noch einmal. «Ich kann im Wohnzimmer schlafen.»

«Ich weiß», antwortete sie und zog ihren Koffer aus dem Wagen.

War es das? Er versuchte, sich seine Enttäuschung nicht anmerken zu lassen, was ihm wohl nur sehr schlecht gelang.

«Und wie geht's für dich weiter?», fragte er.

«Ich beende die Abrechnung im Krankenhaus, dann ziehe ich nach Köln zurück.»

«Schade.»

«Irgendwann geht halt jeder Urlaub mal zu Ende.» Sie setzte ein freundliches Gesicht auf, das er ihr nicht abnahm.

Er wagte einen letzten Versuch. «Du wolltest doch bleiben und in der Inselklinik …»

«Nein, das habe ich mir anders überlegt. Ich gehöre an den Rhein, nach Köln.»

Sie gab ihm die Hand und stieg aus. Ohne sich noch einmal umzublicken, betrat sie die Pension.

Thore fuhr zurück in sein Haus, legte sich auf sein Chesterfield-Sofa und starrte auf das Reet an der Decke. Anscheinend hatte er nichts verstanden und wieder einmal alles falsch gemacht.

30.

Das Leben blieb für ihn auf Föhr nicht stehen. In den ersten Tagen musste er sich dringend ums Geldverdienen kümmern. Der Job als Klinikclown war finanziell plus/minus null ausgegangen, es war kaum etwas hängen geblieben. Und an seine Ersparnisse wollte er nicht ran, wenn nicht unbedingt nötig.

Beim Einkauf im Oldsumer Edeka-Markt steckte ihm die alte Inge Hansen, dass sein ehemaliger Chef Holgi Petersen in den letzten Wochen die Verwaltung der Ferienwohnungen übernommen und den Aufwand wohl gewaltig unterschätzt hatte. Das alles machte mehr Arbeit, als er bewältigen konnte, zumal er ja nebenbei noch zwei Restaurants besaß. Er wollte dringend jemanden einstellen.

Thore machte sich auf den Weg über die Insel, um Holgi zu suchen, und fand ihn am Seglerhafen, wie immer. Er fummelte gerade an seinem Trailer herum, auf dem sein kleines Motorboot stand. Holgi sah aus wie immer: wuselige Haare und ölverschmiert. Thore stieg aus und stellte sich mit einem flauen Gefühl im Magen zu ihm. Immerhin war er von einem Tag auf den anderen nach Köln abgehauen.

«Moin, Holgi», grüßte er.

«Moin, Thore. Na, auf Urlaub aus Köln?» Holgi wirkte sehr kühl. Es war die Frage, ob es überhaupt Sinn machte, mit ihm über den Job zu reden. Wahrscheinlich war er immer noch sauer.

«Nee, bin wieder ganz zurück.»

«Köln war nix?» Holgi fummelte weiter an seinem Trailer herum, ohne ihn anzuschauen.

«Nich für immer.»

«Und …?»

«Was ‹und›?»

Er warf ihm einen kurzen Blick zu. «Ich will es von dir hören.»

«Was?»

«‹Kann ich wieder bei dir anfangen, großer, gütiger Chef Holgi Petersen›?» Er grinste ihm ins Gesicht.

«Hättest du denn was?»

Holgi tat ungerührt. «Eigentlich sollte ich kein Wort mehr mit dir schnacken. Einfach abzuhauen, mitten in der Hauptsaison!»

«War 'ne echte Ausnahme.»

«Ich weiß, die Frauen. – Na, lass man …»

«Ab wann?»

«Ab diesem Moment. Aber mit Festanstellung, das ist meine Bedingung. Dann hast du drei Monate Kündigungsfrist und kannst nicht ungestraft von einem Tag auf den andere verschwinden.»

«Okay.»

«Was du an Nebenjobs machst, ist mir egal. Aber meine Firma hat immer Vorrang, klar?»

«Föl Thoonk», sagte Thore auf Fering.

Holgi blickte ihm ins Gesicht. «Wir ham alle mal 'ne schlechte Phase. Ich weiß ja, dass du sonst zuverlässig bist und richtig reinhauen kannst. Pack mal mit an.»

Sie schoben zusammen den Trailer mit dem Boot Richtung Wasser.

Mit dem Job hatte er unglaubliches Glück gehabt, wenigstens das. Nun wollte er auf Föhr so schnell wie möglich zu einem Alltag zurückfinden. Die Gespräche mit Jasmin fehlten ihm. Sie waren so viele Kilometer voneinander entfernt gewesen, und trotzdem waren sie zu einer Art Seelenverwandten geworden, auch wenn es oft nur kurze Telefonate gewesen waren. Als er sie auf Föhr wiedergesehen hatte, war sie noch schöner gewesen als in seiner Erinnerung. Sie hatte immer noch das Schillernde von ihrem Treffen auf dem Deich. Nur dass er sich das damals noch nicht eingestanden hatte, weil er in Gedanken immer noch bei Keike war. Das war jetzt anders.

Leider herrschte absolute Funkstille zwischen ihnen. Er war eben nicht der Typ, dem alle Frauen zu Füßen lagen, und eine Klassefrau wie Jasmin schon gar nicht. Aber was war bloß passiert? Am Telefon und in ihren Mails war alles so leicht zwischen ihnen gewesen, gleichzeitig hatte jeder für den anderen mitgedacht. Egal, für fehlende Gefühle gab es keinen Ersatz, er musste sich damit abfinden.

Ein paar Tage später stand Thore auf dem Parkplatz des Wyker Hafens an eine Straßenlaterne gelehnt. Touristen wuselten mit Rollkoffern herum oder warteten in vollgepackten Autos auf die Rückreise. Er sollte die Koslowskis aus Leverkusen von der Fähre abholen, ein junges Pärchen, das ein wunderschönes Friesenhaus in Oevenum gemietet hatte.

Die Fähre machte einen eleganten Schlenker vor der Hafenmündung, bevor sie anlegte. Als die Leute von Bord gingen, hielt er ein Schild hoch, auf dem stand «Moin, Herr und Frau Koslowski».

Die beiden kamen über die Fußgängerbrücke mit schwerem Gepäck auf ihn zu. Frau Koslowski war bestimmt zwanzig Jahre jünger als ihr Mann und trug ein weites indisches Kleid, ihr Mann eine Cargohose.

«Welche Energieklasse hat Ihr Wagen?», fragte Herr Koslowski, kaum dass sie in seinem VW-Bus saßen. Dann hielt er ihm auf der ganzen Strecke von Wyk bis Oevenum einen Vortrag über Elektroautos, die mit Solarstrom geladen wurden. Nicht dass Thore das nicht vernünftig fand, nur war es gerade überhaupt nicht sein Thema. Seine persönliche Energieklasse war ihm zurzeit wichtiger, denn die lag immer noch ziemlich am Boden.

Er lieferte die Koslowskis ab und war schon fast wieder in Oldsum, da meldete sich Holgi.

«Thore, du musst noch mal zurück nach Oevenum. Wir haben da einen schwierigen Kunden, zwei Häuser weiter von den Koslowskis, der hat sich über das Bettzeug beschwert.»

«Was ist damit?»

«Zu weich oder zu steif, keine Ahnung. Du weißt, es gibt diese Typen, denen man es nicht recht machen kann.

Ich hab den gestern von der Fähre abgeholt, da war der schon extrem nörgelig.»

«Macht er alleine Urlaub?»

«Ja. Und wundert sich wahrscheinlich auch noch, dass er keine Frau abkriegt. Guckst du mal nach?»

Ein meckernder Psycho war das Letzte, wonach sich Thore gerade sehnte. «Wieso ich?»

«Ich komm mit dem nicht klar. Und bevor ich ihm noch eine lange ...»

Holgi war ein Typ, der sonst mit allen Menschen konnte. Der Kunde musste ein echter Härtefall sein. Da Thore seinem Chef noch einiges schuldig war, machte er sich auf den Weg. Als er aus Oldsum herausfuhr, dachte er wieder an Jasmin. Wo sie wohl gerade steckte? Im Inselkrankenhaus, um sich zu verabschieden? Oder ein letztes Mal am Strand? Sie sollten sich unbedingt noch einmal treffen, bevor sie nach Köln zurückging. Am besten sofort.

Aber statt zu Jasmin fuhr er nun zu einem nervigen Kerl, der unfähig war, seinen Urlaub einfach zu genießen. Die Ferienwohnung lag in einem Traum von Reetdachhaus in Oevenum. Thore stieg aus. Am liebsten hätte er sich die rote Nase aufgesetzt, die er aus Köln mitgenommen hatte. Damit würde er die Auseinandersetzung von vornherein ins Absurde zu ziehen. Vielleicht half das ja, die Emotionen zu dämpfen. Nur würde der Kunde dann wohl noch mehr Ärger machen, weil er sich nicht ernst genommen fühlte.

Er grinste. Egal, die Idee war gar nicht so schlecht. Das Überraschungsmoment wäre auf seiner Seite. Er ging zurück zum Wagen und setzte sich die Nase auf. Mal sehen, was passierte. Er klopfte laut an die Tür und legte die fröhlichste Stimme auf, die er draufhatte:

«Moiiiiin! Ferienwoooohnungen Peeetersen.»

«Was wollen Sie? Ich habe nichts bestellt!», kam es von drinnen. Es klang gereizt. Querulanten nervte nichts mehr als fröhliche, gutgelaunte Menschen.

«Ich komm wegen der Bettwäsche», flötete er.

«Moment!»

Solche Typen ließen einen ewig warten, das hatte Thore oft erlebt. Zum Glück waren die meisten Urlauber nett, so was wie den gab es höchstens ein- bis zweimal pro Saison. Thore rückte die rote Nase noch mal zurecht, die Tür wurde aufgerissen.

«Nein!»

Vor ihm stand ein Zweimetermann in kurzer gelber Hose und einem T-Shirt der «Dallas Mavericks». Er trug ebenfalls eine rote Nase im Gesicht.

Ralf. Oder träumte er das nur?

Nein, er war es wirklich! Kurz sahen sie sich an, dann fielen sie sich in die Arme.

«Wo kommst du denn her?», rief Thore.

Ralf lachte. «Hat dein Chef die Nummer mit dem schwierigen Kunden durchgezogen?»

«Das bekommst du wieder!», knurrte Thore freundlich. «Und zwar genau dann, wenn du überhaupt nicht mehr damit rechnest.»

Ralf lachte immer noch. «Ich finde es auch schön, dass wir uns wiedersehen, Thore.»

«Wieso bist du nicht zu mir nach Oldsum gekommen? Du hattest eine Einladung, schon vergessen?»

«Ich wollte das junge Glück nicht stören.»

Thore wurde schlagartig ernst. «Was für ein junges Glück?»

Ralf verzog gequält das Gesicht. «Oje.»

Sie setzten sich auf die Terrasse. Die Sonne schien, und gleichzeitig fegte ein warmer Wind von der Marsch durch den kleinen Garten.

«Willst du drüber reden?», fragte Ralf.

«Später. Ein Seelsorger wie du hat auch mal Urlaub.»

«Vergiss es, ich bin nicht dein Seelsorger.»

«Sondern?»

«Dein Freund.»

Ralf schnappte sich sein Handy und ging kurz ins Haus, um zu telefonieren. Thore blickte auf die Schaukel im Garten. Diese Wohnung wurde oft an Familien vermietet. Als Ralf wiederkam, sagte er:

«Komm, wir gehen was essen. Ich lade dich ein.»

«An was dachtest du?», fragte Thore.

«Ins Klein-Helgoland? Das soll schön sein, habe ich gehört.»

«Sehr gute Wahl.»

«Darf ich jemanden mitbringen?»

«Klar, wen?»

«Meine gute alte Freundin Jasmin.»

Thore spürte einen Stich im Bauch. «Falls du uns verkuppeln willst, vergiss es.»

«Okay, merke ich mir.»

«Sie will zurück nach Köln.»

«Fürs Katholische Krankenhaus ist das eine gute Nachricht – und für mich auch.»

«Herzlichen Glückwunsch», grummelte Thore, was böser klang, als er es gewollt hatte. «Entschuldigung, ist schon in Ordnung.»

Dann stiegen sie in seinen Bus und fuhren los.

31.

Jasmin wartete im Klein-Helgoland an einem Fenstertisch auf Ralf und Thore. Sie hatte sich eine Jeans und eine weiße Bluse angezogen, darunter ihr neues schwarzes Top, das sie sich bei Svantje besorgt hatte. Das Restaurant befand sich in einem relativ neuen Gebäude mit wunderschönem Wintergarten und einem großen Außenbereich. Der Ausblick war spektakulär: Das Haus lag direkt am Meer, und zwar *vor* dem Deich, was auf Föhr eine Ausnahme war. Sie blickte aufs Wasser, das in der Abendsonne hell schillerte. Gegenüber, nur wenige Seemeilen entfernt, lag das Festland. Die unzähligen Windräder drehten sich träge im schwachen Wind. Bald würde sie wieder dort drüben sein. Hoffentlich reichte der Anlauf, den sie auf Föhr genommen hatte, für den großen Sprung nach Köln. Durch die Masten der Boote im Seglerhafen sah sie die Fähre, mit der sie hierhergekommen war. Die würde sie bald wieder in ihre alte Welt zurückbringen.

Jetzt sah sie Thore und Ralf über den Deich kommen. Es war das erste Mal, dass sie die beiden zusammen sah. Zu dritt hatten sie sich noch nie getroffen, obwohl jeder den anderen kannte. Unter anderen Umständen hätte das wunderbar werden können, stattdessen musste sie nun die Zähne zusammenbeißen, um die nächsten Stunden einigermaßen zu überstehen. Es gab nur einen Trost: Auch dieses Essen würde irgendwann vorbei sein. Sie blickte den beiden tapfer entgegen und meinte eine gewisse Traurigkeit in Thores Augen zu erkennen. Oder hoffte sie das nur?

Die beiden betraten das Restaurant. Sie erhob sich von ihrem Platz und umarmte Ralf.

«Wie schön, dass du da bist!» Dass Ralf und sie sich hier auf Föhr trafen, war etwas Besonderes für sie. Seinetwegen würde sie vielleicht sogar ein paar Tage länger bleiben und ihm die Insel zeigen.

Thore gab sie förmlich die Hand. Er setzte sich auf den Platz ihr gegenüber, Ralf neben sie, dann blickten sie schweigend übers Wattenmeer hinweg aufs Festland.

Die Wände im Klein-Helgoland waren mit typischen friesischen Motiven gekachelt, es gab einen Ofen und eine großartige Kuchentheke. Das Licht, das aufs Meerwasser fiel, wurde an der hellen Decke reflektiert. Wäre sie auf Föhr geblieben, wäre dies mit Sicherheit eines ihrer Stammrestaurants geworden. Schöner ging es kaum. Aber in Thores Nähe fühlte sie sich wie gelähmt und konnte kaum etwas sagen.

Zum Glück kam die Kellnerin sofort. Sie hatte dickes schwarzes Haar und war sehr jung, höchstens achtzehn. Jasmin hatte sie schon mal in Svantjes Hemd & Höschen gesehen. Sie bestellten eine Flasche Riesling und alle dasselbe zu essen: vorweg eine Krabbensuppe und als Hauptgericht Steinbeißer mit Mandel-Kräuterkruste und mediterranem Gemüse.

Als die Kellnerin weg war, schwiegen sie wieder. Der Einzige, dem es gutzugehen schien, war Ralf.

«Es ist ein historischer Moment, dass wir hier zusammenkommen», stellte er in seinem rheinischen Singsang fest. «Das sollten wir feiern.»

Bei ihm klang es wie die Ankündigung einer Party, was vollkommen absurd war. Das musste er doch wissen, oder? Thore und sie vermieden es, sich anzuschauen, was an dem kleinen Tisch anstrengend war, denn die schwierige Frage lautete: Wo schaute man stattdessen hin? Es boten sich nur Ralf und das Wattenmeer an.

«Sagt mal, der Deich, auf dem ihr euch kennengelernt habt, war der gleich hinterm Restaurant?», erkundigte sich Ralf.

Ihr hing eine einzelne Haarsträhne von der Stirn herunter, die sie zwischendurch immer wieder wegblies. Ja, der berühmte Deich, auf dem alles begann. Mit Autoquartett und Wohnungstausch. Im Grunde hatte alles schon mit einer Panne gestartet. Immerhin hatten die Ereignisse sie für ein paar Wochen nach Föhr gebracht. Das war auch schon alles.

Sie schwiegen weiter, während sie auf das Essen warteten. Jasmin stellte sich vor, dass sie Thore auf den Hals küsste, dann auf den Mund. Dass er ihr durchs Haar strich und sie ebenfalls küsste. Sie überlegte kurz, ob sie es nicht einfach tun sollte. Auch wenn es in die Katastrophe führte. Ihr hätte schon genügt, wenn er mitgespielt hätte, ihretwegen, nur einmal. Auch wenn er es nicht wollte.

«Das Wetter auf Föhr ist besser als sein Ruf», erklärte

Ralf. Thore schien amüsiert über dieses Verlegenheitsthema zu sein, er grinste schräg in sich hinein.

«Und wenn es mal regnet, dann nie den ganzen Tag», ergänzte Jasmin.

«Auf Föhr scheint statistisch häufiger die Sonne als in Köln», gab Thore zum Besten.

Sie läge Hand in Hand mit ihm am Strand, und er drehte sich zu ihr hin. Es gäbe nur sie und ihn, den Himmel und den Ozean. Irgendwann würden sie in den Dünen verschwinden …

«Es ist doch wunderbar, dass es das Wetter gibt: Da hat man immer ein Thema», sagte Jasmin. «Und das Wetter ist ja auch wirklich nicht unwichtig.»

Ihr Gespräch war wie ein winziges Flämmchen, das die ganze Zeit zu erlöschen drohte. Zum Glück kam jetzt die Krabbensuppe, die sie ohne Worte in sich hineinlöffelten. Immer wenn einer mit dem silbernen Löffel das Porzellan berührte, ließ ein kleines Geräusch sie kurz aufschrecken. Als die Teller leer waren, blickten alle hinaus auf Meer. Die Wasseroberfläche war schwer in Bewegung, der Westwind hauchte ein paar winzige Wellen aufs Wasser.

«In England reden immer alle Menschen übers Wetter», sagte Thore nach einer Weile. «Das gehört da zum guten Ton, auch in Mails und am Telefon.»

Sie war kurz davor, ihn zu küssen, nur einmal, damit sie wusste, wie es war. Was hatte sie noch zu verlieren?

«Ich finde das überhaupt nicht albern», meldete sich Ralf zu Wort. «Das Wetter ist von Gott gesandt und geht über uns hinaus. Wir können es nicht beeinflussen, sondern müssen es in Demut empfangen.»

«Das klingt etwas pathetisch, aber es stimmt», fand Thore.

Ralf nickte und breitete die Arme aus wie beim Segen in der Messe, was er privat sonst nie tat. «Ja, das Wetter ist so groß wie der Herrgott selbst.»

Vor ihr saß der Mann ihres Lebens, und sie redete übers Wetter und den Herrgott! Es wurde immer absurder.

«Das Wetter ist wie die Zeit», warf Thore ein.

War ihr vorher nie aufgefallen, wie gut er aussah? Seine schlanken Handgelenke und die sinnlichen Lippen?

«Du hast recht, die Zeit läuft und läuft, jetzt haben wir schon wieder Sommer», sagte Ralf, während Jasmin sich fragte, was wohl passierte, wenn sie jetzt tatsächlich aufstand, sich zu Thore beugte und ihn küsste. Würde er sie ohrfeigen? Oder zurückküssen? Was wäre wahrscheinlicher? Es würde auf jeden Fall zu *nichts* führen, das musste sie sich immer wieder einhämmern.

«Bald ist wieder Weihnachten», seufzte Ralf. «Ich finde, das geht alles wahnsinnig schnell, geht euch das nicht so?»

«Doch», antworteten Thore und sie gleichzeitig, als hätten sie sich abgesprochen.

Da beschloss Jasmin, es zu tun! Sie hatte sowieso schon verloren, aber falls es eine Ein-Prozent-Chance gab, sollte sie sie nutzen. Wenn sie nicht aufpasste, war ihr Leben vorbei, bevor sie richtig gelebt hatte. Sie spannte alle Muskeln an, die sie brauchte, um aufzustehen und sich zu ihm vorzubeugen. Dass Ralf neben ihr saß, war ihr auch schon egal.

Sie traute sich trotzdem nicht. *Du bist ein Feigling, Jasmin Höffgen*, schimpfte sie mit sich im Stillen. Auf der anderen Seite der Insel ging langsam die Sonne unter, die Sandbänke und die Häuser auf den Warften der weiter entfernten Hallig Langeneß leuchteten rötlich auf. Bis der Hauptgang kam, dauerte es. Sie sollte gehen, statt sich weiter zu quälen.

«Wie fandest du Köln überhaupt?», fragte Ralf Thore.

Thore guckte ihn leicht irritiert an. Mit Sicherheit hatten er und Ralf öfter darüber geredet. Immerhin hatten sie im Krankenhaus zusammengearbeitet und auch privat viel zusammen unternommen, soviel Jasmin wusste.

«Super», murmelte Thore.

«Ich finde es auch gut», sagte Jasmin und starrte auf das Glas Mineralwasser vor sich.

Ralf zog seine rechte Augenbraue hoch. «Besser als Föhr?»

Es war schon fast sadistisch.

Sie warf ihm einen nervösen Blick zu. «Kann man schwer vergleichen.»

Als wenn nicht alles schon schlimm genug gewesen wäre, enterten nun auch noch Keike und Alexander das Klein-Helgoland! Auf die beiden hätte Jasmin liebend gerne verzichtet. So etwas Dämliches konnte einem auch nur auf einer überschaubaren Insel wie Föhr passieren.

«Moin», rief Keike und umarmte Thore und sie zur Begrüßung. Dann stellte sie sich Ralf vor. Der stand höflich auf und drückte ihr und Alexander die Hand. Was für eine Farce!

Jasmin war sich mittlerweile sicher, dass die Verlobung von Keike und Alexander eine Formsache gewesen war.

Keikes große Liebe blieb Thore und würde es immer bleiben.

«Wir wollen nur einen Aperol trinken», rief Keike. «Und dann gehen wir auf die Scheunenparty. Kommt doch mit!»

Bitte? Nein!

«... Esther legt das letzte Mal auf, bevor sie aufs Festland zieht. Es wird bestimmt klasse.»

Ohne zu fragen, organisierte sie zwei Stühle, und schon saßen sie und Alexander bei ihnen am Tisch. Die Kellnerin kam mit dem Steinbeißer, einer Spezialität des Hauses, wie Jasmin jetzt erfuhr. Trotzdem kriegte sie kaum einen Bissen runter. In ihr sperrte sich alles: Sie wollte nicht mit Keike, Alexander, Ralf und vor allem nicht mit Thore auf die Scheunenparty gehen. Allein die Vorstellung war schon gruselig.

«Also, ich hätte große Lust!», rief Ralf begeistert.

«Super!» Keike erhob ihr Aperol-Glas, und alle wurden genötigt, auf den gemeinsamen Abend und die Party, die vor ihnen lag, anzustoßen. Danach plapperte Keike wild weiter, erzählte, wer heute alles in ihrer Goldschmiede gewesen war und was sie als Nächstes mit dem Laden vorhatte.

Für Jasmin war es die Hölle. Sie wäre am liebsten aufgestanden und gegangen. Stattdessen blieb sie starr am Tisch sitzen und aß den Steinbeißer, der bestimmt überragend schmeckte. Nur heute nicht – was wirklich nicht am Koch lag.

32.

Sie betrat zusammen mit Thore, Ralf, Keike und Alexander die Scheune in der Marsch. Im hinteren Teil standen die Trecker, zu beiden Seiten türmten sich Heuballen bis zur Decke, im Gang dazwischen wurde wild getanzt, wie die letzten Male. Esther stand an ihrem Pult und legte auf. Ralf zog Jasmin ohne zu zögern auf die Tanzfläche, und auch Keike und Alexander tanzten sofort los.

Thore kletterte in das Führerhaus eines riesigen Treckers und spielte an den Hebeln neben dem Lenkrad herum. Das Essen im Klein-Helgoland war für ihn bestimmt auch nicht gerade der schönste Abend seines Lebens gewesen. Fast tat er ihr leid. Aber nur fast.

Sie erinnerte sich noch genau, wie sie durch die Altstadt geschlendert und mehr oder weniger zufällig in Keikes Goldschmiede gelandet war. Was sie dort erfahren hatte, hatte ihre Sicht auf Thore komplett verändert.

Sie ging auf das kleine, weiß gestrichene Fischerhaus zu, an dessen Eingang Kletterrosen um das Schild mit der Aufschrift «Keike-Design» rankten. In den Schaufenstern waren wunderschöne, geschmackvolle Ringe und Armreife ausgestellt, schlicht und elegant, aber niemals protzig. Vieles in Silber, was sie sowieso lieber mochte als Gold. Von ihrem Handwerk verstand Keike etwas, das musste man zugeben.

Jasmin war noch nie dort gewesen. Als sie eintrat, lud Keike sie in ihre Werkstatt ein, und sie schaute ihr beim Löten zu, während sie ein bisschen plauderten.

«Weißt du zufällig, wann Thore wieder nach Föhr kommt?», hatte Keike gefragt.

«Ja, nachher, mit der 18-Uhr-Fähre.»

«Echt?» Keike polierte einen Goldring mit einem Tuch. «Dann musst du also wieder zurück nach Köln?»

«Keine Ahnung», sagte Jasmin.

Keike sah sie erstaunt an. «Heißt das, du willst auf Föhr bleiben?»

«Ehrlich gesagt, ja, ich denke schon.»

«Davon hat Thore gar nichts gesagt», sagte Keike.

«Ach, habt ihr telefoniert?»

«Nee, ich war doch zwei Tage bei ihm in Köln. Schöne Wohnung hast du, und ein ziemlich gemütliches Bett. Da kann man es auch zu zweit gut drin aushalten.» Sie grinste vielsagend und zwinkerte ihr zu.

Jasmin hatte sie mit offenem Mund angestarrt. Keike war mit Thore in ihrer Wohnung gewesen? Sie hatten zusammen in ihrem Bett geschlafen? Das konnte doch nur heißen, dass noch etwas zwischen den beiden lief. Was sonst? Thore und sie hatten bei ihren Telefonaten immer über alles geredet, aber Keikes Köln-Besuch hatte er mit keinem Wort erwähnt. Sie wusste in dem Moment nicht, was sie mehr traf: Dass Keike und er noch etwas miteinander hatten, oder dass er es ihr verschwiegen hatte. Von da an sah sie Thore mit anderen Augen. Sie war einfach nur enttäuscht. Zwar hatte sie auf dem Nachhauseweg versucht, sich zu beruhigen: Thore und sie waren ja nicht zusammen, er hatte keine Verpflichtung, ihr die Wahrheit zu sagen. Spätestens wenn sie wieder in Köln war – und nun war klar, dass sie zurückging –, würde er ihr aus dem Kopf gehen. Aber die Enttäuschung blieb.

Und jetzt stand Jasmin mitten in der Scheune und sah Keike dabei zu, wie sie mit Alexander tanzte. Diese Frau zog die Männer auf ihre Seite, und das gab ihr sicher Befriedigung. Es war wohl eine Art Hobby für sie.

Ralf ging zum Tresen und holte sich ein Bier, Jasmin folgte ihm.

«Moin, Jasmin.» Jens war dazugekommen. «Tanzen?», fragte er.

Sie nickte und ließ sich von ihm auf die Tanzfläche ziehen. Schade, dass sie sich nicht in ihn oder Lars verliebt hatte, das wäre einfacher gewesen. Beim Tanzen hatten sie in den letzten Wochen ein paar wilde Figuren auf dem Scheunenboden entwickelt, die sie nun vorführten. Sie war sich bewusst, dass Thore sie die ganze Zeit beobachtete. Gut so! Er sollte ruhig mitbekommen, dass sie von anderen begehrt wurde. Dann tauchte Lars auf und tanzte ebenfalls mit ihr. Sie fühlte sich wieder ein bisschen wie die Queen vom Strandkorb, auch wenn ihr innerlich erbärmlich zumute war.

Nach einer Weile brauchte sie frische Luft und ging hinaus vor die Scheunentür. Traurig blickte sie auf die weite Marsch im Abendlicht. Das hier würde einer der letzten Abende für sie auf Föhr sein, auf jeden Fall ihre letzte

Scheunenparty. Wie aus dem Nichts stand Thore neben ihr. Und jetzt? Sollten sie wieder übers Wetter reden oder darüber, wie schnell die Zeit vergeht? Sie schwiegen eine Weile. Und dann noch eine Weile, anschließend hängten sie noch eine Weile dran.

«Fühlst du dich gut?», fragte Thore plötzlich in die Stille hinein.

«Nein, du?»

«Nein.»

«Gehen wir ein Stück?»

«Okay.»

Sie gingen von der Party weg, quer über die Felder in Richtung Oldsumer Seedeich. Die Abendsonne warf lange, schräge Lichtschächte auf die Erde. Vom Deich kam ein leichter Seewind, der ein paar dunkle Wolken vor sich hertrieb. Mit der Sonne würde es bald vorbei sein.

«Wie wäre es, wenn wir uns einfach mal die Wahrheit sagen?», schlug Thore vor. «Ganz ohne Filter und ohne Spielchen.»

«Okay», antwortete sie und schluckte. Das war hochriskant. Wenn Thore trickste, war sie ihm schutzlos ausgeliefert. Doch irgendwie vertraute sie ihm immer noch, trotz Keike.

«Wer beginnt?», fragte Jasmin.

«Egal, ich kann anfangen, aber wenn du willst ...»

«Ich hatte mich sehr auf dich gefreut», sagte sie.

«Ich mich auch auf dich», antwortete er sofort.

«Ich habe auf Föhr viel an dich gedacht.»

«Und ich in Köln an dich.»

Jasmin hatte anfangs nicht glauben wollen, dass Keike bei Thore in Köln übernachtet hatte. Also war sie an jenem Tag trotzdem um sechs zum Hafen gefahren, um ihn abzuholen, und hatte sich erst einmal hinter einer Bushaltestelle versteckt. Von dort aus hatte sie Keike entdeckt, die bestimmt nicht zufällig hier war. Und richtig: Als Thore von Bord fuhr, beugte sie sich zu ihm durchs Autofenster und küsste ihn, jedenfalls sah es so aus. Damit war die Sache endgültig klar, und sie verschwand schnell.

«Dein Vater macht sich Sorgen um dich», sagte Thore. «Er meinte, du wärest in Köln nie richtig angekommen. Und dass du zu viel arbeitest, genau wie er.»

«Er hat recht, in Köln bin ich meistens alleine. Aber mit dir habe ich mich wohl gefühlt, auf dem Deich vor ein paar Wochen, und auch am Telefon und in deiner Wohnung.»

«Obwohl ich keine Biene-Maja-Lampe habe?»

Sie lächelte. «Okay, das war hart, aber nach einer Weile kam ich einigermaßen damit klar.»

Sie schwiegen wieder einen Moment.

«Willst du wirklich zurück nach Köln?», fragte er.

«Ja.»

«Ich finde das schade.»

«Ja, schade ...», seufzte sie.

«Nein, wir wollten uns ja die Wahrheit sagen», wandte er ein. «Ich finde das nicht schade.»

«So?»

«Es macht mich wahnsinnig!»

«Du kennst mich doch gar nicht.»

«Doch, ein kleines bisschen, und das genügt.»

«Geht mir genauso.»

«Es ist sinnlos, dass du gehst.»

Schweigen.

«Keike war bei dir in Köln?», sagte sie. Sie wollte es noch einmal von ihm bestätigt bekommen.

«Ja.»

«Warum hast du das nie erwähnt?»

«Weiß nicht. So weit waren wir da noch nicht.»

«Du wolltest dir lieber alles offenhalten?»

«Nein, ich war innerlich total klar. Ich wusste nur nicht, ob ich mich früher Keike gegenüber falsch verhalten habe.»

«Ihr habt zusammen in meinem Bett geschlafen.»

«Ja, aber ohne uns ein einziges Mal zu berühren.»

«Es ist trotzdem seltsam.»

«Es hat nichts zu bedeuten, ich schwöre es.»

«Sagst *du*. Ich habe euch an der Fähre gesehen.»

Thore sah erstaunt aus. «Du warst da? Ich habe überall nach dir geschaut!»

«Keike war ja bei dir», wandte sie ein.

«Nur weil du ihr gesagt hast, wann ich ankomme. Von mir wusste sie das nicht. Du kannst mir vertrauen.»

Thore zog etwas aus seiner Hosentasche. «Das Autoquartett!», rief sie überrascht.

In diesem Moment fing es wie aus Eimern zu schütten an, die Tropfen taten richtig weh auf der Haut. Schnell huschten sie zu einer nahe gelegenen Bushaltestelle, die aussah wie eine kleine Blockhütte. Dort standen sie direkt voreinander und mussten heftig schlucken.

«Hey, Thoreclown», flüsterte sie.

«Hey, Jasminfriesin.»

Dann küsste er sie, und der frische Duft der feuchten Marsch umschloss sie. Alles schien stillzustehen, nur der Regen auf den Blättern war zu hören. Es roch nach Gras und Süßwasser in den Gräben, das Schilf raschelte unter den Tropfen.

Sie wollten nicht zurück zur Scheunenparty. Stattdessen wanderten sie Hand in Hand durch den prasselnden Regen nach Oldsum. Schon nach kurzer Zeit waren sie nass bis auf die Haut und froren, aber das war ihnen egal. Was nicht hieß, dass sie nicht froh waren, als sie nach einer guten halben Stunde vor Thores Reetdachhaus standen.

Seine Wohnung war beiden vertraut, obwohl sie nie zusammen hier waren – wenn man von der schnellen Wohnungsübergabe absah. Im Bad sprangen sie zusammen unter die heiße Dusche, trockneten sich gegenseitig ab und zogen dann weiter unter die Bettdecke. Dort kuschelten sie sich ganz eng aneinander und genossen erst einmal ihre Wärme. Durch das Stallfenster schien der Mond. Thores Gesicht war nur schemenhaft zu erkennen. Sie ließen sich viel Zeit, bis sie sich endlich so nahe kamen, wie sie es sich beide schon lange erträumt hatten.

*Großer Dank gilt
meinem Freund und Kollegen Hendrik Berg
für Unterstützung und Unterkunft
bei der Recherche in Köln.*

Weitere Titel von Janne Mommsen

Der Küstenchor

Die Insel tanzt

Die kleine Inselbuchhandlung

Friesensommer

Seeluft macht glücklich

Zwischen den Bäumen das Meer

Die Oma-Imke-Reihe

Oma ihr klein Häuschen

Ein Strandkorb für Oma

Oma dreht auf

Omas Erdbeerparadies

Janne Mommsen
Die kleine Inselbuchhandlung

Nordseeflair, tolle Charaktere und eine Liebeserklärung an die Welt der Bücher

Greta Wohlert ist auf dem Weg zu ihrer Tante, die auf einer kleinen Nordseeinsel ein Haus am Strand hat – jede Ähnlichkeit mit Föhr wäre nicht zufällig. Die Stewardess hat sich ein paar Tage Auszeit vom stressigen Job genommen. Erholung kann sie dringend brauchen. Doch erst einmal muss sie Tante Inge beim Entrümpeln ihres ehemaligen Ladens helfen. In den staubigen Regalen entdeckt Greta unzählige Bücher. Fasziniert von dem Fund, veranstaltet sie einen Flohmarkt. Der Verkauf der Bücher macht Greta so viel Spaß, dass sie einen Plan fasst: ihren Job kündigen und eine Inselbuchhandlung eröffnen!

256 Seiten

Das für dieses Buch verwendete Papier ist FSC®-zertifiziert.